No Mas Lágrimas

Eva Abbo

No Mas Lágrimas

Copyright 2014 Eva Abbo

No reproduction without permission

All rights reserved

Dedicatorias:

A Freddy Abbo, mi alma gemela, mi compañero y a la felicidad que hemos compartido…

A Ileana, Eran, Larry, Susy, Edward, Karen, Jonathan, Michael, Daniella, Daniel, Alexandra, Michael, Ariella, y Gabriel, las luces que iluminan mi camino.

…A todos mis seres queridos y amigos del alma.

Agradecimientos:

A Freddy Abbo por sus invaluables enseñanzas en computación, asistencia técnica y apoyo.

A Stefanie Resciniti por el diseño de portada.

Capítulo 1

En un espléndido atardecer de diciembre, avecillas emigrantes del norte volaban en perfecta sincronía, guiadas
por su líder, en busca de un lugar conveniente para per-
noctar. La hojarasca de la arboleda bailaba al ritmo del
viento, y entre las frondas, un concierto de cantos y gor-
jeos añadía un mágico hechizo al multicolor crepúsculo
decembrino, explosión cromática contra el metafísico azul
del firmamento.

Karen traspasó el umbral de la puerta del dormitorio
principal, y al avanzar por el ancho pasillo, en un enorme
espejo con marco dorado, adherido a la pared, se reflejó
su imagen. Joven, esbelta, de porte imponente, tez blanca
y piernas estatuarias. Su rostro denotaba inquietud por lo
que tendría lugar aquella noche; sin embargo, sus luminosos ojos azules translucían ternura y sosiego. Su blonda
cabellera se descolgaba aleonada, como a Philip le gustaba. El negro vestido de Giorgio Armani resaltaba su figura.
Lucía un collar de diamantes alineados en una sola vuelta,
incrustados con exquisito gusto artístico sobre una montu-

ra de oro blanco. Completaban el aderezo aretes y pulsera, regalos de su marido en ocasión de celebrarse en esa fecha sus bodas de plata. Descendió por la amplia escalera con paso lento pero resuelto. Su corazón vibraba ansioso. Muchos pensamientos acudían en tropel a su mente. ¿Lo que estoy viviendo será realidad o tan sólo una fantasía?, reflexionó dubitativa. Prosiguió hasta llegar a la planta baja, y empezó a recorrer con la mirada el familiar entorno con amorosa minuciosidad. Poseía una mansión señorial donde la elegancia y la sencillez, en singular amalgama, ponían de manifiesto la personalidad de su dueña. Todo de estilo moderno, pero cálido y acogedor. La entrada, de mármol de Carrara, estaba cubierta, en parte, por una alfombra persa, de color rojo escarlata, diseñada con primorosos motivos característicos de la artesanía oriental. Una escultura de Henry Moore sobresalía en la parte izquierda del recibidor, el cual conducía a una espaciosa estancia, con mullidos muebles, cuadros y adornos de refinado gusto y toda una variedad de curiosos y costosos bibelots, colocados con discreción y sentido estético en esquineros, consolas y mesillas. Una ojeada más al elegante comedor, laqueado con matices crema, le permitió comprobar que todo estaba en orden. Ella y la servidumbre habían puesto el mayor esmero para hacer de aquella noche un suceso muy especial.

Minutos más tarde, los meseros se movían por doquier disponiendo lo necesario para recibir a los invitados. Las exóticas flores silvestres de diversos colores, en jarrones de fino cristal, dispersos en lugares estratégicos, desprendían una evanescente fragancia, complemento del aristocrático ambiente. La orquestina aún no estaba, lo cual no era en realidad motivo de preocupación para la anfitriona, pues ese grupo musical se caracterizaba por su puntualidad. Su esposo tampoco había llegado de la oficina. Consultó su diminuto y enjoyado reloj de pulsera, y al comprobar lo temprano de la hora, se sintió tranquila y satisfecha, y se dirigió al cercano estudio con el fin de disfrutar de unos minutos de solitaria meditación. Se acomodó en el sofá, con un profundo suspiro, cerró los ojos y repasó en su mente los trascendentales acontecimientos determinantes de este momento tan significativo en su vida. Recordaba con claridad lo sucedido. Su madre se lo había contado tantas veces...

Polonia, finales del año 1919

El caballo belga corría veloz por aquellos senderos arenosos y serpenteantes del Shtetl[1], levantando a su paso una nube de polvo. Su jadeante resuello se acompasaba con el constante abrir y cerrar de los negruzcos belfos, y el sudor producto del esfuerzo le daba brillos rojizos a la larga crin, al musculoso cuerpo y a la abundante cola. La carroza repleta de equipaje, enganchada en seguimiento, no le permitía avanzar con rapidez, pero el día era joven, y Joseph Kupperman, quien sostenía con seguridad las riendas entre sus manos, disponía de suficiente tiempo para transportar el bagaje a su destino.

Teresa observaba de continuo el perfil de su flamante esposo: joven, veinticuatro años, metro ochenta y cuatro, presencia viril, apuesto; nariz larga, cabello castaño claro. Tan placentera contemplación y el incesante bamboleo del carruaje, al dar en las irregularidades del camino, le infundían una sensación de sosiego y lasitud. Desviando la mirada hacia la derecha, admiró el exuberante sembradío de trigo, de varias hectáreas a la redonda, con las altas espi-

---

[1] *Shtetl*. Término yidish que significa aldea o pequeña comunidad judía de la Europa Oriental. (N. de la A.)

gas danzando al compás del viento, ofreciendo a la vista del viajero, en su undívago oscilar, mágicos visos dorados. Más adelante, un grupo de jinetes atravesó el sendero al galope, y al otro lado del camino divisó chozas con techos de paja y algunos campesinos, reunidos en animada charla.

- ¡Me inspira lástima esa gente!, comentó conmovida en voz alta. Su trabajo es arduo: se levantan con el despuntar del alba, aran la tierra, velan por los animales, se preocupan por vender el producto de su faena al mejor postor, y al final de la jornada, la ganancia tan esperada apenas les alcanza para la muy precaria subsistencia de ellos y de sus familias.

- ¿Cómo disponen de los productos?, le preguntó Joseph curioso.

Ante la sorpresiva pregunta, ella meditó unos segundos, y respondió:

- A través del comercio entre granjeros polacos y judíos; este intercambio no sólo abarca la compra y venta de artículos sino también una especie de trueque basado en las necesidades de cada uno. Por desgracia, existen entre ellos suspicacias y tensiones, ocasionadas por las diferencias religiosas y culturales.

El giró la cabeza, admirado por la juiciosa respuesta. Comprendió en ese instante cuán inteligente era, aparte su atractiva hermosura: joven, cuerpo grácil, talle esbeltísimo, senos firmes disimulados bajo la blanca blusa de algodón abotonada hasta el reborde del cuello, largas y esbeltas piernas semicubiertas por la falda rotonda de cuadros verdes y grises. Espesa melena color del sol poniente, sostenida apenas por una toquilla gris, que se enmarañaba incitante con el batir del viento... Los pómulos y rasgos finos de su rostro, el marcado contorno curvilíneo de sus labios gruesos, rememoraba Joseph, habían sido para él la principal atracción tan pronto la conoció al llegar al pueblo. Todavía regocijado ante el dechado de cualidades intelectuales y físicas que acababa de confirmar con renovada admiración en su amada esposa, volvió a concentrar su mirada en el camino.

El tiempo transcurría con el contemplar del albor rosáceo de la mañana, frondosos árboles de voluminosos troncos centenarios, el maravilloso y sedante verdor de los extensos campos cercados con alambre de púas, delimitados en diversas áreas y parcelas, unas con vacas pastando, otras con gallinas y gansos corriendo con sus estridentes cacareos y graznidos, y uno que otro cerdo en la interminable búsqueda de sustento.

El diálogo entre los recién casados era casi inexistente, salvo una pregunta aislada o el señalamiento de una vista excepcional en el paisaje. Sus recuerdos se hallaban sumergidos en el vasto archivo de días pasados. Joseph era ingeniero civil recién graduado de la universidad de Varsovia, y sus padres, siendo amigos de infancia de los de Teresa, concertaron un shiduj[1], conocedores de los antecedentes morales y religiosos de la familia. Consiguió trabajo en una compañía constructora, y habiéndose considerado solvente, solicitó de sus progenitores le hicieran llegar a la familia Sprintis, a través de la casamentera, la petición formal de matrimonio. La respuesta resultó afirmativa, y a partir de aquel momento tanto en el pueblo de Jalowiec, donde residía Teresa, como en Varsovia, se iniciaron los preparativos para el enlace matrimonial de la pareja. El advenimiento al pueblo de Marcos y Anita Kupperman, unido al de sus hijos, constituyó un acontecimiento

---

[1] *Shiduj*. Nombre hebreo de los arreglos y negociaciones previas a un matrimonio, entre los padres de los novios. (N. de la A.)

venturoso. Durante un lapso de años ambas parentelas no se reunían, y la comunicación lograda a través de ocasionales noticias transmitidas por algún viajero visitante, no se equiparaba en modo alguno a la rutina compartida durante la infancia, cuando los progenitores de Joseph moraban en el mismo vecindario. De acuerdo con la tradición judía, el novio fue convocado para la lectura del Tora[1] el sábado precedente a la boda. Al rezo asistieron sus familiares e invitados, quienes entonaron los cánticos requeridos para la ocasión. El rabino, en su discurso, interpretó las oraciones como el símbolo de la entrada a una nueva fase de la vida. Al finalizar la ceremonia, los presentes arrojaron caramelos, uvas pasas y nueces hacia donde Joseph se encontraba, para desearle un futuro dulce y fructífero. Posteriormente Teresa le obsequió un talit[2] confeccionado por ella en seda, complementado con una franja decorada en el cuello y cuatro extremidades reforzadas con pedazos de tela cuadrados y perforados en medio, para los pezuelos, en cumplimiento de la ley bíblica, destinados a recordarle los mandamientos divinos.

El martes, día de la boda, los contrayentes ayunaron y rezaron, según la costumbre, rogándole a Dios los perdonara por los pecados cometidos en el pasado y les permitiera comenzar una nueva etapa juntos. Antes del casamiento, se llevó a cabo la ceremonia del kinyán sudor[3]: El rabino oficiante entregó al novio un pañuelo, para proceder

---

[1] *Torá*. Término hebreo que equivale a dóctrina o enseñanza. Séfer Torá. Manuscrito o pergamino que contiene el Pentateuco y que se lee en el culto sinagogal. (N. de la A.)

[2] *Talit*. Manto de oración que usan los judíos en las ceremonias religiosas. (N. de la A.)

[3] *Kinyán sudor*. Significa acuerdo por pañuelo. En la ley judía, es la forma de confirmar una adquisición o transacción. (N. de la A.)

a comprometerlos. Bendijeron una copa de vino y brinda-
ron por su felicidad.

Entonces llegó el solemne momento de celebrar la ceremonia nupcial. Teresa, ataviada de blanco, cubierto el
agraciado rostro con el velo tradicional, lucía esplendorosa.
Abraham y Silvia Sprintis, en impecable atuendo para la
ocasión, la conducían, asiéndole cada uno un brazo, a través del pasillo delimitado por varias hileras de sillas, las
cuales ocuparían los comensales. Las damas de honor,
portando sendas velas encendidas, iluminaban el paso de
la novia hacia la jupa[1], donde Joseph, en compañía de sus
padres, la esperaba.

La música inundó el recinto con sus románticos acordes, y Teresa, radiante en sus albas vestiduras y con el
corazón palpitante, avanzó con pasos airosos y firmes, resuelta a enfrentar el trascendental acontecimiento deparado por su destino.

Una vez apiñados los contrayentes y sus padres bajo
el dosel, el rabino David Morawski procedió con la lectura
de la ketubá[2]: "En el segundo día de la semana, el día
quince del mes de Adar del año 5679 de la cronología judía, correspondiente al día 17 de marzo de 1932 de la era
común, en el pueblo de Jalowiec, en Polonia, celebraron el
pacto sagrado de matrimonio, el novio Joseph Kupperman,
hijo de Marcos Kupperman y de Anita Kupperman, y la novia Teresa Sprintis, hija de Abraham Sprintis y de Silvia
Sprintis. El mencionado novio hizo la siguiente declaración
a su novia: Sé tú mi esposa conforme a la Ley de Moisés y

---

[1] *Jupa*. Dosel o baldaquín nupcial formado por una tela de seda u otro
material fijada en cuatro palos. Los novios se colocan bajo ese dosel
mientras se pronuncian las bendiciones nupciales, representa el futuro
hogar de la pareja. (N. de la A.)
[2] *Ketubá*. Documento matrimonial escrito. (N. de la A.)

de Israel. Prometo, de todo corazón, ser un leal marido para ti. Te honraré y querré eternamente, trabajaré para ti y te protegeré. Te ampararé y te suministraré todo lo necesario para tu debido sustento, de acuerdo con el deber de un marido judío. Además, asumo sobre mí todas las obligaciones pertinentes para tu mantenimiento durante toda la vida, como está prescrito por nuestra Santa Ley. Del mismo modo, con acatamiento y respeto a los preceptos de la tradición hebrea, la novia acepta los compromisos respectivos y jura fidelidad eterna hacia él, en afecto y sinceridad, obligándose así a cumplir con todos los deberes impuestos por la religión a una esposa judía. Esta alianza de matrimonio fue debidamente ejecutada y testimoniada en este día, conforme a las costumbres y Leyes de Moises y de Israel".

Los novios y los testigos procedieron a las firmas respectivas.

A continuación, libaron vino de la misma copa ofrecida por el rabino, simbolizando la alegría y la tristeza que como pareja enfrentarían en la vida. Joseph, con impresionante solemnidad, tomó la mano de Teresa y le deslizó, en el dedo índice, un sencillo anillo de oro, y ella, mirándolo a los ojos, repitió el acto con una sortija similar. Enseguida el oficiante acomodó una copa de vidrio en el suelo frente al novio, el cual, ante la señal convenida, la aplastó con el pie[1].

- "¡Mazal tov!"[2] empezaron a gritar los asistentes, felicitándose entre ellos, en tanto los recién casados se besaban con efusión para sellar el pacto firmado. ¡Mazal tov! se oía una y otra vez. Los desposados descendieron de la ju-

---

[1] La ruptura del vaso representa una expresión de lamento y aflicción por la destrucción del templo de Jerusalem (N. de la A.)

[2] *Mazal tov.* Buena suerte, buena estrella. (N. de la A.)

pa, tomados de la mano, entre una lluvia de arroz y nueces, arrojada a su paso para desearles una vida fructífera y prolífica, y se dirigieron a una habitación cercana donde por primera vez se quedaron solos.

¡Cuán comedido se comportó Joseph, en consideración a la juventud e inexperiencia de su esposa! No deseaba en aboluto atemorizarla en su primer acercamiento, aunque, de acuerdo con la usanza judía de la época, se imponía consumar el matrimonio en aquellos momentos. Después...la fiesta, la cual transcurrió rápida y con gran animación. Parecía un sueño y no la realidad. Sin embargo, la felicidad nunca es completa si no la acompaña la tristeza, en este caso, la despedida.

Silvia la abrazó recordándole sus deberes como esposa judía. Abraham la besó con ternura en la mejilla.

- Voy a extrañarte, mi adorable mujercita, le dijo, mientras luchaba para esconder un entrecortado suspiro.

- Así mismo yo, papá. Por favor, promete visitarme en Varsovia tan pronto como puedas, le rogó, dejando rodar por su rostro una lágrima solitaria.

- Te doy mi palabra, respondió él.

- Eso me basta. Hasta pronto, queridos hermanos. Les escribiré a menudo contándoles mis experiencias. Respondan con prontitud.

Sarah la estrechó con fuerza, ansiando disipar aquel momento, ante la súbita premonición de no volver a verla durante largo tiempo.

Max avanzó resuelto para unirse a aquel núcleo familiar. Joseph, conmovido frente a esa escena, los convidó a compartir su nuevo hogar.

- Gracias, le respondió Abraham, apartando a sus hijos de Teresa.

Los recién casados subieron al carruaje. El, tomando

entre sus manos con destreza las riendas del caballo, lo incitó al movimiento.

- ¡Teresa, hermanita!, mi corazón te acompaña, le gritaba Max llorando.

Pero ya ella no lo escuchaba, ahogada como estaba entre fuertes sollozos.

- No sufras, le suplicó su esposo enternecido. Mi familia será también la tuya. Mis padres y mis hermanas regresarán a casa la próxima semana. Son personas cariñosas, a las cuales te acostumbrarás fácilmente, y sustituirán, en parte, el enorme vacío producido por la lejanía de tu hogar.

- Ojalá que así sea, le respondió ella gemebunda, todavía afectada por la separación.

Cayó la noche, y el fiel caballo continuaba manteniendo el paso, cuando de repente el ruido de los cascos se tornó diferente al patear el asfalto.

- Ya estamos acercándonos a Varsovia exclamó Joseph emocionado, sacándola de sus pensamientos.

Enseguida empezaron a desfilar hileras de casas bordeando la calzada. Ella observaba atenta el contorno, siendo ésta su primera experiencia fuera del pueblo. Al pasar por una calle comercial, y al reflejo de las luces de los faroles, admiró infinidad de vidrieras: zapaterías, sombrererías, sastrerías, maniquíes exhibiendo el último grito de la moda en vestidos de mujer, gabardinas y telas.

- Hay demasiado tráfico, comentó él cansado, frunciendo el ceño.

Teresa contemplaba atónita el circular de los tranvías, droshkies, autobuses, carros de carga y bicicletas.

- ¡Oh, Joseph, la ciudad es maravillosa!. Nunca imaginé la existencia de tanta vida, tanto movimiento, tanta luz. Es increíble.

- Así es, le contestó él, comprendiendo su excitación...

Mi esposa es encantadora, ratificó para sí, con satisfacción y orgullo.

El carruaje siguió su avance, alejándose del centro de la capital. Las calles se tornaron oscuras; no obstante, se divisaban siluetas de edificaciones y áreas planas correspondientes a parques y plazas. Cuando el caballo viró a la izquierda, se adentraron en la calle Franciskanska, adelantaron algunas cuadras, y de improviso, Joseph tiró de las riendas para detener la marcha.

- Por fin hemos llegado al término de la jornada. Nos hallamos en casa.

Cuando descendía de la carroza, ella divisó un edificio: cuatro pisos, anchas balconadas, color oscuro impreciso.

Habiendo llegado a la puerta principal de la propiedad, pulsaron el timbre, y salió el portero presuroso para ayudarlos a descargar el equipaje. La subida hasta el tercer piso resultó dificultosa, pero al traspasar la puerta, Teresa se percató del lujo reinante en el apartamento. La mullida alfombra dorada se extendía hasta donde alcanzaba a ver. Muebles tallados a mano, de madera oscura, correspondientes al área de la sala y el comedor, llenaban el recinto. Una vitrina con cristales biselados ocupaba la esquina más visible, y en ella se apreciaban un candelabro de Hanuka[1], una copa de plata para la bendición del vino, un sidur[2] del mismo material tallado con los símbolos en colores de las Doce Tribus, una tabla con el cuchillo de madreperla para

---

[1] *Hanuka*. (en hebreo, dedicación) o fiesta de las luces. Conmemora la victoria de Juda Macabeo sobre los sirios en 165 a. de la E.C. que condujo a la independencia nacional y a la dedicación del Templo profanado por los paganos. (N. de la A.)

[2] *Sidur*. Devocionario para la sinagoga que contiene el orden del servicio religioso, adaptado al antiguo culto de los sacreificios en el templo. (N. de la A.)

la bendición del pan, y un cuenco de la Pascua. Cuadros de pintores judíos famosos recubrían la paredes: Rybak, Barlevi y Glicenstein.

- Ven, Teresa, le pidió Joseph tomándola de la mano. Quiero enseñarte el resto. ¿Te gusta nuestro dormitorio?, le preguntó en un yidish fluido, señalándole el cuarto grande con cama doble decorada en colores pastel. Sendas mesitas de noche, de madera natural pulida, prolongaban a uno y otro lado la cabecera, y recubrían el lecho frazadas de plumas forradas de tela blanca festoneada, con las iniciales de Joseph bordadas en el centro.

- Las bordó mi abuela, que en paz descanse. Fue una mujer excepcional.

Un escritorio sobresalía en la esquina del recinto, y encima de él, apoyado, un portalibros con ejemplares forrados de cuero, algo gastados por el uso, entre ellos obras de Dostoievski, Tolstoi, los hermanos Grimm, Strindberg, Heine y numerosos volúmenes especializados de ingeniería.

Salieron al pasillo, donde divisaron una sala de baño con baldosas de tonos azules y blancos.

- La segunda alcoba será para nuestros hijos, y tú la decorarás a tu gusto, comentó él, a tiempo que observaba cómo un intenso rubor cubría el rostro de Teresa.

- Ahora, retornemos al comedor para cenar. La criada es una campesina de origen polaco. Dirígete a ella en su idioma natal, pues no entiende yidish.

El arreglo de la mesa lucía impecable. En honor de la nueva patrona de la casa, se utilizaron los candelabros de plata que habían pertenecido a la abuela. Telsa sirvió una comida exquisita. Ella, ágil por naturaleza, se movía rápido tratando de complacerlos en lo posible. Era una mujer agraciada, de mediana estatura, ojos grandes y oscuros, abundante cabello acaramelado recogido con una cinta, ufana en apariencia de su uniforme azul oscuro con delantal y cofia blancos.

- Querida mía, ¿encuentras nuestro hogar de tu agrado? le preguntó él ansioso.

- ¡Me encanta!. El ambiente es acogedor y confortable. Percibo mucho calor de hogar.

- El servicio de té se halla dispuesto en la sala proszepana[1], oyeron decir a Telsa. El tomó a su mujer del brazo y la guió hasta sentarse ambos en el sofá aguamarina de dos puestos, situado frente a una mesita central, con tope de vidrio y reborde de metal dorado, decorada con diversos cristales de Lalique y un florero del mismo material con ramos de floridos capullos y nido de amor.

- El cisne es encantador, exclamó ella acariciándolo.

- Teresa, aprovecho la oportunidad de estar a solas contigo para ponerte al tanto sobre mi familia.

Hizo una pausa y continuó.

- Papá tiene sesenta y dos años, es hijo de judíos ortodoxos y piadosos en la práctica de su religión; es hombre espiritual e intelectual, poseedor de una vasta cultura, triunfador por sus propios méritos. Luchó con perseverancia hasta ser propietario absoluto de la mejor joyería del país, ubicada en el centro de la ciudad, y su oficio como tallador y evaluador de diamantes es altamente reconocido. Sus cuantiosos bienes le permitirían disfrutar con holgura del resto de su vida, y, sin embargo, continúa siendo un trabajador incansable, exigente consigo mismo y con sus empleados. En contraste, mamá es la típica yidishe mame[2], fiel seguidora de las tradiciones judías. Su casa marcha a la perfección. Cuenta con la ayuda incondicional

---

[1] *Proszepana.* Polaco, señor. (N. de la A.)
[2] *Yidishe mame.* Madre judía. (N. de la A.)

de tres sirvientas y de Gerardo, el jardinero, quien trabaja con nosotros desde hace varios años. Con ojo clínico, inspecciona cualquier actividad a realizarse en su hogar. Es autoritaria, y sin embargo, en extremo cariñosa. - ¡Qué matriarcado! -intercaló divertido. Ribka, la típica hermana mayor de veinticinco años es seria y responsable. Se casó joven con Ariel, un médico de la capital, e instituyeron una pareja ejemplar. Como padres de Halinka y David, actúan de manera exigente pero justa, y son en extremo amorosos. Shoshana tiene quince años, es mi preferida y en extremo divertida. Alocada en ocasiones, les produce grandes quebraderos de cabeza a mis padres, pero sus explicaciones son convincentes, y por lo general, papá y mamá todo se lo toleran. Por último, Golda, la pequeña Goldale, diminutivo que le damos con cariño. Cumplió once años, es el centro de atención en todo momento por su carácter afable y dulzón. A veces ese detalle constituye el talón de Aquiles para que Shoshana se ponga celosa y se enfurezca, pero la fraternidad entre esas dos hermanas es sincera y al final siempre se reconcilian.

- ¡Tienes una bella familia!, dijo Teresa con sentimiento.

- Con el tiempo, los querrás tanto como yo. Y ahora vamos a dormir. Te noto cansada del viaje.

Tomados de la mano se dirigieron a su aposento y procedieron a desvestirse. Teresa terminó de abotonarse la blanca dormilona de algodón, se introdujo en la cama, se cobijó con la frazada de plumas y disfrutó del contacto con las sábanas limpias y almidonadas. Casi enseguida, Joseph apagó la luz y se acostó a su lado. Transcurrió un breve lapso, y entonces sintió la anhelante desposada cómo las manos de él se deslizaban con delicadeza a lo largo de su cuerpo. Despacio, con ternura, empezó a besarla y a acariciarla. No demostró pasión, al comienzo, por temor a asustarla, dada su juventud e inexperiencia, pero el acercamiento encendió el deseo en los juveniles cuerpos. Ella se puso tensa, por instinto, sin saber cómo reaccionar cuando él la sometió dulcemente, abrazándola con fuerza, y buscó sus labios. Fue dominándola con suavidad, y sus caricias se intensificaron hasta el punto de no poder contenerse. Apretó su cuerpo febril contra el de ella, y con movimientos rítmicos la poseyó.

La subsiguiente separación de los amantes fue lenta, y un silencio absoluto reinó en la habitación. Teresa no se movió, en la densa oscuridad mantuvo los ojos abiertos, tratando de analizar la experiencia recién vivida . "Es mi marido - pensó justificándose al cabo de algunos minutos - y nuestra unión se ha consumado".

La compañía constructora donde trabajaba Joseph le concedió algunos días de permiso con motivo de su boda, y él decidió dedicarlos a organizar un recorrido por Varsovia para familiarizar a su esposa con la ciudad. Salieron temprano al día siguiente, después de desayunar con exquisitos bollos, huevos y café con leche preparados por Telsa, y se dirigieron al establecimiento de enseñanza superior de Varsovia, cuna de los estudios de ingeniería de Joseph.

- Mi universidad, le comentaba él orgulloso mostrándole las dos enormes columnas de gris piedra tallada de la entrada. Es una de las más grandes de Europa y cuenta en la actualidad con diez mil estudiantes. El edificio principal, construido en el lugar donde existió el palacio Kazimierzowski, erigido por el rey Lasislas IV en 1653, fue destruido por un incendio. Más adelante puedes ver la facultad de medicina, la de ingeniería, la de arquitectura...

Yasí sucesivamente, le enumeró las diversas facultades, hasta que salieron de regreso a la vía principal. Siguiendo el recorrido, se dirigieron hacia el Gran Teatro de Varsovia, levantado en 1825 con el estilo clásico de Corazzi, y ornado con ricas decoraciones, vestimentas y pinturas. Pasaron frente a la sala de conciertos de la Filarmónica de Varsovia, al edificio del Banco de Polonia, al Palacio Azul, de estilo clásico, sede del museo Zamoyski y la famosa librería del mismo nombre. Visitaron los monumentos a Josef Poniatowski, el guerrero inmortal, y hacia el fondo contemplaron la tumba del soldado desconocido. Al final, admiraron maravillados el castillo Royal, con sus majestuosos salones y estancias, cuya porción gótica data de los siglos trece y catorce, desde los días de los duques de Mazovian.

- ¡El castillo es grandioso!, exclamó Teresa.

Todo polaco guarda un sentimiento especial, cercano al corazón, por este alcázar. Durante varios siglos ha sido testigo de eventos históricos sobresalientes y escenario tanto de triunfos como de calamidades. Fue vandalizado por invasores suizos, pero a comienzos del siglo dieciocho el rey Augustos III lo reconstruyó dándole una nueva elevación del lado donde se divisan las aguas del Vístula y un paisaje fascinante. El reacondicionamiento interior del castillo costó millones de zlotys entre honorarios de artistas, pintores y escultores, entre ellos Fontana, Merlini, Kamsetzer y Bacciarelli, quienes le devolvieron su esplendor de antaño. Observaron el salón del trono, el de la audiencia y el salón de mármol. Al salir del castillo, emocionados ante la belleza del histórico monumento arquitectónico, Joseph le propuso rematar el grato e inolvidable recorrido almorzando en un restaurante.

- ¡Me muero de hambre!, le dijo bromeando. Vámonos ya.

- ¿Qué desean comer los señores?, les preguntó el mesero, y enseguida tomaron asiento.

- Para mí un borscht[1] con patatas, respondió Joseph de inmediato, y al finalizar un pedazo de apple strudel[2].

- Lo mismo para mí, agregó Teresa, pero prefiero el borscht frío con yogur, y agua natural para beber.

- Señora, ¿apetece vino?.

- No, muchas gracias.

Una vez que el mesero se retiró para ordenar el servicio, Teresa dijo con júbilo:

- Oh, Joseph, Varsovia me fascina. Estoy entusiasmada de residenciarme aquí. Seré feliz viviendo a tu lado.

- Me alegra oírte decir eso, querida mía. Todo comienzo es difícil, pero una actitud positiva como la tuya ayuda a aligerar las dificultades que se puedan presentar en el futuro.

Transcurrieron algunos minutos, al cabo de los cuales, ella le señaló a dos individuos que entraban al restaurante.

- Son jasidim[3], le contestó él al observar sus barbas, payej, largas

gabardinas y sombreros. Son estudiantes del Tora, se descuelgan flecos rituales y de mañana usan las filacterias.

- Mi padre también estudia el Tora y el Talmud, agregó ella. En las noches, él y otros consagrados a esos estudios, se dirigen a la sinagoga cercana a la casa, donde de-

---

[1] *Borscht.* Sopa elaborada a base de remolacha. Típica en los países de la Europa oriental. (N. de la A.)

[2] *Apple strudel.* Torta preparada con manzana y masa de filo. (N. de la A.)

[3] *Jasidim.* (Prov iene del hebreo jasid, que significa en la literatura bíblica: benévolo, caritativo, y en la literatura rabínica: piadoso, escrupulosamente religioso o santo). Los jasidim ó piadosos es el nombre que se dió a un determinado grupo judío en la era helenista, caracterizado por sus conceptos religiosos estrictos. (N. de la A.)

dican infinidad de horas al aprendizaje. Yo los admiro profundamente. El Tora está escrito en hebreo antiguo, lo cual dificulta la labor de interpretación.

- Comparto tu admiración, Teresa. Después de tantas persecuciones, Polonia nos brinda a los judíos la posibilidad de practicar la religión y de disfrutar de una cultura original y floreciente. Poder mantener nuestros hogares y alimentos kosher[1], sinagogas, casas de estudio, casas de oración jasídicas, bibliotecas, periódicos y teatros yidish. Los escritores, poetas, literatos, periodistas, músicos y pintores gozan de posibilidades para exponer y ampliar sus obras sin el martirio de sentirse perseguidos, gracias al Tratado de Minorías[2]. El golpe de estado del mariscal Pilsudski, en mayo de 1926, eliminó el régimen parlamentario y abrió así las puertas a las aspiraciones antidemocráticas, nacionalistas y reaccionarias. Pero hay cierta ironía en el caso. Pilsudski, para conservar su dictadura, se vio obligado a rechazar sus principios antisemitas y aliarse a los magnates de la industria, poderosos terratenientes y representantes de concepciones políticas y sociales opuestas a los intereses de los obreros y campesinos, dado que los judíos desde hace siglos fundaron la clase media y consolidaron los pilares de la economía en cuanto a la in-

---

[1] *Kosher*. (en hebreo, propio, aceptable) Su uso mas general se relaciona con los alimentos ritualmente puros. Por ejemplo, el judío no debe comer sino un número restringido de animales caracterizados por la biblia o por la interpretación rabínica como no impuros, y las reglas dietéticas que se observan en la casa. Tales como un rollo de Torá sin defectos, un niño nac ido en relac iones maritales permitidas, etc. Al conjunto de las observaciones se le denomina Kashrut. (N. de la A.)

[2] *Tratado de Minorías*. El tratado de Minorías del 28 de junio de 1919 fue concertado en Versalles entre los aliados y Polonia; les garantizó a los grupos minoritarios, ya fueran relig iosos, linguísticos o étnicos, plena igualdad de derechos. (N. de la A.)

dustria y el comercio.

- Interesante. Me gustaría profundizar en los detalles, comentó ella con animación.

El mesero les trajo la cuenta, y tan pronto pagaron salieron del establecimiento. Respiraron profundo la brisa cálida proveniente de los bosques de Praga, un suburbio de Varsovia, unido con la ciudad por puentes que cruzan el río Vístula. Eran jóvenes, se sentían dichosos. El mundo les pertenecía. Joseph tomó a Teresa de la mano, y halándola suavemente exclamó:

- Vamos al bazar. Quiero que conozcas algo típico.

Atravesaron angostas calles, cuyas márgenes las formaban interminables hileras de casas sin pintar, tiznadas de polvo y humo de las chimeneas, con ropa húmeda sostenida por ganchos a extensas guindalezas, flotando a la intemperie, todo envuelto por un penetrante olor a basura. A lo largo del recorrido les tropezaron la vista y la sensibilidad niños descalzos y sucios llorando por falta de atención. Por fin, llegaron a la plaza.

- Aquí se consigue un sinfín de cosas, dijo Joseph mostrando el camino.

Pasaron entre mesones y canastos pertenecientes a vendedores de frutas, verduras, carnes, gallinas, patos y una gran variedad de pescados. El queso, la leche y el yogur lucían frescos y apetecibles.

- ¡Acérquense! vendo barato, oyeron que les gritaba una señora en polaco. La mantequilla a 65 zlotys el kilo, el pan a 20, las papas a 6,50, la leche a 3,50. Joseph se detuvo y compró un arreglo floral para su esposa.

- Teresa, ¿dónde estás? oyó ella la llamada de él, al perderla de vista.

- Mirando las telas. Aquí, a tú derecha.

- Toma, le dijo él entregándole las flores.

- Gracias, aprecio el detalle.

- Te gusta este retazo de tela?.

Ella asintió sonriente.

- Es tuyo.

Pagaron el monto, adquirieron otros productos encargados por Telsa, y al final, ya cansados, regresaron a la casa.

Los días se sucedieron, y la familia Kupperman regresó del viaje de Jalowiec. El viernes en la noche caminaron hasta la sinagoga, la cual lucía esplendorosa. El edificio, de madera, ostentaba magníficos murales artesonados y techos de pagoda. La estructura central descansaba sobre cuatro columnas en medio de la sala principal, en cuyas paredes y capiteles resaltaban motivos judíos, tales como la menorá[1], el shofar[2], flores y pentagramas. La alfombra roja, de abundante pelaje, se extendía desde la puerta principal, de madera sólida, hasta terminar al pie del arca sagrada en la pared oriental, cubierta con el cortinaje de terciopelo y bordados, sostenido por una barra gruesa de color dorado, y en la cornisa dos impresionantes leones. Ocho lamparitas, colocadas delante del arca, simbolizaban la luz eterna, y una enorme estrella de David y las Tablas de la Ley se vislumbraban en la parte superior. La bimá, o mesa del lector del Tora, estaba situada en una plataforma en medio de la sala, y el púlpito del oficiante junto al arca,

---

[1] *Menorá*. En la biblia, candelabro. Símbolo religioso usado desde tiempos antiguos. Desde la instauración del Estado de Israel, es la alegoría oficial del gobierno israelí. (N. de la A.)

[2] *Shofar*. Uno de los instrumentos de viento más antiguos, hecho de un cuerno de carnero, que emite sonidos agudos y penetrantes. Ha desempeñado un papel importante en la vida de los judíos, desde épocas remotas, y todavía hoy se usa en el culto de las festividades de Rosh-Hashaná (Año nuevo) y Yom Kipur (Día de la Expiación). (N. de la A.)

en una depresión del piso, que indicaba la humildad de la oración. Enfrente, los bancos en hileras, y en la segunda fila Marcos Kupperman sentado al lado de Joseph, a quien miraba con orgullo. Era su único hijo varón y colmaba todas sus aspiraciones. Los rezos no habían empezado, y los concurrentes se acercaban para felicitarlos por el reciente enlace matrimonial. Ocasionalmente señalaban el sitio localizado en el nivel superior en forma de balcón[1], donde Teresa, sentada al lado de su suegra y de sus cuñadas, era presentada a las señoras de la sociedad, quienes después de desearle felicidad en su vida de casada le daban la bienvenida. Ella las saludaba, cariñosa y gratamente impresionada ante el refinamiento depurado en los modales de aquella gente, la vestimenta elegante que lucían, y la raza blanca de belleza peculiar. De repente, se produjo silencio. El rabino oficiante abrió el libro sagrado y empezó a rezar, seguido por la fiel congregación. Las voces resonaron con fuerza en el ambiente, la concentración se tornó absoluta. La intensa iluminación del recinto se reflejaba sobre los murales de vidrio dejando escapar centenares de rayos de luz que le proporcionaban a la sinagoga una apariencia de misticismo y majestuosidad. Concluyó el servicio con el canto del adom olam[2], y Joseph, acomodándose el talit, que amenazaba con deslizarse de sus hombros, se levantó para estrechar la mano ofrecida por su padre con un shabat shalom[3].

- Shabat shalom, respondió él a su vez dándole un

---

[1] En las sinagogas ortodoxas y conservadoras, el auditorio no es mixto. Se reserva un departamento especial para las mujeres, a menudo en forma de balcón. (N. de la A.)

[2] *Adom Olam*. Rezo especial de alabanza a Dios. (N. de la A.)

[3] *Shabat shalom*. En hebreo, la paz sea contigo en el día sábado. (N. de la A.)

fuerte abrazo. Vamos, padre, busquemos a las mujeres. Es hora de ir a casa.

La mesa lucía hermosa con el tradicional mantel blanco, el candelabro de cuatro velas previamente bendecidas por Anita antes de salir para la sinagoga, las dos jalas[1] cubiertas por una servilleta bordada con hilo dorado y la copa de plata llena de vino. Marcos Kupperman se levantó de la silla que ocupaba, presidiendo la mesa, y empezó a rezar el kidush[2]. Teresa los observaba con respeto y reverencia. La escena le era familiar. Calor humano y devoción se palpaban en el ambiente; era el mismo sentimiento de los viernes por la noche, cuando sus padres y sus hermanos se reunían frente a la mesa, rezaban las mismas oraciones, y entonaban similares cánticos. La comida les fue servida con elegancia por las tres criadas, quienes, enfundadas en sus uniformes negros con cofias y delantales blancos, lucían pulcras y elegantes. La conversación se tornó amena y envolvió a Teresa de manera cálida y sincera. Al finalizar la velada, toda la familia tomada de la mano compartió en corro el compás de las joras[3], hasta que el cansancio los venció.

---

[1] *Jala*. Ofrenda de pan dedicada a Dios. (N. de la A.)

[2] *Kidush*. (en hebreo, santificación). Rito que proclama la santidad del sábado. (N. de la A.)

[3] *Joras*. Bailes típicos hebreos. (N. de la A.)

Capítulo 2

En aquella cálida mañana de mayo, el cielo se regocijaba ante el júbilo de las alondras ascendiendo y descendiendo, con caprichosos giros y revoloteos, en alegre disfrute de la libertad sin límites del espacio infinito. Raquel avanzaba por la campiña, engalanada por la primavera, aspirando con fruición las frescas y suaves fragancias de las flores silvestres. Caminaba en dirección a su colegio. Cuando se encontraba a unos cien metros, avistó un grupo de personas aglomeradas detrás de las aulas, y percibió confusos sonidos de voces. Acicateada por la curiosidad, aceleró el paso. No era común ver a tantos estudiantes en el patio a esa hora. Ya en el sitio, notó cómo los alumnos la observaban en extraño silencio, y le abrían paso.

- ¿Qué sucede?, preguntó con inquietud.

Nadie le contestó. De repente, en medio del corro de jóvenes, divisó el cuerpo de un muchacho caído. Yacía sobre el pecho, con la cabeza de lado, como si durmiera, y los ojos entrecerrados. De su boca se deslizaba un hilo de sangre. Tenía la tez descolorida, aparte un moretón en la frente. Súbitamente lo reconoció.

- ¡Méndel! No puede ser. ¿Qué le pasa?, ¿qué le sucedió?, musitó con voz trémula, en tanto que sus ojos, desmesuradamente abiertos, reflejaban un profundo temor.

De seguida, con ademán impulsivo, se inclinó ante el hermano, casi tocándolo, y prorrumpió con voz alterada por el susto:

- ¡Méndel, dime qué tienes! ¿Por qué estás así?. ¡Por Dios, contéstame!.

Al no obtener respuesta, se arrodilló y empezó a mover el cuerpo, buscando algún indicio de vida, pero el muchacho permanecía inmóvil y frío.

- Méndel, Méndel, ¡contéstame, por favor!, insistía Raquel sollozante.

La directora del colegio, la señora Popovich, que presenciaba la escena y se notaba muy afectada por la situación, se dirigió adonde estaba Raquel, ydespués de observarla con expresión acongojada, se inclinó hacia ella, con las manos en las rodillas, y le susurró:

- Tu hermano acaba de ser golpeado por otro muchacho, y no creemos conveniente moverlo. Hemos notificado al médico, y ya está en camino. ¡Por favor, tranquilízate!

- Pero, señora Popovich, ¿por qué nadie lo ha ayudado?. ¡Mírelo!. Está muy pálido. Parece que no respira.

La señora Popovich se estremeció al escuchar las palabras de Raquel. ¿Habría muerto el niño mientras ella telefoneaba al médico? pensó angustiada, y poniéndose en cuclillas ante Méndel, con mano insegura, le tomó el pulso.

- ¡No, Raquel!. Gracias a Dios, tiene vida. Respira. Confiemos en que el médico llegue pronto.

- Raquel continuó tratando, con ruegos y mimos, de hacer reaccionar a su hermano, pero, al no lograrlo, se levantó llorosa, y de pronto reparó en Esther, una compañera del colegio. .

- Esther, ¿estabas presente cuando a mi hermano le ocurrió esto?.

- Sí, Raquel. Cuando atravesábamos el patio para entrar en las aulas, un muchacho polaco, con expresión amenazante nos gritó: "Judíos, váyanse, no los queremos aquí". Mendel estaba entre nosotros cuando el mozuelo comenzó a gritar, y se quedó mirándolo fijamente sin decir nada. Entonces nos empezó a insultar con palabras hirientes y groseras, buscando pelea, pero, al no obtener respuesta a sus improperios, se enfureció más, recogió del suelo una piedra y se la arrojó con violencia a Méndel. Este no tuvo tiempo de esquivarla, y, a causa del impacto, cayó de bruces. Desde entonces no ha vuelto a moverse. El polaco, luego de la agresión, huyó a toda carrera.

- ¿Nadie trató de detenerlo, de hablarle, para evitar el ataque?, preguntó Raquel, nerviosa y confusa.

- Lo lamento. La sorpresa nos dejó paralizados.

Raquel gimió de angustia y, de súbito, abandonó el lugar corriendo. Necesitaba alejarse. Se resistía a creer que su hermano se hallara en ese estado. Méndel era un muchacho tranquilo, amable, a quien no le gustaban las peleas. Raquel corría y corría. Ansiaba comunicarle a su madre lo sucedido.

- Mamá, mamá, gritó al llegar a la entrada principal de su casa. Abreme pronto, por favor.

Sarah estaba en la cocina. Preparaba la cena, algo apurada, pues debía bajar pronto a trabajar en la tienda de sus padres. Al oír la voz de su hija que la llamaba, descendió corriendo las escaleras.

- Raquel, ¿qué haces aquí tan temprano? ¿qué sucede? ¿estás bien, hijita?

- ¡Es Méndel, mamá!. No me oye, está tirado en el patio del colegio, inconsciente. Un muchacho lo golpeó con fuerza, y el médico está por llegar.

Sarah miró a su hija, horrorizada, y sin mucho pensarlo, empezó a correr. Las lágrimas no le permitían ver con claridad. El largo delantal de cocina se le enredaba entre las piernas, impidiéndole avanzar rápido. Y sin embargo, ella no se detenía.

- Mamá, mamá, espérame, gritaba Raquel.

Pero Sarah no la escuchaba. Sollozaba y pensaba en Méndel. ¿Qué habrá sucedido?, ¿por qué lo habrán golpeado?, ¿mi hijo herido?, Dios mío, no lo permitas. Ayúdame a que esté bien, que nada le haya sucedido.

Sarah continuó corriendo, hasta que a lo lejos divisó la aglomeración de gente. La ansiedad la consumía. Deseaba poder correr más de prisa. Necesitaba saber qué había pasado.

Raquel se había quedado atrás. Por más que corría, no lograba alcanzar a su madre, y en su mente bullían torturantes pensamientos: ¡Pobre mamá!. Tanta preocupación por nuestro bienestar y ahora me ha tocado precisamente a mí darle malas noticias. Ya ella tiene suficientes problemas, con siete hijos a quienes alimentar y cuidar... Además de su trabajo, rutinario y fatigoso. Así continuaba pensando y corriendo. Ya pronto llegaría.

Sarah se acercó al grupo, justo a tiempo de ver cuando varios enfermeros introducían a su hijo, sobre una camilla, en una ambulancia. El médico vigilaba el procedimiento, atento a la observancia de sus órdenes. La señora Popovich, al ver que la madre de Méndel se dirigía al grupo, le salió al paso.

- Señora Ratovich, me alegro de que esté presente. Siento mucho lo sucedido. Venga por aquí. El doctor podrá darle explicaciones sobre el estado de su hijo. Como usted seguramente sabe, fue agredido por un muchacho extraño al colegio. Por acá, ¡sígame, por favor!.

Doctor Wasserman, le presento a la señora Ratovich. Es la madre del muchacho herido.

- A sus órdenes, señora, dijo el Doctor Wasserman extendiendo la mano, y ante el silencio expectante y la expresión afligida de su interlocutora, agregó:

- Acabo de examinar a su hijo, lo mejor que pude, dadas las circunstancias. En apariencia, tiene una contusión muy fuerte. Debemos llevarlo sin tardanza al hospital. Si usted lo desea, puede acompañarnos.

Sarah se secó las copiosas lágrimas. No podía hablar. Estaba confundida. Pero, sobreponiéndose, asintió con un movimiento de cabeza. Estaba consternada por la escena que acababa de presenciar. Ver a su hijo herido y en una ambulancia, era algo tan inesperado.

Un enfermero, notando la expresión de urgencia visible en la cara del doctor Wasserman, descendió del vehículo, y acercándose a Sarah, le dijo:

- Venga por aquí, señora, déjeme ayudarla a subir. Puede sentarse al lado de la camilla de su hijo. Tenga cuidado al subir la escalera, no vaya atropezar. Continúe hasta la parte delantera. Allí hay donde sentarse. Con cuidado, por favor.

Sarah se dirigió hacia el lugar que le señalaban, y una vez sentada, levantó la vista y vió a Méndel. El muchacho continuaba con los ojos entrecerrados, pálido en extremo, y no se movía. Su madre sintió de repente cómo los ojos volvían a nublársele de lágrimas. Con un esfuerzo sobrehumano, logró tranquilizarse, y tomando una mano de su hijo entre las suyas comenzó a decirle con susurros entrecortados:

- Hijito querido, mi amor, te habla mamá, ¿cómo te encuentras?. ¿Te duele mucho la cabeza?... ¡Contéstame, por favor!.

Quedó a la espera de una respuesta, pero Mendel permanecía exánime, sin expresión. Entonces, ella, en tono más alto, siguió insistiendo:

- Méndel, Méndel, contéstame. Dime que estás bien, por favor, dímelo.

Al cabo de un rato, empezó a sollozar nuevamente.

- ¡Dios mío, ayúdame! pidió, no permitas que nada le ocurra.

Uno de los enfermeros, advirtiendo la desesperación que la invadía, le palmeó con delicadeza la espalda diciéndole:

- Señora, tenga fe. Pronto llegaremos al hospital y su hijo será bien atendido por personal competente. Por favor, no se angustie tanto. Ella lo miró como si no entendiera, pero en el fondo agradeció al enfermero su preocupación, y mirando de nuevo a Méndel, comenzó a rezar con fervor. Sentía un dolor intenso al ver a su hijo en ese estado. Hacía sólo algunas horas, cuando sus hijos se despidieron de ella, como era lo usual cuando partían para el colegio, Méndel, su querido hijo, era un niño lleno de vida y de alegría. Pero ahora se hallaba tendido en una camilla, sin saberse las consecuencias que traería el golpe sufrido en la cabeza. Le acarició con ternura el rostro, como queriendo desaparecer todo vestigio de daño, y quedó pensativa por un instante:

¿Qué le ocurrirá a mi hijo? ¡Dios mío!...

La ambulancia se desvió del camino principal y, disminuyendo la velocidad, se aproximó a la entrada lateral del hospital, donde un llamativo letrero señalaba: "EMERGENCIA". Allí, alertados por la sirena de la ambulancia estaban ya en espera dos enfermeros, quienes de inmediato se dirigieron al vehículo, ya detenido, y procedieron a abrir sus puertas posteriores. Enseguida sacaron con cuidado la camilla donde se hallaba Méndel y la depositaron suavemente en el suelo. Comenzaron a rodarla hacia adentro, y una vez en el interior del edificio, aceleraron el paso, tratando de ganar tiempo. Sarah seguía de cerca la camilla, con paso apresurado, pero al acercarse a dos grandes puertas de vaivén que daban acceso a la sala de urgencias, la detuvo un señor uniformado.

- Señora, usted no puede entrar aquí. Por favor, vaya a la recepción, le dijo señalándole el camino. Es necesario que llene unas planillas para permitir el ingreso de su hijo.

Ella, viendo que ya se habían llevado a Méndel, se dirigió en silencio a donde le habían indicado, y con voz vacilante se identificó ante la enfermera que allí atendía. Era una muchacha hermosa, de ojos almendrados, cabellos largos color castaño sujetos por la blanca cofia, complemento de su uniforme del mismo color, de enfermera profesional. Con voz suave, se dirigió a Sarah.

- ¿En qué puedo servirla?.

La atribulada madre se tomó algunos instantes para contestar, mientras intentaba poner en orden sus pensamientos.

- Mi hijo tuvo un accidente y acaban de traerlo a este hospital. Entiendo que debo llenar unos papeles para que puedan admitirlo.

- ¿Adónde lo llevaron?.

- Al pabellón diecinueve, contestó llorosa.

- Tranquilícese, por favor, su hijo se pondrá bien. Tenga la bondad de llenar estas dos hojas. Tan pronto termine, devuélvamelas, para darle curso al ingreso.

Sarah miró a la enfermera, con expresión ausente.

- ¿Se siente usted bien?.

- Sí, señorita, no se preocupe. Y con estas palabras, se alejó de la recepción. Se acomodó en la silla roja próxima a la ventana, con la mirada perdida en el vacío. No veía nada. Sus ojos reflejaban un profundo estupor y las lágrimas pugnaban por salir. De repente, una voz conocida la sacó de de su abstracción.

- Mamá, mamá, decía Raquel, Tío Max me recogió en el colegio cuando supo lo ocurrido a Méndel, y vinimos a saber de él y a estar contigo.

Al volver a la realidad, Sarah les sonrió débilmente a sus dos seres queridos. Max le dio un emotivo abrazo, que prolongó bastante, como queriendo mitigar la gran pena de su hermana, y cuando por fin se separaron el preguntó con ansiedad por el estado de su sobrino.

- No sé en realidad como sigue, respondió Sarah, con voz compungida. Lo pasaron a pabellón. Según el médico, tiene una fuerte contusión producida por el golpe recibido en el colegio. Pero yo lo vi muy mal. Estaba inconsciente, no se movía, no escuchaba mis palabras...¡Dios mío, que desgracia!

- Calma, querida Sarah. Ya sabremos cómo está. Seguramente el doctor lo está examinando a fondo.

- Max, me entregaron estas planillas para llenarlas, pero en estos momentos no puedo concentrarme. Por favor, hazlo tu por mí, te lo ruego.

El tomó las hojas de las manos de Sarah y fue hasta la recepción, donde procedió a llenarlas. Entretanto, Raquel, con amorosas caricias, consolaba a su atribulada madre.

Una media hora más tarde vieron que el Doctor Wasserman se aproximaba.

- Doctor, mi nombre es Max Sprintis. Soy tío de Méndel Ratovich, el escolar que trajeron herido. Por favor, díganos cómo se encuentra.

- El paciente no está bien, contestó el médico frunciendo ligeramente el ceño. El golpe que recibió en la cabeza fue muy serio, y se encuentra en estado de coma. Lo único que nos queda por hacer, es esperar a que recobre fuerzas y logre salir de esa condición. Lo mantenemos en estricta y constante vigilancia para ver si se producen cambios.

Sarah lo miró con rostro demudado.

- ¿Pero, doctor, está en peligro de muerte?.

- No lo sé, señora Ratovich. Todo depende de cómo reaccione en las próximas horas. Si desea verlo, venga conmigo.

Ella lo siguió en silencio. Detrás venían Max y Raquel, cabizbajos y pensativos. No había nada más que decir. El cuerpo de Sarah temblaba de miedo y preocupación. Sentía el corazón oprimido. ¡Cuánto necesitaba en estos momentos a Nathán, su esposo, pero qué lejos se hallaba él, sin imaginarse el trance mortal de su querido hijo!

Al entrar en el pequeño cuarto asignado a Méndel, dirigieron sus miradas hacia el muchacho. ¡Su cara tenía el color de los cirios, parecía una máscara, sin ninguna expresión!. Al lado de la cama permanecía sentada una enfermera, atenta a cualquier cambio que pudiera presentarse. Su madre no pudo controlarse más, y comenzó a llorar lastimeramente. Mendel tenía tan sólo doce años. ¿Como podía estar al borde mismo de la muerte, cuando siempre había sido un muchacho tan sano, tan lleno de vida?. Raquel acariciaba el cabello de Sarah, quien se había sentado a la cabecera de la cama de su hijo, y, de vez en cuando, le secaba las lágrimas que rodaban sin cesar por sus mejillas. Max observaba con mucho sentimiento el cuadro formado por su hermana y sus sobrinos.

- Raquel, le pidió Sarah, por favor vuelve a casa. Tienes que velar por tus otros hermanos mientras yo me quedo en el hospital. Diles que se comporten bien en mi ausencia.

Max, por favor, llévala tú. Los muchachos están por regresar del colegio y la comida está a medio hacer. Ella tendrá que encargarse de todo hasta mi regreso. Y, por favor, no le digas nada a la abuelita hasta que Méndel se recupere. La haría sufrir mucho.

Raquel, atenta a la solicitud de su madre, se acercó y le dio un beso de despedida.

Con espontáneo impulso, Max estrechó a su hermana entre sus brazos, como queriendo infundirle fuerzas y coraje, y, sin una palabra, ambos se alejaron. Sarah los vio salir de la habitación, y enseguida se acercó a la cama de Méndel, quien continuaba en la misma posición, y pensó con desasosiego que no era una buena señal. Si no fuera tan creyente, pensaría que su hijo se estaba muriendo. Pero debía conservar la fe en todo momento. Quizás así Dios la escuchara y se produjera el milagro de ver a su hijo salir del hospital sano y salvo para reunirse con los demás miembros de la familia.

Entretanto, Raquel llegó a su casa, acompañada de Max. Después de agradecerle su compañia y de despedirse, abrió con cuidado la puerta principal de la casa, por temor a que su abuelita, residente en la planta baja del inmueble, le saliera al paso preguntándole dónde había estado. Comenzó a subir despacio la escalera hasta el segundo piso. Una vez allí, suspiró aliviada al pensar que aún no tenía por qué ponerla en antecedentes de lo sucedido a Méndel. Le quedaban unos veinte minutos antes del regreso de sus hermanos, y además de terminar el almuerzo debía limpiar un poco la casa y colocar todo en orden.

Al cabo de algunas horas, el Doctor Wasserman pasó a visitar a Méndel. No le vio ninguna mejoría, y, no obstante su enfoque objetivo de experimentado profesional, sintió pesadumbre, al pensar que ya muy poco se podía hacer por el muchacho. Sus conocimientos y experiencia de casos similares le permitían inferir que su paciente no llegaría con vida al día siguiente, y experimentaba un sentimiento de incompetencia, de inutilidad, ante la cruel evidencia de que la medicina aún no había evolucionado lo suficiente como para arrebatar al pobre niño de la muerte. Dirigió la mirada a la desventurada mujer, sentada allí desde hacía tantas horas, con la mano de su hijo entre las suyas, con el doloroso presentimiento de su partida definitiva, y rezaba a un Dios omnipotente, amo y señor del universo. Pero en este caso todo estaba casi perdido. La vida del muchacho pendía de un hilo, a punto de romperse. Se acercó a Sarah y le preguntó con amabilidad:

- Señora, ¿desea reposar un rato?, lleva usted muchas horas sentada ahí. Le puedo dar órdenes a la enfermera para que le arregle el sofá anexo a la cama del enfermo, y así podrá recuperar fuerzas.

- No, gracias. Deseo quedarme con mi hijo el mayor tiempo posible. Dígame con sinceridad, doctor, ¿cree usted que se salve?

- De veras no lo sé, apreciada señora. Le estaría mintiendo si le dijera lo contrario. Por el momento, no observo ningún cambio en el estado del niño. El pulso es aún muy lento, y no ha respondido al tratamiento. Todo está ahora en manos de Dios.

Yal alejarse, el bondadoso galeno pensó cuánto desearía poder consolar a esta buena señora diciéndole que su hijo mejoraría. Pero no era así. No creía que eso sucediera.

Sarah lo siguió con la mirada. No se le había dado ninguna esperanza, pero aún tenía fe y seguía confiando en que ocurriría un milagro.

- Hijito, te pondrás bien. Sé que pronto abrirás tus ojos y me hablarás nuevamente.

Pero ella no creía en lo que estaba diciendo, y se estremeció ante la escalofriante premonición de que pronto moriría.

Mendel sobrevivió algunas horas más, pero nunca recobró el conocimiento. Max regresó al amanecer para acompañar a su hermana y a su sobrino, pero se encontró con que el muchacho acababa de fallecer, y ella lloraba sin consuelo.

Lo enterraron al día siguiente. La mañana estaba húmeda y nublada. Los familiares y amigos acompañaron en procesión el ataúd que contenía el cuerpo de Méndel hasta su última morada. Todos en el pueblo apreciaban a la familia y habían querido al muchacho por su carácter afable y cariñoso.

La abuela lloraba en silencio observando a su hija. ¡Qué diferente habría sido todo si Nathán, el esposo de Sarah, hubiera en estado esos momentos a su lado! Pero él se había ido a Suramérica hacía seis años, como tantos otros millares de emigrantes europeos, a buscar fortuna en el Nuevo Mundo, ya no tan nuevo a cientos de años de su descubrimiento, pero pletórico de posibilidades de mejoramiento económico para personas audaces y emprendedoras. Los años que precedieron a la partida del jefe de familia habían sido muy difíciles, debido a que las entradas no cubrían los gastos básicos del hogar. Sarah se había visto obligada a prestarle ayuda a su esposo haciendo diversos trabajos fuera de la casa para lograr ganancias que incrementaran el ingreso familiar, hasta equipararlo con los crecientes egresos. Pero aun así no podían sufragar sus modestísimas necesidades. En ocasiones, debían privarse de algunas comidas, para darle a cada uno de sus hijos la alimentación requerida en su etapa de crecimiento. En vista de tan afligentes estrecheces económicas, Nathán, siguiendo los consejos de un amigo, decidió probar suerte en el exterior, con la intención de reunir el dinero necesario para enviar a buscar a su familia. Pasado más de un lustro, los planes del viajero estaban lejos, muy lejos de verse realizados, y ahora la tragedia se ensañaba en el grupo familiar...

Todo ha terminado, pensó Sarah al finalizar el kaddish[1].

El ataúd de pino ya había sido depositado en la fosa y a los presentes los embargaba el doloroso sentimiento de todo ser humano ante la partida sin retorno de un ser querido, agudizado en el caso presente por otra sensación no menos penosa, la de ver segado por la fatalidad a un capullo que ya nunca florecería. Max arrojó sobre la urna un puñado de tierra, y enseguida varios de los familiares y amigos continuaron con el ritual. El rabino, en aquel solemne momento, decía palabras hermosas que llegaban al corazón. Pero la mente de Sarah divagaba sobre todo lo acontecido. Parecía una pesadilla. Tan sólo ayer Méndel había salido de su casa camino del colegio, y hoy su vida terminaba. No deseaba saber qué niño lo había golpeado, sin duda movido por el impulso de malsanas ideas inculcadas por padres fanáticos e irresponsables. Todo ser humano, reflexionaba con desolación, tiene derecho a su identidad, a su religión y a su vida. Pero a él, al desdichado Méndel, todo esto le había sido negado a sus escasos do-

---

[1] *Kaddish*. (arameo: santo) Himno doxológico arameo que ha llegado a ser la oración por excelencia en memoria de los muertos. (N. de la A.)

ce años. ¡Dios mío, mira hacia tu hijo, y ya que no pudo permanecer entre nosotros, llévalo a tu lado, no lo desampares!. Y comenzó a llorar en silencio, lágrimas que brotaban de lo más profundo de su ser. En ese momento, Raquel se acercó hasta ella, y tomándola suavemente del brazo, le dijo:

- Mamá, es hora de regresar a casa ¡vamos!.

Se dejó llevar, lanzando una última mirada hacia el sitio donde debía dejar a su retoño. Y siguiendo el camino hacia la casa, en compañía de su familia, susurró:

- Adiós, Méndel, siempre te llevaré dentro de mí. Eso nadie me lo puede quitar.

Al retornar todos a casa, se comenzaron a hacer los preparativos para la shiva1. Debían, según la tradición judía, sentarse durante siete días en sillas bajas, como señal de duelo, y esto les daría la oportunidad de analizar lo sucedido y llegar, si no a aceptar los hechos, por lo menos a resignarse ante lo inevitable.

Raquel se movía ligera, tratando de ayudar a todos. Debía encargarse de sus hermanos, siendo la hermana mayor, y de igual manera quería reconfortar a los adultos, que tanto estaban sufriendo. Sarah estaba en apariencia tranquila. Por momentos, lágrimas solitarias caían por sus mejillas. El doctor Wasserman le había recetado medicamentos para la depresión, los cuales la mantenían en un estado similar a la embriaguez. Max la observaba de continuo, pensando que ella no se merecía lo que le estaba sucediendo. Siempre había sido una mujer íntegra, dedicada de lleno a sus responsabilidades.

Capítulo 3

Max, Sarah y Teresa, dotados por la naturaleza de un valioso don, la belleza corporal, se criaron en el seno de una acomodada familia de la clase media y recibieron la mejor educación que la holgada posición económica de sus padres pudo proporcionarles. Max, el mayor, cursó el bachillerato, se graduó con altas calificaciones y optó por trabajar en el próspero negocio familiar, de venta de víveres, con miras a adquirir la experiencia necesaria para independizarse en un futuro en el ramo del comercio. A sus veintiún años era todo un buenmozo. Estatura promedio, elegante, de cabello castaño oscuro y de ojos vivarachos, muy dados a fijarse en cualquier mujer hermosa. Para él constituía un orgullo, algo pueril, su fama de mujeriego. Sara era espigada, esbelta, curvilínea. Su tez, de blancura marfileña, era digno fondo para su cabello castaño claro y sus impresionantes ojos verdes, todo el conjunto agraciado en grado superlativo por un indefinible toque de distinción. Cuando acababa de cumplir diecisiete años, una sombra de preocupación se cernió sobre su existencia de joven ya casadera, al escuchar cierta noche a sus padres conversando en voz baja acerca de la conveniencia de conseguirle marido. Había previsto con aprensión ese momento. Obediente y respetuosa de las costumbres y tradiciones de su raza, estaba muy consciente de algo: cuando sus padres eligieran para ella un esposo, no podría poner objeciones. Pero resentía esa rígida imposición, pues la misma hacía añicos doradas ilusiones secretamente acariciadas en sus ensoñaciones de doncella núbil. Esas quimeras se materializaban a menudo cuando en el colegio reparaba en algún apuesto joven con las características del místico principe azul. Entonces su imaginación la llevaba a fantasear con la posibilidad de que el elegido por sus padres para convertirse en su compañero de toda la vida fuera justamente aquel soñado caballero en albo corcel. Las probabilidades de darse la ansiada coincidencia eran escasas, como pudo comprobarlo pronto, con amarga decepción, la romántica Sarah. Abraham y Silvia Sprintis eran personas conservadoras, de ideas ortodoxas. Creían que su hija necesitaba para ser feliz en la unión conyugal un muchacho de altos valores morales, apegado a su hogar, en fin, un modelo para su familia. Ello los llevó a buscar el candidato a marido de su hija en una yeshivá[1]. En esas instituciones educativas se les inculcaban a los estudiantes estrictas normas de conducta basadas en la ética y el ferviente amor a la religión. Después de mucho indagar entre personas de la comunidad, conocieron a los padres de Nathán Ratovich, alumno de la yeshivá existente en Cracow. Entablaron conversaciones con ellos y arribaron a la conclusión de que sus hijos, ambos en edad de contraer nupcias tenían en común la religión y una formación moral

---

[1] *Yeshivá*. Academia talmúdica o escuela rabínica superior. (N. de la A.)

intachable. Con base en estos dos valores fundamentales, podrían lograr un matrimonio estable y fructífero. Al principio, el amor no sería elemento indispensable para el avenimiento de la pareja. Este surgiría como producto del tiempo, la convivencia y la experiencia compartida.

Nathán era un joven blanco, de baja estatura, delgado, de ojos pequeños, nariz recta, taciturno y de expresión ausente. Avido de aprender, se sumergía con suma frecuencia en los libros. La vida mundana que transcurría fuera de la yeshivá no le interesaba. Y en cuanto a mujeres, carecía de experiencia. Algún día debería casarse, así lo prescribía su religión, pero nunca se había detenido a pensar en ello. Los estudios ocupaban todo su tiempo.

Una mañana, los padres de Nathán fueron a visitarlo. Según las reglas de la escuela, los encuentros de los alumnos con sus padres tenían lugar en una sala pequeña pero acogedora, de altas paredes, con estantes de madera antigua en los cuales se alineaban centenares de libros religiosos para consulta de los estudiantes. En la única pared desprovista de estantes resaltaba un enorme cuadro. La pintura representaba, con asombroso realismo, a un hombre joven, de expresión bondadosa, absorto en el estudio o la meditación. El moblaje de la sala lo componían además varios sillones grisáceos, colocados en forma de semicírculo, y una vieja poltrona maciza con forro de cuero mostaza bastante desgastado. El primero en llegar fue Meir Ratovich, delgado, menudo, de rasgos finos, quien se adelantó y estrechó con efusión a su hijo, en cuyo rostro se reflejó la alegría por el reencuentro. Todavía en un semiabrazo con su padre, el muchacho preguntó con un dejo de ansiedad:

- ¿Y mamá donde está?

La pregunta se debía a que usualmente sus progenitores lo visitaban juntos.

- No te inquietes. Con el afán de verte, caminé demasiado a prisa. Ella debe de llegar pronto. ¿Y tú como estás?

- Bien, papá. Con mucho que estudiar. Como tú sabes, este es mi último año en la yeshivá y debo emplearme a fondo para lograr las mejores notas. Además, el estudio en sí me apasiona, no me cansa.

- ¡Nathán! ¡Nathán! hijito querido, ¿cómo te sientes? ¿cómo te va? entró preguntando Blima Ratovich con excitación.

Instantes después, los dos se fundían en un apretado abrazo complementado con amorosos besos.

- Estás tan hermosa como siempre, mamá, dijo él contemplándola con adoración.

- Gracias, mi amor. Sé que tú me ves así y eso me hace muy feliz, repuso ella, sabedora de no ser físicamente bella, con su corta estatura, su complexión robusta y su cabello castaño oscuro con visos rojizos, no obstante lo cual poseía cierto atractivo en su luminosa mirada, trasunto sin duda de su rica vida interior y sus cualidades de excelente esposa y madre.

- ¡Qué alegría verlos! Pero vengan, pónganse cómodos. Papá, siéntate en la vieja poltrona. Está bastante gastada pero es la más cómoda. Y tú, mamá, aquí a mi lado.

- Ellos siguieron las indicaciones dadas, y una vez acomodados, el señor Ratovich dijo con lentitud, poniendo énfasis en sus palabras.

- Nathán, el motivo principal de nuestra visita es plantearte algo de gran importancia.

Aquél miró a su padre con expresión de sorpresa ante la seriedad con que pronunció las últimas palabras. El señor Meir continuó:

- En seis meses terminas tu instrucción religiosa, y tu madre y yo hemos decidido que, una vez graduado, organices tu vida casándote con una buena muchacha de la comunidad. Así empezarás a formar tu propia familia. Nathán lo escuchó con mucha atención y con el asombro pintado en el rostro ¿Casarme yo? pensó. No puede ser. A mis veinte años, apenas estoy empezando a prepararme para la vida. Ignoro lo que ocurre fuera de la yeshivá. Mi tiempo se lo dediqué al estudio y en realidad no sé en qué consiste ser un buen esposo. ¿Cómo podré mantener a mi familia...?.

Su padre le interrumpió los pensamientos diciendo:

- ¿Qué pasa, Nathán?, ¿por qué esa expresión de duda?. Sabes que es una mitzvá[1] contraer matrimonio. Debes perpetuar el nombre de nuestra familia a través de tus herederos. Tu madre y yo nos regocijamos a menudo pensando en el maravilloso día en que nazcan nuestros nietos.

Nathán miró en forma alternativa a su padre y a su madre. Observó con cuánto orgullo mencionaban la posibilidad de esos nietos. Siendo hijo único, percibía la frustración de ellos al no haber podido engendrar otros vástagos y tener que conformarse con sólo uno.

- Nathán, conversamos con Abraham y Silvia Sprintis. Nos los presentó la señora Avivi, quien los conoce muy bien como personas religiosas, morales y de buenos recursos económicos, dispuestas a ayudarte si se realiza el matrimonio propuesto.

El muchacho seguía escuchando impasible las palabras de su padre. Pero en lo íntimo de su ser había desolación. Cualesquiera fueran las argumentaciones que opusiera, no había escapatoria. Los jóvenes no podían

---

[1] *Mitzvá*. Mandamiento, precepto, buena acción. (N. de la A.)

41

opinar en estos casos. Los padres tomaban la decisión, y ésta debía cumplirse.

- Pero, papá ¿tú me consideras apto para el matrimonio?. Mi única ocupación hasta ahora ha sido sido estudiar religión. No sé cómo mantener una familia, o cómo comportarme en el mundo exterior.

- No te preocupes, así nos casamos nosotros. Al principio éramos inexpertos. La experiencia en el matrimonio se adquiere con el tiempo. Luego los esposos se van conociendo, sus destinos se unen más y más estrechamente, se hacen uno solo, y comienzan a luchar por una misma causa. Cuando llega la descendencia, la unión se consolida y los objetivos se vuelven comunes. Ya lo verás, no es tan complicado. Además, contarías con la ayuda material de tu futuro suegro, quien les dejaría utilizar el piso de arriba de su casa como hogar, pues así tendría la satisfacción de tenerlos cerca.

La señora Blima no había intervenido en la conversación, con el fin de permitir que su esposo le explicara bien al muchacho el acuerdo tomado días antes. Pero en aquel momento consideró oportuno agregar:

- La hija de esta buena gente es muy bella y una estupenda muchacha, según las referencias que tenemos. En todo sentido, el que ella sea la elegida es un verdadero privilegio para ti. Cuando la conozcas, lo comprobarás. Por otra parte, con la ayuda económica del señor Sprintis tendrás la posibilidad de continuar con tus estudios religiosos en la casa y en la sinagoga. No te preocupes tanto. Confiando en Dios, todo saldrá bien.

Nathán resolvió acatar la decisión de sus padres. Por la seriedad del diálogo, dedujo que era asunto concluido. Cuando los cabezas de familia se daban la mano, era un trato, y éste no se podía alterar en absoluto. Su padre había dado su palabra y él, Nathán, debía cumplirla.

Los meses transcurrieron. Nathán se graduó y se fue a vivir en casa de sus padres, en espera del momento de casarse con Sarah. Aún no la conocía, y trataba de imaginarse cómo sería. Según Blima, era bella, inteligente y bondadosa, pero él no tenía manera de formarse su propia opinión, y eso lo intranquilizaba. A Sarah le informaron sus progenitores sobre su futuro compromiso con Nathán, y se sentía bastante asustada. Dada su edad, le faltaba conocimiento de la rutina doméstica. Había ayudado a su madre en las faenas del hogar, pero ¡tenía tanto que aprender!. Siempre había sido guiada y orientada por Silvia, y pensaba en las dificultades que enfrentaría cuando no estuviera viviendo con ella. Por supuesto, habitarían en el mismo inmueble, pero, ya casada, sus muchas obligaciones no le permitirían bajar a menudo a pedirle consejo a su madre. ¡Oh, Dios!, ¿cómo será todo?. Me pregunto si todas las mujeres, cuando se van a casar, experimentan este miedo. Además, de continuo trataba de imaginar el aspecto físico de Nathán. ¿Le agradaría? ¿sería alto y delgado, o bajito y gordo, o desgarbado?, ¿se vestiría bien? ¡Pobre Sarah! ¡Cuántas preguntas cruzaban por su mente!. Las informaciones dadas por sus progenitores no le parecían suficientes. Quería saber más. Pero, hasta estar casada, no podría descifrar las incógnitas. Nathán vivía en el pueblo de Birkenau y no llegaría hasta la víspera de la boda.

- Ven, mi amor, no hagamos esperar a tu padre, le pidió Silvia a su hija la noche del compromiso. Ya debe de estar impaciente.

Sarah salió del cuarto. Su agitado corazón latía acelerado. Al fin conocería a Nathán.

- Acércate, Sarah, le pidió su padre. Quiero presentarte

a la familia Ratovich.

- Meir, esta es mi hija Sarah.

- Mucho gusto. ¡El Señor sea bendito!, eres muy bella, tal como nos habían contado.

Ella se ruborizó y confundió de momento. Recuperándose, le ofreció la mano.

- Encantada, señor.

- Ven, hijita, la llamó de nuevo su padre. Quiero presentarte a la señora Ratovich.

- Es un placer conocerla, señora, la saludó con amabilidad.

- El placer es mío, contestó Blima, quien la estaba observando desde que entró en la sala, y se sintió bien impresionada ante la vista de su futura nuera.

- ¡Y éste es Nathán!, exclamó con alegría la mamá de Sarah.

Esta, cohibida, lo miró por un momento y se quedó silenciosa. Entonces Nathán la saludó:

- Hola, Sarah, tenía muchos deseos de conocerte. Mis padres me han hablado mucho de ti...Veo que no han exagerado la realidad, añadió sonriente.

- Hola, Nathán, yo también deseaba verte, respondió con timidez Sarah.

De seguida, Abraham encaminó con amabilidad a los concurrentes hacia la mesa del comedor. Ya el rabino había llegado, y estaba todo dispuesto para comenzar con el ritual del compromiso. Dos candelabros de plata relucían en el centro de la mesa, y Silvia estaba encendiendo las velas. Los hombres, conversando, se acercaban y se disponían a tomar asiento. Sarah aprovechó el intervalo para observar con detenimiento a Nathán. Por recato, no lo había mirado así cuando su madre se lo presentó. ¡Qué bajito es, pensó Sarah. Yo soy mucho más alta. Pero es agraciado, parece fino, y su sonrisa es seductora. Cuando sonrió, hace un rato, me sentí fascinada.

- Silencio, pidió el rabino Zohovich. Nos hemos reunido hoy en alegrías para celebrar el compromiso matrimonial de Nathán y Sarah. Por favor, los futuros contrayentes acérquense a mi lado. Quiero, en este día tan importante en la vida de ustedes dos, explicarles algunos conceptos básicos para su vida futura.

La ceremonia transcurrió con solemnidad, y fue seguida por una animada celebración. Los futuros consuegros estaban eufóricos. De las mentes de Nathán y de Sarah se habían disipado los nubarrones de la incertidumbre. El la miraba con adoración y ella correspondía candorosamente a sus miradas, y vislumbraba en su apasionada imaginación, su próxima boda, en la cual ella marcharía, a los acordes de la música nupcial, al encuentro de quien debía ser su esposo para toda la vida.

Capítulo 4

El invierno, benigno ese año en la región de Polonia donde se halla enclavado Jalowiec, se batía en retirada, y ya se respiraba en el ambiente el hálito de la cercana primavera.

Era el diez de marzo, día fijado para la boda de Nathán y Sarah. Ella se había levantado antes del alba, y parte de la mañana la dedicó, junto con su madre, a ultimar detalles relacionados con la celebración de tan fausto y trascendental acontecimiento. Ahora cepillaba su hermoso cabello castaño antes de vestir el lujoso atavío nupcial. Mientras efectuaba distraídamente, frente al espejo del tocador, la rutinaria tarea, recordaba su primer encuentro con Nathán. Su personalidad y manera de desenvolverse le habían agradado. Entre ellos se había establecido, de inmediato una corriente de afinidad. Lo único discordante, en lo físico, era la diferencia de estatura entre los dos. Ella, alta, él bajo. Cuando se lo mencionó a su madre, ésta, condescendiente, dijo:

- Hijita, en una relación entre dos personas existen valores superiores a la simple belleza física. Tu futuro esposo no será espigado y bien parecido, pero tiene a su favor muchas cualidades positivas, las cuales influyeron de forma decisiva en nuestra preferencia por él. Por otra parte, no debes olvidar que un hombre pequeño, Napoleón, revolucionó a Europa y figura entre los que cambiaron el mundo, agregó sonriendo. Sarah no hizo ningún comentario, se levantó, y alejándose del tocador admiró de nuevo el vestido de novia extendido sobre la cama.

- ¡Qué bello es! exclamó con visible satisfacción.

Su madre le había confeccionado un traje largo, de encaje blanco, con aplicaciones de lentejuelas tornasoles. El arreglo para el cabello era una preciosa diadema cubierta de flores pequeñísimas elaboradas con un gusto exquisito por una vecina de la familia. Remataba en un tul blanco, dispuesto en varias capas, una de las cuales cubriría el rostro de Sarah a su entrada a la sinagoga.

Tan pronto se fijó la fecha de la boda, Silvia empezó a trabajar a toda prisa en la preparación del ajuar de su hija, y su primera diligencia fue comprar los materiales para las diversas prendas que iba a confeccionar: vestidos para Sarah y artículos de lencería para el hogar; sábanas, acabadas a mano, con encajes y cintas bordeando los relieves; toallas con las iniciales bordadas en el frente. Todo escogido con acierto y buen gusto, como en la rumbosa boda de Teresa. Colocó a la entrada de su casa dos mesones de madera para disponer los regalos a medida que fueran llegando.

La recepción, para la cual fueron invitados numerosos familiares, amigos y vecinos, se iniciaría ese mismo día cuando el Sol estuviera en el cenit. Primero se realizaría la ceremonia en la sinagoga. De allí los convidados se trasladarían a la residencia de la familia Sprintis, donde tendría lugar el festejo en honor de los desposados.

Cuando ya se acercaba la hora de salir para la sinagoga, Silvia se dirigió con paso apresurado hacia la habitación de su hija, tocó a la puerta y entró.

- Por favor, cierra, que estoy desvestida, dijo Sarah.

- Déjame ayudarte. Se está haciendo tarde y tu padre está por llegar a recogernos, urgió Silvia.

- Sí, mamá, mejor me apresuro. Procedió a levantar el traje de novia y a pasarlo sobre su cabeza.

- ¡Con cuidado!, no vayas a despeinarte. Bien. Ahora, el cierre.

- Gracias, mamá. Pásame el tocado.

Estando Sarah ante el espejo, Silvia le colocó algunas horquillas para fijar la rutilante diadema. Lucía esplendorosa, y sus ojos brillaban de excitación.

- Vuélvete para verte, le pidió su madre. ¡Oh, te ves tan hermosa! ¡Pareces un ángel!.

Entonces oyeron toques en la puerta y la voz de Abraham.

- Pasa, querido, para que veas a Sarah.

-¡Mi amor, estás preciosa!, exclamó el Señor Sprintis acercándose. Dios quiera que seas muy feliz. Una hija tan maravillosa como tú merece toda la dicha del mundo.

- Gracias, papá, por todo el cariño que tú y mamá me han brindado. Son ustedes unos padres ejemplares.

- Dios te bendiga, agregó el señor Sprintis.

- Vamos!, vamos!, se hace tarde, dijo Silvia tomando a Sarah del brazo para conducirla a la puerta. Ven, Abraham, salgamos juntos.

La ceremonia se efectuaría en la sinagoga cercana a la residencia de la familia, lugar donde concurrían a los rezos de los viernes en la noche, y alas fiestas religiosas. Nathán y sus padres ya aguardaban bajo la jupa.

Los invitados, inquietos, se voltearon en sus sillas para

ver mejor a la encantadora novia entrando del brazo de sus padres. Las notas de la música nupcial llenaron el recinto, y la ceremonia comenzó. Sarah no perdía detalle del solemne acto. Mientras el rabino hablaba, ella fijó la vista en Nathán, sobrio y elegante en su traje azul obscuro, distinguido porte, rostro impasible. La abuela, también atenta al ritual, del cual otrora fuera ella misma emocionada protagonista, hacía votos por la ventura de la pareja, tan bien integrada por dos jóvenes sanos y virtuosos. Max contemplaba a su adorada hermana con inmenso orgullo, y su mente, un tanto distraída de los familiares ritos, divagaba en remembranza de tiempos idos, cuando él, Teresa y Sarah, corrían felices por los campos y compartían juegos y travesuras. Y he aquí, el tiempo había transcurrido como un soplo y Sarah se estaba casando... De repente, se oyó un fuerte chasquido. Nathán acababa de romper con el pie una copa de vidrio, siguiendo la explicación del rabino: "La tradición conmemora la destrucción del antiguo templo de Jerusalén y advierte a la pareja de contrayentes sobre la necesidad de proteger su matrimonio para evitar una ruptura".

El novio se acercó a Sarah y la besó. Concluida la ceremonia, los concurrentes se levantaban. Los padres de los desposados los abrazaban con lágrimas de alegría y deseos fervientes de que la felicidad los acompañara siempre. A las congratulaciones se unieron con gran efusión Teresa y Joseph, llegados de Varsovia para la ocasión. Los invitados se acercaban, por turno, a manifestar su enhorabuena. El grupo formado por los recién casados, parientes y amigos, se dirigió a la casa de la familia Sprintis para celebrar el venturoso acontecimiento. Disfrutaron de varias horas conversando, saboreando el delicioso almuerzo preparado por Silvia y brindando por el bienestar de los recién casados. Llegó el momento en que Nathán y Sarah, algo fatigados por el ajetreo del día y por las gratas emociones experimentadas, se aprestaron a retirarse de la reunión. Primero se acercaron adonde se encontraban Abraham y Silvia, con quienes intercambiaron expresivas demostraciones de mutuo afecto y consideración. Y luego a los padres de Nathán, quienes partirían al día siguiente para su pueblo, los despidieron entre expresiones de cariño y contento, y mal reprimidos sollozos de nuera y suegra.

Al paso de los días, Nathán y Sarah fueron poco a poco sentando las bases de su convivencia. Nathán continuaba con sus estudios religiosos, mientras que Sarah cumplía con eficiencia y dedicación sus deberes de novel ama de casa. Las tareas que más le agradaban eran limpiar el pequeño apartamento y los pocos muebles, hasta dejarlo todo reluciente, y cocinar para su esposo, de quien ya conocía las preferencias en materia de comidas. El resto del tiempo lo utilizaba en ayudar a sus padres en la tienda de víveres, donde a menudo se reunía a conversar con Max.

Alos ojos de las respectivas parentelas, la alianza matrimonial marchaba apedir de boca. Había expectativa, eso sí, del feliz día en que Sarah anunciara su contribución al agrandamiento de ambas familias. La buena nueva no se hizo esperar. Un viernes en la noche, como era costumbre, Abraham y Silvia compartían con sus hijos la cena tradicional de shabat[1], y Nathán y Sarah aprovecharon la oportunidad para hacerlos partícipes de la noticia. Ya habían encargado su primer bebé. El regocijo afloró en el grupo familiar, y entre abrazos y buenos deseos a los futuros pa-

---

[1] *Shabat*. (Hebr. Sábado) Celebración por la llegada del sábado. (N. de la A.)

dres, transcurrió la velada más placentera que se daba en mucho tiempo en aquella morada, donde la fe en la religión de Moisés era norte y guía. Para la mamá en ciernes, las horas y los días transcurrían con lentitud, como arrastrándose. De vez en cuando reparaba en la transformación, el aumento de volumen, producido en su figura por el embarazo. A Nathán lo complacía la idea de tener un hijo. Cuando supo que su esposa iba a ser madre, extremó sus demostraciones de afecto hacia ella y con frecuencia la ayudaba en los quehaceres del hogar. Para asombro de Sarah, redujo al mínimo el estudio en la sinagoga para poder estar el mayor tiempo posible en la casa.

Una madrugada, Sarah se despertó con dolores en la espalda. Ya había entrado en el noveno mes de embarazo y cualquier sensación diferente le producía temor al pensar que ya el parto era inminente. Cuando le informó de su molestia a su esposo, el se puso muy nervioso y corrió a comunicarle la novedad a su suegra, quien acudió apurada al lado de su hija.

- ¿Qué sientes? interrogó Silvia con preocupación.

- ¡Mamá!, menos mal que viniste. Tengo contracciones. Cada vez son más fuertes.

- Creo que se aproxima el parto, contestó Silvia. Voy rápido a buscar a la comadrona. Entretanto acuéstate en la cama, y quédate tranquila. Nathán, por favor, acompáñala. No la dejes sola mientras regreso.

El se acercó a su amada esposa, la contempló con ternura, y tomándole una mano entre las suyas se sentó en el borde de la cama.

- No te preocupes, mi amor. Pronto te ayudarán.

Pero ella ponía poca atención a sus palabras. Las contracciones se intensificaban de tal manera que la hacían encoger de dolor. Su cara se crispaba y enrojecía. ¡Dios mío, ¡ayúdanos! oró en silencio.

- Sarah querida ¿te duele mucho?, le preguntó Nathán en voz alta, interrumpiendo sus pensamientos.

En respuesta, ella lanzó un grito. Las contracciones se repetían ahora más fuertes y seguidas, eran insoportables. Nathán se sobresaltó ante la situación. Entonces vio llegar a su suegra con la comadrona.

- Gracias a Dios ya están aquí.

La experimentada profesional se acercó a Sarah para reconocerla. Silvia le pidió a su yerno que abandonara la habitación y le avisara a Abraham lo que sucedía. Nathán salió de prisa.

- Suegro ¿dónde estás? llamó Nathán nervioso, al entrar en la tienda de víveres.

- ¿Qué pasa? le preguntó Max, quien se hallaba atendiendo a un cliente.

- Se trata de Sarah. Ya tiene los dolores de parto. Tu mamá y la matrona están con ella.

- ¡Papá, papá! gritó Max, ven pronto. Nathán esta aquí y dice que Sarah va a tener el bebé.

Abraham, al oír las palabras de su hijo, se acercó presuroso. Momentos después, los tres se encaminaron a la planta alta.

La comadrona volvió a examinar a Sarah, y se mostró complacida. Ya el cuello de la matriz se había dilatado casi en su totalidad. Alcanzaba a ver el cabello del bebé acercándose a la salida. Silvia secaba la frente sudorosa de su hija. Con dulces palabras, trataba de aliviarla.

- ¡Mamá! mamá, no puedo más, ayúdame, por favor.

- Ten valor, hijita, pronto terminará todo.

- ¡Puje fuerte, más fuerte! gritó la comadrona. Ya se acerca la cabeza.

- Ahora ¡ya!.

Sarah, al oír esas palabras, se armó de coraje y se esforzó con toda el alma. Y en aquel momento asomó la cabecita del bebé. La partera haló con lentitud y destreza el pequeño cuerpo, hasta que por fin, lo tomó con cuidado, y volteándolo boca abajo le dio una palmada. De repente, para júbilo de todos, se oyó un grito, que fue percibido hasta por los hombres que esperaban afuera.

- ¡Es tu hijo! le dijo emocionado Abraham a Nathán. Ya ha nacido.

- ¡Bendito seas, Dios mío! exclamó Nathán abrazando fuertemente a su suegro.

Ahora la preocupación de Nathán era saber cómo se encontraba su esposa y el sexo del recién nacido. Venciendo su timidez, se acercó a la entrada del dormitorio y tocó a la puerta, pero no obtuvo respuesta, en vista de lo cual él, Abraham y Max decidieron esperar. Seguro que las mujeres estarían terminando de arreglar al infante y a la madre.

- ¡Es un varón, Sarah!, dijo la comadrona, acercándole al niño lo suficiente para que pudiera verlo tal como vino al mundo. Ella lo observó en detalle, sus ojitos, sus deditos, y con un suspiro, susurró:

- Hijito, cómo te he esperado, qué pequeño eres...

Silvia lo vio de lejos y se enterneció. Mi primer nieto, pensó regocijada.

Después de haber transcurrido varios minutos, Nathán, Abraham y Max, se encontraban nerviosos y algo preocupados por la incertidumbre.

El suspenso lo rompió Silvia al abrir de pronto la puerta del dormitorio y exclamar:

- ¡Nathán querido, tienes un varoncito!

El flamante padre no pudo articular palabra.

- ¡Mazal tov! dijo Abraham. Dios le dé larga y feliz vida.

- Amén, agregó su esposa.

Hubo intercambio de abrazos y expresiones de congratulación, interrumpidos por Nathán al preguntar:

- ¿Y Sarah? ¿cómo se encuentra?

- A Dios gracias, bien. Sufrió mucho en el parto, pero todo fue normal. Ahora está descansando.

- ¿Puedo verla?.

Asintiendo con la cabeza, agregó:

- Aprovecha ahora, que está despierta.

- Nathán se dirigió hacia el cuarto, y después de llamar a la puerta dos veces consecutivas, la abrió. Desde la entrada divisó a Sarah, quien lo esperaba con una sonrisa en los labios, y extendiendo los brazos le dijo:

- Tenemos un niño lindo y sano y ¡estoy tan contenta!

- Yo comparto tu alegría. Mi amor, lo pondremos Samuel, como habíamos pensado.

- De acuerdo. Es un bello nombre para nuestro hijo.

Cuando Nathán hizo pasar a sus suegros a la habitación, les comentó sobre el nombre escogido. Abraham los miró con gratitud. Su padre, quien había fallecido hacia dos años se llamaba Samuel, y era un honor para él que su primer nieto recibiera tal nombre[1] . El rito de la circuncisión[2] fue fijado en la sinagoga para el octavo día después del nacimiento. Se recitaron las bendiciones y las oraciones apropiadas y la ceremonia terminó con un banquete.

---

[1] La costumbre de dar a uno de los hijos el nombre del abuelo paterno o materno se generalizó entre los judíos europeos durante la Edad Media, en los casos en que los abuelos ya no vivían. Entre los sefaradíes es también costumbre dar a los niños nombres de personas vivas. (N. de la A.)

[2] *Circuncisión.* (hebr. milá) Es uno de los ritos fundamentales de la religión judía y señal de pertenencia a ella. Es una operación que consiste en la remoción de parte del prepucio, para permitir a éste la retracción más allá del glande del pene. (N. de la A.)

Samuel fue creciendo en un ambiente de mucho amor. Siendo el único infante del grupo familiar, todos lo atendían y mimaban. Nathán continuaba con sus estudios religiosos en la sinagoga, pero ya Sarah no se sentía tan sola cuando él se marchaba. Samuelito llenaba sus horas con mucha alegría. Sus juegos y diabluras de niño la hacían reír de continuo. Cuando bajaba a trabajar a la tienda de víveres, él la acompañaba. Abraham, Silvia y Max, se turnaban en sus atenciones para con él.

Una visita de Sarah al médico familiar, por malestares inexplicables, dio por resultado el diagnóstico preciso de que estaba de nuevo encinta. El hecho fue motivo de regocijo para la joven pareja, pero también de preocupación para ella, pues debía cuidar mucho de su hijo, dada su corta edad, y además tenía que realizar las labores del hogar y ayudar en la tienda de víveres de sus padres. Pero su empuje juvenil la llevó a desechar sus temores y manifestarle a Nathán:

- Estoy segura de que podré cumplir con todo. Dios quiera que nuestro segundo hijo sea tan sano como Samuel.

El embarazo fue normal. Sarah tuvo una hermosa niña, a quien sus padres pusieron el nombre de Raquel. Después la familia siguió creciendo con el advenimiento de cinco nuevos vástagos: Saúl, Etty, Hanah, Miriam y Mendel.

Capítulo 5

Sarah se sentía feliz con sus siete hijos. Los veía crecer sanos y felices, y eso la enorgullecía. Habría deseado disponer de más tiempo para estar con ellos, pero las horas se le hacían cortas. Entre limpiar la casa, cocinar para la familia, atender a Nathán y a los niños y trabajar en la tienda de sus padres, se le iba toda la jornada. A veces, en las noches, estaba tan cansada, que creía no poder cumplir con sus obligaciones del día siguiente. Esto era causa de gran preocupación para ella. Atravesaban una situación económica muy precaria, y su aporte al hogar les era indispensable. Sus padres les habían prestado una gran ayuda al permitirles habitar en la segunda planta del inmueble, sin costo alguno, pero la estrechez se había tornado desesperante. Con nueve bocas que alimentar, los ingresos no alcanzaban a cubrir los gastos de la familia. Una noche, en su cama, sin poder conciliar el sueño, Sarah sometía en su mente a cuidadoso análisis diversas ideas para solucionar la apretura económica que sufrían. Pero así como las posibles remedios acudían a su imaginación, ella los desechaba. Ninguno parecía servir. ¿Qué debo hacer, Dios mío? pensó. No puedo más. Estoy cansadísima. Siento como si me dolieran hasta los huesos. No sé cuánto podré resistir esta situación. Todo el peso de la responsabilidad recae sobre mí. Lágrimas de angustia corrían por sus mejillas. De repente, sin poder contenerse más, sus sollozos se tornaron en un profundo y desesperado llanto. El desahogo emocional de Sarah se prolongó por varios minutos. De pronto, en la oscuridad de la habitación, oyó la voz de Nathán.

- ¿Qué te sucede?, desde hace un rato te oigo llorar.

Ella emitió un profundo suspiro, tratando de tranquilizarse, y dijo:

- Ha llegado el momento de enfrentarnos a la realidad. Hemos traído al mundo siete hijos y somos los responsables de brindarles la seguridad que todo niño merece desde su nacimiento. Estamos pasando momentos muy difíciles en cuanto a dinero se refiere. Al finalizar cada semana, cuento los centavos que nos quedan. A veces tiemblo, pensando que algún niño se enferme y necesitemos dinero extra. No tendríamos dónde conseguirlo. Me siento muy apenada con mis padres cuando compro a crédito la mayor parte de los alimentos que diariamente consumimos. Además, estoy agotada. Tengo la mejor voluntad del mundo para proseguir con mi trabajo. Hasta ahora me he esmerado por cumplir con mis responsabilidades, pero cada día se multiplican, y ya no puedo continuar luchando tan duro...

Al finalizar sus últimas palabras, empezó a sollozar de nuevo. El se movió en la cama hasta quedar junto a ella, y acariciándole el cabello le dijo con dulzura:

- Sarah, por favor, no llores más. Creo haber encontrado la solución.

Ella, secándose las lágrimas lo escuchó con atención.

- Desde hace algunas semanas, tu hermano y yo hemos pensado en irnos a Varsovia para establecer allá una fábrica de tejidos. Las ganancias que logremos en el negocio nos permitirán mejorar nuestra situación. Max es ambicioso y aspira a una vida mejor. El ya tomó la decisión, y quiere contar conmigo como socio. He pensado hacer por el momento un paréntesis en mis estudios religiosos, a pesar de ser tan importantes para mí. Les voy a dedicar sólo mi tiempo libre. Quiero trabajar duro hasta aprender todo lo relacionado con el oficio de la confección. Cuando nos hayamos estabilizado, enviaré por ustedes. No te lo había mencionado porque no teníamos nada en concreto, pero hoy después de la cena, mientras tú acostabas a los niños, vino Max a contarme que ya logró alquilar el local donde desea ubicar la fábrica. Partiremos para allá la semana próxima.

- ¡Tan pronto! exclamó Sarah, quien ante las palabras de su esposo se había tranquilizado un poco. En tu ausencia, los problemas económicos continuarán. Yo no puedo hacerle frente a todo, ¡por favor, ayúdame!

- Creo que no me has entendido. Cuando la fábrica empiece a producir algo de dinero, te voy a enviar una parte para ayudarte con los gastos, y al lograr instalarnos adecuadamente, nos reuniremos en Varsovia.

- Nathán, la idea me parece excelente. Lo único lamentable es que estaremos separados de ti y de Max. ¡Sólo Dios sabe, por cuanto tiempo!.

- No te preocupes, mi amor. No será tan largo. Max tiene buena cabeza para los negocios, y, si el tomó la decisión de irse, es porque tiene algo valioso entre manos.

A la semana siguiente partieron rumbo a Varsovia, dejando a su familia muy triste, pero con la promesa de que

pronto enviarían a buscarla. Incluso se mencionó la posibilidad de vender la tienda de víveres de Abraham y Silvia
para reabrirla en Varsovia. De esta manera, ellos podrían
continuar viviendo cerca de sus hijos y nietos.

La partida de Max y de Nathán, aparte de dejarle a Sarah un inmenso vacío por la ausencia de los viajeros, le
aumentó la carga de trabajo, puesto que, al no ayudar su
hermano a sus padres, ella debía ocuparse con mayor dedicación de la buena marcha del negocio. Cada semana
recibía noticias de su esposo. Le contaba cómo la fábrica
comenzaba a perfilarse, y le describía el trabajo que reali-
zaban a diario. En sus cartas tenía expresiones de admiración para Max, quien se revelaba como un líder nato. Le
pedía que no se desesperara. Pronto enviaría a buscarlos,
para proporcionarles la holgada existencia tantas veces
soñada. Estas palabras le daban la esperanza y el ánimo
necesarios para seguir adelante con su arduo trabajo.

Transcurrieron once meses desde la partida. Una madrugada, Sarah oyó los gritos desesperados de su madre,
quien la llamaba desde la planta baja de la casa. Como
pudo, se colocó una bata sobre los hombros, se calzó
apresurada las pantuflas y bajó corriendo las escaleras.

- ¿Qué sucede, mamá, por qué gritas así? preguntó
ansiosa.

- Es tu padre, exclamó Silvia alterada. Tiene un dolor
muy fuerte en el pecho y no puede respirar bien. Ven, hija,
a ver si puedes hacer algo. Sarah siguió a su madre hasta
la habitación que ésta compartía con Abraham, y rápida-
mente se dirigió hacia dónde él se encontraba.

- ¿Papá, que tienes? Le preguntó con cariño.

- Sentí una fuerte opresión en el pecho y dolor en el
brazo izquierdo, pero no te preocupes, ya me está pasando. Cuando amanezca iré a consultar al médico. Regresa a

dormir, no te vayas a enfermar. Tú sabes que no podemos darnos ese lujo.

Sarah suspiró de alivio al oír a su padre bromeando, y aprovechó para confortar un poco a Silvia.

- Mamá, por favor, tranquilízate. Fue tan sólo un susto, y ya pasó. Tal vez comió algo pesado antes de acostarse. Ve a descansar, y si papá vuelve a sentir algo, avísame. Estaré pendiente.

- Dos horas más tarde, Sarah sintió que su madre se sentaba al lado de su cama sollozando desesperada. De un salto, se levantó y le preguntó qué pasaba.

- Tu padre acaba de fallecer. Su corazón no resistió más.

- ¡Cómo! gritó Sarah. ¡No puede ser!. Hace tan sólo un rato se sentía mejor. Déjame ir a verlo.

- No, no vayas ahora. El doctor acaba de marcharse. El dolor que sintió Abraham antes de bajar tú a verlo, fue un infarto. Hace como una hora se repitió. Yo salí corriendo a buscar al médico. Cuando regresamos, ya nada se pudo hacer. Estaba muerto. Murió solo. ¡Yo no estaba, me había ido! gritó Silvia angustiada.

- Pero, mamá ¿por qué no me llamaste? inquirió Sarah sollozando. Yo te habría ayudado. Por lo menos, me habría quedado a su lado hasta que tú hubieras regresado con el médico, y lo habría acompañado, siguió diciendo con un gemido de dolor. ¡Oh, mamá, lo hemos perdido! prorrumpió, e impulsivamente se abrazó a ella, que lloraba sin aspavientos. Ante el abrazo de su hija, Silvia la retuvo por un momento, mientras le decía con un gemido.

- Se ha ido mi amor, y ya nada podemos hacer.

- Tan pronto Silvia le comunicó a Max la muerte de su padre, aquél, Nathán, Teresa y Joseph viajaron de inmediato a Jalowiec. El entierro fue muy concurrido. Daba la impresión de que todo el pueblo quería acompañar a Abraham hasta su última morada, y consolar a la familia en su dolor. Había sido un hombre bondadoso, siempre dispuesto a ayudar a los necesitados.

El repentino fallecimiento de Abraham, buen esposo, buen padre y ejemplar ciudadano, fue un duro golpe para la familia Sprintis y motivo de hondo pesar para el pueblo de Jalowiec. Pero la vida debía seguir su curso inexorable, como a la gloriosa primavera siguen el áspero verano, el melancólico otoño, y a éstos el funéreo invierno.

Para los miembros del grupo familiar, con la desaparición de su venerable patriarca concluyó una etapa. Otra se inició cuando decidieron vender la tienda de víveres y trasladarse a Varsovia.

Capítulo 6

El cambio a Varsovia resultó lento y difícil. Teresa, buscando con mucha diligencia, logró conseguirles en alquiler un inmueble ubicado en la calle Lezno, cerca de la fábrica. Esta ya comenzaba a rendir frutos, pero todo el dinero que de ella se extraía era necesario reinvertirlo en la compra de materiales necesarios para satisfacer los próximos pedidos. Aquella mudanza no era lo que Sarah habría deseado, pero, por otra parte, sentía un gran alivio al alejarse de la pesadilla que había constituido la muerte de su padre. Cada rincón en la casa del pueblo le traía recuerdos de momentos vividos a su lado. Cuando tuvo la oportunidad de reflexionar sobre el traslado al medio varsoviano, comprendió que, gracias a la presencia y a la ayuda de su hermana y de la familia Kupperman, la transición había sido menos traumática. Sobre todo porque el desarraigo y la readaptación se producía cuando la familia carecía de recursos económicos suficientes y era presa del temor hacia el incierto futuro. Recién instalados, Teresa observaba atenta los movimientos de su hermana inspeccionando el apartamento que acababan de ocupar. Era evidente que no brindaba las comodidades de que ellos disponían en el inmueble de sus padres. Todo estaba desgastado y en malas condiciones. Las paredes, pintadas de un deprimente color verde oscuro; las ventanas, desprovistas de cortinas. Los muebles, de madera, duros e incómodos, necesitados de ciertas reparaciones. Los artefactos de cocina oxidados y las tuberías corroídas. Los ruidos de la calle se percibían con molesta y atormentadora persistencia. Para la sensible Sarah y sus hijos, habituados a un grato entorno, era como pasar del cielo al infierno. ¿Cómo lograremos sobrevivir? se preguntó. Se hallaba sumida en estas cavilaciones, cuando la voz de su hermana la arrancó de sus pensamientos.

- Sé que el apartamento no presenta óptimas condiciones, comentó Teresa en tono compungido, pero en esta zona fue la única vivienda ajustada al presupuesto de ustedes. Quiero manifestarte de nuevo mi deseo y el de Joseph de ayudarlos. Sabemos que atraviesan una situación económica difícil y nosotros contamos con los recursos que ustedes necesitan. No comprendemos por qué Nathán se niega a recibir la asistencia monetaria que tanto bien les haría. Recuerda que en la vida todo es prestado, y en cualquier momento podemos ser nosotros las personas necesitadas de ustedes. Por favor, acéptala.

- Gracias, querida hermana, son ustedes muy bondadosos. Ya hemos recibido mucha ayuda de parte de Joseph, de ti, y de la familia Kupperman. ¡Qué habría sido de nosotros sin ustedes!.

- ¡Somos tú familia!, no faltaba más.

- Mamá, mamá, queremos regresar a casa. No nos gusta este sitio. Es oscuro y tiene mal olor, dijeron casi a coro los hijos menores de Sarah.

- Tranquilos, hijos, ya lo arreglaremos, les contestó con tristeza ante la certeza de no poder volver atrás. Se tendrían que adaptar a su nueva vida, y ella haría hasta lo imposible por lograrlo.

- Dios me ayude, dijo en voz alta. Y empezó a limpiar a fondo, ayudada por su hermana, para darle al lugar un ambiente más hogareño.

Los niños comenzaron a asistir a la escuela. Sarah los acompañaba en su caminata temprano en la mañana, y después de despedirse de ellos, regresaba con paso rápido para dedicarse a sus tareas cotidianas: limpiar, arreglar la ropa y cocinar. Silvia no le servía de mucha ayuda. Desde la muerte de Abraham, se había retraído en sí misma y no compartía como antes los momentos de intimidad de la familia. Sus hijas la observaban de cerca, preocupadas, pues percibían lo mucho que su madre sufría. Su rutina diaria consistía en levantarse temprano, rezar sus oraciones y sentarse durante horas frente a la ventana del cuarto donde dormían ella y Max, con la mirada perdida en el vacío. Parecía que ya nada le importaba. La única persona que interrumpía esos ensimismamientos era Sarah, cuando aparecía con la bandeja de la comida.

- Mamá, tienes que alimentarte. No puedes continuar así. La depresión te puede indisponer, ¡por favor! Ya no hay nada que tú o yo podamos hacer por papá. A él no le habría gustado verte así. Ven, mira que apetitoso está lo que te preparé de comer.

Silvia la miraba con expresión vaga, le sonreía, e inapetente miraba la bandeja de comida.

- Déjala ahí. Ya comeré.

Pero ella veía cómo, día a día, su madre emflaquecía. Tengo que hablar con Max y Teresa, pensaba. Mamá se va a enfermar si continúa así.

En los meses que se sucedieron, Sarah logró darle a la casa una apariencia acogedora. Pintó las paredes y los muebles de un color blanco perla. Confeccionó hermosas cortinas con retazos de tela de varios colores que logró conseguir a muy buen precio en un negocio cercano. Con la tela que sobró, hizo almohadones para cubrir las sillas y hacerlas más cómodas. Reparó los gabinetes y compró, con la ayuda de Teresa, los artefactos necesarios para el uso diario. Colocó algunos adornos sobre los estantes para darle más color al ambiente. Las habitaciones de los niños las arregló con sus juguetes favoritos. De esa manera se sentirían más en casa. Una que otra vez les dejaba notas cariñosas debajo de la almohada, con un toque de picardía, para verlos sonreír al ellos encontrarlas. Nathán y Max estaban sorprendidos ante los cambios logrados por Sarah. El sitio parecía otro. Y como si todo esto fuera poco, se las ingeniaba en lograr que el dinero le alcanzara, para prepararles todos los viernes sus platillos favoritos, los cuales saboreaban cuando la familia se reunía en la cena tradicional del shabat.

Todos pusieron su mayor empeño en tratar de ayudar a Silvia a salir de su estado depresivo. El cariño y los esfuerzos se vieron compensados, y ella empezó, poco a poco, a reunirse con los suyos. Al principio, no emitía sus opiniones. Tan sólo escuchaba. Pero lentamente se fue involucrando en los problemas domésticos y llegó el momento en que volvió a ser la misma persona de antes. Un día, Max, abrazando con fuerza a Sarah, le dijo:

- Hermana querida, lo hemos logrado. Mamá está saliendo de su apatía.

- Así es, le contestó ella. Espero que no vuelva a caer de esa manera. Tal vez no lograría reponerse. Fue muy duro enfrentarse a la muerte de papá. Otra desgracia así en la familia, la mataría. Ojalá que, de aquí en adelante, estemos todos reunidos sólo en alegrías.

- Amén!, agregó Max.

Capítulo 7

Joseph y Teresa besaron la mezuzá[1] regalada meses atrás a sus familiares como amuleto de buena suerte al trasladarse al nuevo apartamento, y ansiosos pulsaron el timbre. Oyeron pasos apresurados y de seguidas la puerta se abrió.

- ¡Qué alegría verlos! exclamó Sarah, dándoles un beso en cada mejilla. Sigan adelante. Estamos reunidos en la sala tomando té con pierogis.

Después de abrazos y bienvenidas, Joseph habló sobre sus vacaciones de verano pasadas en Otwock.

- Es un sitio encantador. Alquilamos una casita de campo cerca del río Swiderek, y todos los días tomábamos baños de sol y nos refrescábamos aprovechando la corriente de la catarata. Descansamos mucho. ¡Buena falta

---

[1] *Mezuzá*. (Hebreo. Jamba.) Pergamino rectangular en el cual están inscritos dos pasajes del Deuteronomio de acuerdo con las mismas reglas que rigen para las copias del Tora y de las filacterias. Es parte del shemá, una de las oraciones más importantes de los judíos. Según I.Abrahams. (N. de la A.)

me hacía después de tanto trabajo!

¿Y a ustedes, cómo les va?

- La lucha con la fábrica continúa, contestó Max.

- Sí, agregó Silvia, pero estamos saludables y todos reunidos. Eso lo aprecio ahora en su justo valor después de la dolorosa separación experimentada cuando ustedes decidieron venir a Varsovia buscando mejorar nuestra situación económica.

- Nathán, a ti te noto tenso. ¿Tienes alguna preocupación? intervino Teresa.

- Las noticias sobre la situación de los judíos en Alemania son inquietantes. Como ustedes deben de saber, la propagación de la plaga antisemita se originó con la crisis económica sufrida por el mundo entero en el año mil novecientos veintinueve. Un suboficial austríaco, de nombre Adolfo Hitler, con el respaldo del partido obrero nacional-socialista, ha surgido como el dictador absoluto en Alemania y es un fanático del antisemitismo.

Los brotes de violencia se suceden a diario. Ningún judío se siente a salvo en ese país. Los atacan en cualquier sitio, los hieren, violan a sus esposas e hijas. No existe respeto por la vida humana y menos aún por la religión.

El boicot al comercio judío se cumple de manera implacable, con la tolerancia o autorización abierta del gobierno. Saquean los almacenes, rompen las vidrieras, golpean a sus dueños y tiran a la calle la mercancía, instituyendo así como prácticas aceptadas el pillaje y la violación de la propiedad privada.

En los pueblos atacan a los granjeros, con la mayor desfachatez. En el mercado popular de alimentos se paran frente a los puestos de venta de los judíos, les patean los canastos e impiden la adquisición de sus productos por compradores de otras nacionalidades o religiones.

La siguiente fase de la persecución es la segregación compulsiva, y en algunos casos violenta, de los judíos. Se los excluye de la judicatura, la profesión médica, la abogacía e incluso de los institutos de enseñanza. Ahora se están dictando leyes raciales en virtud de las cuales cualquier persona descendiente de padres o de tres abuelos judíos, queda eliminada de todo cargo público. Los están expulsando de academias, colegios y universidades, y los privan de su ciudadanía y de su nacionalidad.

- ¡Dios mío, pobre gente! exclamó Sarah apesadumbrada. ¿Cómo podrán subsistir sin trabajo para sustentarse y sin la posibilidad de brindar educación a sus hijos?.

- Supongo que la mayoría desearán emigrar, comentó Max con visible desasosiego.

- No es tan fácil satisfacer ese deseo, terció Joseph. En especial para los profesionales como yo, pues la mayoría de los títulos conferidos por las universidades tienen validez en el país de residencia, y si el facultativo decide emigrar se enfrenta a una serie de obstáculos difíciles de solventar. Además, existe una cuota de inmigración limitada en cada país.

- Si el nazismo se desborda en Alemania y se propaga por Europa, envenenará la atmósfera social de esos países...reflexionó Teresa.

- Puede suceder, replicó Nathán pensativo. Debemos unirnos en una acción común en defensa de los derechos humanos.

- De repente, todos callaron y se vieron envueltos en un ominoso silencio, prolongado por varios segundos, hasta tanto fue roto por voces juveniles.

- ¡Tía Teresa, tío Joseph, al fin regresaron! Los estábamos extrañando.

- Gracias, Samuel, y nosotros a ustedes, respondió ella

estrechándolo entre sus brazos.

- ¿Cómo estuvo el viaje? preguntó Raquel curiosa.

- Maravilloso. Esperamos el próximo verano poder llevarlos con nosotros, dijo Joseph sonriente.

- Los niños se miraron, complacidos ante el ofrecimiento, y asintieron con sus cabezas.

- Tío, no había tenido la oportunidad de agradecerte por la mezuzá, dijo Saúl acercándosele. ¿Podrías explicarme un poco más su significado?

- La costumbre es muy antigua. Se deriva del mandamiento de reconocer la unidad de Dios, de amarlo y de inscribir las palabras en los postes y dinteles de las casas.

El pasaje inscrito en la mezuzá incorpora: el dogma fundamental del judaísmo (monoteísmo), el deber fundamental (el amor), la disciplina fundamental (el estudio del Tora) y el método fundamental de la religión judía (la unión de la letra con el espíritu).

- ¡Todo eso es hermoso! exclamó Raquel.

- Y ahora, mi querida familia, vamos a cenar, propuso Silvia con animación, levantándose del sofá. Les preparé un delicioso borscht con carne y papas, y una ensalada de pepinos al estilo polaco.

- Abuelita, ¿y de postre?. ¿Apple strudel?.

- Si, Etty, y del mejor.

Al día siguiente, las dos hermanas se fueron de compras al centro de la ciudad, y después de admirar las innumerables vidrieras y de intercambiar ideas sobre algunos de los artículos exhibidos, decidieron sentarse en una pequeña cafetería de apariencia acogedora. Ordenaron té con pasteles, y Teresa tomó la palabra:

- Sarah, desde hace tiempo me abruma un problema personal, pero hasta ahora no me había sentido con el valor suficiente para reconocer su existencia y contárselo a alguien. Por eso voy a aprovechar esta oportunidad para dártelo a conocer, y siendo tú tan cercana a mi sabrás comprenderme.

En los primeros años de nuestro matrimonio estuvimos aguardando ansiosos mi primer embarazo. Mes tras mes esperábamos el milagro, pero nunca sucedió. Por tanto, decidimos consultar con un médico recomendado por nuestra vecina, la señora Epelbaum, a quien trató por un problema similar al mío y hoy en día es la feliz madre de dos criaturas.

Durante mucho tiempo asistí a la consulta de ese médico y me sometí a todas las pruebas sugeridas por él. Al no encontrar en mí nada irregular, decidió investigar si el problema residía en Joseph. Y comenzaron de nuevo los exámenes. Al obtener todos los resultados, nos llamó a su consultorio, y en pocas palabras nos explicó no haber hallado ninguna causa física aparente a nuestra falta de descendencia. Quizás, según sus palabras, el problema podía ser psicológico.

Pero eso no nos parece posible. Joseph y yo somos felices y nuestra vida matrimonial es estable. El cuenta con un trabajo bien remunerado y se siente satisfecho de su labor cotidiana. En cuanto a mí, me ha sido fácil adaptarme al estilo de vida de Varsovia. Estoy profundamente enamorada de mi marido, rodeada de personas afectuosas y preocupadas por mi bienestar, y mi esposo y yo disfrutamos de una situación económica privilegiada.

- ¿No podría ser la ansiedad provocada por tu deseo imperioso de ser madre la causa real de tu incapacidad para concebir un hijo? preguntó Sarah, observando la angustia reflejada en el rostro de su querida hermana.

- Es posible. Ese deseo se ha convertido en obsesión, lo reconozco. Daría el bien más preciado a cambio de un hijo.

- Quizás sea yo quien pueda entenderte mejor, agregó Sarah apenada. Desde niña demostraste tener un instinto maternal bastante desarrollado, y lo aplicaste plenamente en nosotros tus hermanos. Cuando mamá se enfermaba o debía, por cualquier razón, ausentarse de la casa, tú asumías sus responsabilidades y nos atendías y protegías con gran eficiencia y formalidad.

- Entonces, ¿por qué Dios me ha castigado privándome de la dicha de ser madre?.

- No te atormentes, Teresa. Es prematuro todavía pensar en tu aparente incapacidad para procrear como algo irremediable o definitivo. Intenta tranquilizarte y mantén la mente ocupada. Tal vez de esa manera logres ver hecho realidad tu mayor anhelo.

- Así lo haré, Sarah. Ojalá obtenga así la respuesta a todas mis plegarias.

Capítulo 8

En los dos años y medio transcurridos desde el traslado de Sarah y su familia a Varsovia, con gran esfuerzo se adaptaron al tipo de vida en la ciudad, pero en su fuero interno añoraban el retorno al pueblo. Un día Max se acercó a Sarah con expresión preocupada y le dijo:

- Deseo hablar contigo sobre algo importante.

- Estoy dispuesta a escucharte, le respondió ella quitándose el delantal.blanco Ya terminé de preparar la comida para la cena de esta noche. Como sabes, hoy es viernes, y estoy tratando de ofrecerles algo bien sabroso.

- Ven, sentémonos en la sala a conversar, le dijo él, señalándole el camino.

Lo siguió pensativa y en silencio. Era extraña su actitud. Siempre se acercaba a ella cariñoso y juguetón, pero en aquellos momentos lo notaba serio e inquieto.

- ¿Algún problema con la fábrica? le preguntó.

- Has acertado en parte, pero la situación es compleja y cualquier decisión al respecto puede afectar mucho el futuro de nuestra familia. Te ruego analizar con mente amplia mi planteamiento.

- Lo miró por un momento e hizo un movimiento afirmativo con la cabeza.

- Desde hace tres años y medio, Nathán y yo hemos trabajado sin descanso para hacer de la fábrica un buen negocio. Hasta cierto punto, el éxito a compensado nuestros esfuerzos. Como sabes, tenemos muchos compradores para nuestros suéteres en diferentes áreas de la ciudad, e incluso algunos de ellos vienen desde los pueblos cercanos.

Al comienzo tuvimos pérdidas, pero eran de esperarse, como sucede en cualquier negocio incipiente. Después, más o menos a raíz de la muerte de papá y del traslado de ustedes a Varsovia, empezó a producir lo suficiente para pagar los materiales necesarios en la confección de los suéteres. Ya no teníamos necesidad de aportar capital para sostenerla, lo cual nos alivió un poco desde el punto de vista económico, y nos permitió disponer de más dinero para nuestros gastos personales. En la actualidad la fábrica produce algunas ganancias, pero no tan cuantiosas como esperábamos.

Los polacos, en su mayoría, compran apenas lo necesario, no por espíritu ahorrativo sino porque los sueldos que devengan son míseros, comparados con sus gastos cotidianos. La situación económica del país se encuentra bastante deprimida y afecta los resultados de todo el comercio, incluso del nuestro.

Max guardó silencio por unos momentos, mientras su hermana asimilaba las ideas expuestas, y luego continuó:

- Sarah, como has podido observar, durante nuestra permanencia en Varsovia los problemas no han mejorado en forma apreciable. Yo deseo para mi familia una vida exenta de privaciones. Lucharé con todas mis fuerzas para convertirlo en realidad, y para ese propósito cuento con el total respaldo de Nathán.

Varias personas conocidas nos han hablado de la situación económica estable y próspera existente en otros países, y sobre los sueldos y la calidad de vida de los trabajadores, los cuales, son superiores a los de Polonia. Indagamos acerca de la posibilidad de ir a trabajar a Suramérica, y las perspectivas se presentan muy favorables.

- ¿Suramérica? preguntó ella con curiosidad.

- Sí, te sonará lejano, pero varios conocidos nuestros han emigrado a un país llamado Colombia y algunos ya han enviado a buscar a sus familias.

- Pero, Max ¿cómo piensan trabajar?. Hablamos sólo polaco y yidish y en esos países no conocen nuestros idiomas. Les sería difícil o casi imposible comunicarse con la gente de allá.

- Comprendo tus dudas, pero viviendo entre esas personas tendremos la oportunidad de aprender el idioma en poco tiempo. Y en cuanto al trabajo, hay algunos amigos ya establecidos allá dispuestos a colaborar con nosotros.

- ¡Ay, hermano! se quejó Sarah. La mudanza a Varsovia fue difícil para los niños y el cambio muy brusco. No sólo se vieron obligados a abandonar su casa, sino también a separarse de tíos, primos y amigos. Gracias a Dios, a nuestra llegada contábamos con Teresa, Joseph y su familia. Y ahora, cuando por fin han logrado adaptarse a este ambiente ¿no los afectaría cambiar de nuevo?.

- No me has entendido, le respondió él. La idea no es trasladar toda la familia a Suramérica en estos momentos. Nathán y yo iremos primero para abrirnos camino, y tan pronto nos hayamos establecido vendremos a buscarlos.

- Por Dios, Max, protestó ella, ¿ya olvidaste el intenso sufrimiento ocasionado por la separación, cuando ustedes se vinieron a Varsovia y nosotros nos quedamos en el pueblo?.

- No, Sarah, no lo he olvidado. Fue duro, lo sé bien. Y si nos vamos, todo se repetirá. Pero debemos ser fuertes y persistir en nuestro empeño hasta lograr obtener un nivel de vida superior, donde por lo menos, nuestras necesidades básicas estén cubiertas. Y quizás, agregó en tono divertido, hasta nos volvamos millonarios.

Ante la oportuna picardía de su hermano, ella replicó sonriendo:

- Nunca cambies tu manera de ser. Aún en los momentos más difíciles, siempre encuentras una salida airosa. Si no existe otro camino, pues adelante. Separarnos nuevamente de ustedes será una experiencia en extremo dolorosa, y mas aún con el conocimiento de la enorme distancia existente entre los dos países, pero si están convencidos de que pronto estaremos reunidos compartiendo una situación económica estable, entonces todo sacrificio vale la pena.

En las semanas siguientes se tomaron importantes decisiones. La primera fue la venta de la fábrica. No fue difícil conseguir un comprador. Con el producto obtenido adquirieron los pasajes para el viaje a Suramérica, guardaron una parte para las eventualidades a la llegada al nuevo país y la diferencia se la entregaron a Sarah, quien, en compañía de su madre y de los niños, regresaría al pueblo para establecerse de nuevo en el inmueble de Silvia, el cual fue desalojado por los arrendatarios y se encontraba listo para cuando ellos regresaran.

En aquellos momentos experimentaban sentimientos encontrados. Por un lado, la alegría de pensar en el regreso a su verdadero hogar, por el otro la tristeza de la separación de sus familiares de Varsovia y la expectativa del viaje de los suyos.

La vida resulta a veces paradójica, pensaba Sarah observando a los niños gritar entusiasmados, ante la idea del reencuentro con el resto de la familia y de sus buenos amigos.

- Mamá ¿no es maravilloso? le preguntó Raquel. ¡Soy inmensamente feliz! Ya quisiera estar allá.

- Tranquila, hijita, cuando estemos de vuelta en casa, la estadía en Varsovia nos parecerá tan sólo un sueño...

Capítulo 9

- ¡Son ellos, mamá! gritó Perla emocionada, viendo entrar el carruaje en el cual Sarah y su familia volvían a casa.

Perla, prima predilecta de Raquel desde muy temprana edad, creció junto con ella. Compartieron tristezas, alegrías, chiquilladas, y establecieron una amistad fuerte y duradera, acrecentada por el tiempo.

- Sí, ya los diviso, confirmó Berta, la madre de Perla, tras empinarse para mirar por la ventana. Menos mal, terminé oportunamente con la limpieza de la casa... Así Silvia no se enterará de cómo la dejaron los arrendatarios cuando se marcharon. Es increíble que algunas personas vivan en esa suciedad...

Volteó la cabeza hacia su hija, y entonces se percató de su salida. Había corrido a encontrar a los recién llegados. Me sorprende cuánto la emociona la vuelta de nuestros parientes, se dijo Berta. Me alegro que hayan decidido a regresar.

- ¡Raquel!, Raquel! gritaba Perla en su carrera.

- Papá, por favor, para el carruaje, le pidió Raquel inquieta. Nathán, ante la excitación de su hija, haló las riendas del caballo, y el animal, obediente, aminoró el trote hasta detenerse. Ayudada por Max, la niña se bajó enseguida, y avanzó tan de prisa como sus piernas lo permitían en dirección hacia donde su prima se aproximaba.

- Aquí estoy, gritó emocionada. Casi de inmediato, Perla se abalanzó sobre ella, y se fundieron en un estrecho y jubiloso abrazo

- ¡Cómo te he extrañado! le decía. Y continuaba rodeándola con sus brazos...

- Yo también a ti. Me ha parecido un siglo el tiempo de tu ausencia. Las dos se miraron, tratando de percibir algún cambio. Pero, aparte el crecimiento natural, eran las mismas de siempre. Sonrieron al unísono, y tomadas de la mano se dirigieron hacia la entrada de la casa.

- ¡Bienvenidos! exclamó Berta aproximándose al carruaje, del cual descendían los demás integrantes del grupo familiar. Me alegra sobremanera tenerlos aquí otra vez.

- Gracias, le contestó Silvia, disponiéndose a abrazarla. También nos regocija verlas de nuevo. Ansiábamos regresar. Añorábamos todo esto. Sarah se apeó sin apuro de la carreta, abarcando el paisaje con la mirada, y por un instante creyó estar soñando. Noche tras noche en Varsovia imaginaba este momento. Y ahora, ante la manifiesta realidad, se negaba a dar crédito a sus ojos.

- Mamá, por favor, déjame bajar, le pidió Samuel.

Ella, saliendo de su abstracción, se quitó del paso y luego lo estrecho entre sus brazos con inmensa ternura, diciéndole:

- Querido mío, ya llegamos. ¡Estamos en casa!.

- Sí, ¡gracias a Dios!. La ciudad me gusta, pero el pueblo lo amo. Mis amigos son de verdad, y es triste vivir lejos de nuestra familia. ¡Los he extrañado mucho!

Berta, parada cerca, se sorprendió cuando Samuel expresó tan vivamente su emoción por el regreso... Y yo que lo consideraba tímido y retraído, pensó.

Max escuchó a Silvia llamándolo desde el interior de la casa. Aceleró el paso, entró, dejó al lado de la escalera dos maletas que llevaba, y, aproximándose le preguntó:

- ¿Cómo te encuentras mamá?.

- Muy bien, hijo. Estoy feliz de haber vuelto a Jalowiec, pero mi alegría la empaña la ausencia de papá. Sin él, este lugar luce diferente.

- Así es, afirmó él con tristeza. En la vida hay cosas ajenas a nuestro control. Debemos resignarnos y dejarlas en las manos de Dios.

- Daría lo más precioso por tener a tu padre de nuevo a mi lado, dijo Silvia con voz quejumbrosa.

- Lo sé, mamá.

- ¡Ven acá, Max! gritó Nathán desde afuera.

- Ya voy, contestó él. Le dió un beso en la mejilla a su madre y se dirigió hacia donde Nathán trataba de levantar una enorme caja de cartón.

- Por favor, ayúdame a llevarla hasta arriba. Pesa mucho, y el cansancio me tiene sin fuerzas.

- ¡Yo te colaboro papá! gritó Samuel desde la puerta. Me he vuelto fuerte, ya vas a ver.

Los cuñados se miraron, y con una sonrisa, Nathán aceptó la oferta de su hijo.

- Gracias por tu ayuda, le dijo, cuando por fin dejaron en el sitio elegido la voluminosa carga.

- De nada papá, es un placer darte una mano, ahora y siempre.

El lo miró a los ojos agradecido, le dio una palmada cariñosa en el brazo, y abandonaron la habitación. Descendieron por la escalera y se dirigieron hacia la carreta, para proseguir descargando el resto de las cosas. A las seis de la tarde, concluida la tarea de bajar y acomodar el equipaje, todos se sentaron en la cocina a descansar un rato y tomar té acompañado de galletas de mantequilla, horneadas por Teresa antes de salir de Varsovia.

- ¡Cómo voy a extrañar a mi hija y a su esposo! pensó Silvia acongojada. La triste reflexión contrastó con los alegres gritos de los niños, jugando con sus primos, que desde el sitio se percibían.

- El trabajo fue duro, exclamó Sarah, acomodándose en la mesa al lado de Nathán. Menos mal, ya terminamos. Mañana me ocuparé de averiguar sobre la escuela de los niños. Así no perderán clases.

- No te preocupes y descansa, le aconsejó Berta. Si quieres, te acompaño temprano para hablar con la encargada de la escuela. Yo la conozco. Es amable y colaboradora. De seguro te secundará en todo.

- Gracias, me encanta la idea. ¿Te parece bien a las siete y media de la mañana?.

- De acuerdo. Estaré esperándote.

A la mañana siguiente se dirigieron a la escuela a inscribir a los niños en las clases correspondientes. En el proceso, no hubo pérdida de tiempo ni dificultades, y pronto se vieron fuera del edificio escolar.

- Berta, ¿quieres tomar el desayuno en mi casa? Aún es temprano y podemos conversar un rato.

- Con gusto. Así podrás contarme tus experiencias en Varsovia.

- Pues vamos, repuso Sarah. Es maravilloso sentirse en casa y contar con una compañera agradable como tú.

Al llegar, se dispuso a preparar el té. Los niños dormían aún, pues ese día no asistirían a la escuela. En la casa reinaba el silencio. Nathán y Max andaban desde temprano en diligencias e investigaciones relacionadas con su viaje.

- Mamá no se ha levantado todavía, cosa extraña en ella. Debe de estar muy cansada del viaje. Las mudanzas son pesadas para una mujer de su edad. Además, la noto bastante reservada. Probablemente se debe al viaje planificado por los hombres, agregó con un dejo de tristeza

- ¿Cuál viaje?, preguntó Berta.

- ¡Ay, tú todavía no sabes nada! le dijo colocando sobre la mesa las dos tazas de té y la cesta de pan. Espera un minuto, mientras traigo la mantequilla y la jalea. Te lo voy a contar todo.

Ella la siguió con la mirada, perpleja, en espera de las explicaciones prometidas. ¿Se irán de aquí otra vez? pensó. No puede ser, acaban de llegar. No van a marcharse tan pronto después de tanto trabajo. Además, parecen felices de haber regresado.

- Listo, dijo Sarah, depositando sobre la mesa el resto de las cosas, y procedió a sentarse en la silla frente a Berta. Por favor, sírvete una tostada. Aquí tienes la jalea. Aún no te he agradecido por la exquisita comida que nos preparaste cuando llegamos. Y por la limpieza de la casa. Se ve muy bien, y me imagino cómo la habrán dejado de sucia los arrendatarios.

- Ni lo menciones. Lo hice con mucho cariño.

- Max te informó por carta nuestra fecha de llegada, él mismo me lo dijo, y lo demás salió de tu propia iniciativa. Acepta nuestras excusas por haberte ocasionado tantas molestias.

Con un significativo gesto de las manos, Berta restó importancia al asunto, a tiempo que decía:

- Ahora, cuéntame sobre el viaje.

- Sarah suspiró, y con expresión dolida, comenzó a

confiarle a Berta los planes de la familia para un futuro inmediato.

- Cómo tú bien sabes, la situación económica de Polonia es extremadamente inestable, lo cual afecta en forma adversa a toda la población. Cuando Max y Nathán decidieron abrir la fábrica en Varsovia, tenían la esperanza de poder superar nuestra agobiante estrechez monetaria, y de esta manera evitar las penurias que nos ocaciona el no disponer de los requerimientos básicos para subsistir. Al morir papá y trasladarnos a esa ciudad, las condiciones lejos de mejorar, se tornaron con el tiempo desesperadas. El costo de la vida era excesivo, y ya no contábamos con las entradas provenientes de la tienda de víveres, la cual vendimos antes de irnos, para obtener el dinero necesario para nuestra mudanza. Pero la empresa no tuvo el éxito esperado. Sus ganancias, no cuantiosas, habrían sido quizás suficientes para Max y mamá, pero no lo eran estando también nosotros, una familia tan numerosa. Tratamos de convencerlos de quedarse y seguir adelante, mientras los demás regresábamos al pueblo, pero se negaron de plano a escucharnos. La idea de separarnos les pareció inconcebible. Un día Max vino a casa a contarme que él y Nathán deseaban ir a Suramérica a probar fortuna. Según uno de los trabajadores de la fábrica, con quien hablaron, la situación económica allá era boyante y llena de oportunidades. Es más, al parecer, algunos de los hombres que se fueron a esos países hace algunos años ya enviaron a buscar sus familias y no han regresado a Polonia.

- Pero, Sarah, la interrumpió Berta. ¿Saben si a esas personas en realidad les ha ido bien? No pueden arriesgarse a un viaje tan largo sin conocer los pormenores.

- Estoy de acuerdo contigo. No sabemos mucho sobre Suramérica, pero la idea de ellos es ir primero a investigar las condiciones y posibilidades existentes allá, y si son tan favorables como nos han contado, vendrán a buscarnos lo más pronto posible.

- Y mientras tanto, ¿cómo lograrán sobrevivir ustedes?.

- Realmente no lo sé, respondió Sarah. Según Nathán, tan pronto lleguen, se pondrán a trabajar de inmediato y empezarán a girarnos dinero cada mes. Además, tal vez yo consiga colocación con los dueños de la tienda de víveres de la cual papá fue dueño. Tengo la experiencia necesaria después de haber trabajado tantos años a su lado.

- No te hagas muchas ilusiones con esa gente, aseguró Berta levantándose para llevar los platos al fregadero.

- ¿Tienes alguna razón para hacerme esa advertencia?.

- Tú no los conoces. Son personas extrañas, diferentes a nosotros. Incluso, creo percibir en ellos animadversión hacia los judíos. Cuando entramos en la tienda, sentimos la frialdad en su forma de atendernos. Nuestra presencia parece molestarlos. Cuán diferente era todo cuando Abraham vivía... Constituía un verdadero placer ir de compras por allá. Muchas veces, íbamos a adquirir un producto no muy necesario con la sola idea de pasar un rato de amena conversación...

- Sí, es cierto. Yo también extraño aquellos días felices al lado de mi padre. Trabajábamos jornadas intensas, pero nos producían grandes satisfacciones. Disfrutábamos con la visita de familiares y amigos en un ambiente de cordialidad. Aún recuerdo cuando él me recomendaba mantener la tetera caliente, para estar listos, si alguno de ustedes se apareciera, para ofrecerles siquiera una taza de té.

- Fue un hombre excelente, agregó Berta. Su fallecimiento, siendo aún joven, es lamentable.

- Buenos días, saludó Silvia entrando en la cocina.

- Buenos días, mamá, respondió Sarah. ¿Dormiste bien?.

- Sí. En realidad necesitaba descansar. Quizás el sentirme de nuevo en casa me ayudo a conciliar el sueño.

- Me alegra que haya recuperado sus fuerzas, dijo Berta. Ayer se veía agotada.

- Así es, continuó diciendo. El viaje fue largo y la mudanza pesada. Ya no soy la joven de antaño y esas situaciones me afectan. Pero hoy estoy como nueva.

- Ven, mamá. Tómate una taza de té, mientras yo caliento el pan.

- Gracias, hijita.

Silvia se sentó a la mesa y llenó con delicadeza la taza de té, le agregó una cucharadita de miel, y mezclando el contenido dirigió la mirada hacia donde Berta se encontraba.

- No te imaginas lo dichosa que soy el estar entre los míos. Varsovia es una ciudad hermosa, pero ello no me compensa el vacío de vivir alejada de mis seres amados. Aquí nací, formé mi vida, y no habrá nadie en el mundo capaz de arrancarme nuevamente de este lugar.

- Pero ¿cómo puedes decir eso? preguntó Sarah al escuchar sus últimas palabras.

- Si hija, me oíste bien. No me moveré nunca más de este sitio. Esta es mi casa, Jalowiec es mi pueblo, y al morir deseo ser enterrada al lado de Abraham.

- Tú conoces los planes de Max y de Nathán, exclamó Sarah. Ellos piensan enviar por nosotros una vez establecidos en Suramérica.

- Por supuesto, tú irás con los niños. Esos viajes ya no son para mí. Además, después de la experiencia de vivir en Varsovia, quiero pasar mis últimos años en el pueblo.

- Mamá no tengo la menor intención de irme sin ti. Eso significaría años, quizás toda una vida, antes de poder verte otra vez.

- No pienses de esa manera. Tu deber, recuérdalo siempre, es permanecer al lado de tu esposo. Donde vaya él, tú debes ir. Por lo tanto, cuando llegue el momento de reunirse, no debes dudar ni por un solo instante.

- Por favor, recapacita, insistió Sarah. Me niego a creer en tu deseo de quedarte sola cuando nosotros tengamos que irnos.

- Nunca estaría sola. Tengo a mi alrededor mucha gente que me quiere, concluyó Silvia en tono definitivo.

- ¿Le comentaste a Max tu manera de pensar al respecto? pregunto Sarah inquieta.

- No hija, pero todo se hará a su debido momento.

Capítulo 10

Desde la llegada a Jalowiec, los hombres dedicaron todo su tiempo y esfuerzo a la tarea, un tanto fatigosa, de arreglar lo concerniente a su próximo viaje. Como parte de los preparativos, hablaron con varias mujeres cuyos esposos habían emigrado a países suramericanos, y consultaron folletos y libros traídos de Varsovia, con el objeto de reunir la mayor cantidad de información sobre aquel continente, para ellos desconocido, al que pronto viajarían. En la noche anterior al viaje, Nathán se encontraba en su habitación reposando mientras Sarah terminaba sus quehaceres, cuando una angustiante duda se apoderó de su mente. ¡Dios mío, ayúdame!. No sé si estoy obrando de forma correcta al alejarme de aquí. ¿Cómo podrá mi pobre esposa sobrevivir durante un tiempo, si ni siquiera juntos hemos sido capaces de sobrellevar el peso de los gastos, cada vez más agobiante? Se movió inquieto en la cama y siguió analizando la situación. Esto, por supuesto, lo vamos a hacer por el bienestar de la familia, pero sufro al pensar cómo será la vida de los míos hasta tanto Max y yo podamos enviarles el dinero suficiente para su adecuada manutención.

- ¿Te sucede algo? inquirió Sarah preocupada. Hace un rato entré en el dormitorio y estuve observando tu expresión abstraída y ausente. No quise interrumpir tus reflexiones, pero cuando de pronto apareció en tu cara una mueca de dolor, me asusté. Quisiera saber cuáles eran tus pensamientos.

- ¡Mi amor, me alegra tenerte cerca!. Quiero comunicarte las preocupaciones que me agobian en relación con el inminente viaje. Ven, por favor, acuéstate a mi lado. Si de mí dependiera haría esta noche interminable para no alejarme de tí. Concentrado en los arreglos pertinentes a la jornada, no me detuve a pensar en el trance de la ida. Ahora estoy experimentando un acerbo sufrimiento...A partir de mañana ya no podré verlos, y sólo Dios sabe por cuánto tiempo...

Ella se acercó a la cama mientras su esposo le hablaba. Lo miró con expresión dolida, y acariciándole la mejilla con el dorso de la mano le dijo:

- No sufras, mi vida. Comprendo el sabor tan amargo de estos momentos. Yo me he debatido durante semanas en la incertidumbre de si estamos actuando correctamente al permitir ser separados por la circunstancias de la existencia. En mi caso, me siento a punto de desoír, contra mi voluntad, el mandato divino de seguirte adonde vayas, y a pesar de mi intenso dolor, tan grande como el tuyo, al enfrentarme a la realidad de nuestra separación, considero imperativo dar los pasos necesarios para no seguir viviendo de esta manera. Con cada amanecer, se dificulta más nuestra lucha por subsistir. No contamos con los recursos suficientes para enfrentar el presente, y tenemos miedo de mirar hacia el futuro, pues no sabemos cuáles y cuántas nuevas desdichas nos acarreará. Trajimos varios hijos al mundo, cumpliendo así con el precepto de crecer y multi-plicarnos. Luchemos, pues, por darles un porvenir mejor, en una tierra donde se respire un aire de libertad, donde no los execren por su religión y donde puedan educarse y tra-bajar sin discriminaciones ni trabas de ninguna clase.

Con gesto resuelto, Nathán secó sus lágrimas y las de su amada esposa, la tomó entre sus brazos, la atrajo con fuerza contra su pecho y le respondió:

- Te prometo, mi cielo, trabajar de manera incansable, día y noche si es necesario, para traerlos a mi lado lo más pronto posible. No escatimaré esfuerzos ni sacrificios para acortar el tiempo de nuestro distanciamiento.

- Sí, añadió ella, sé que lo harás y pronto volveremos a reunirnos.

Nathán reaccionó abrazándola aún más estrechamen-te. Ella, ávida de sus caricias, empezó a besarlo con deli-rio, olvidándose de sus inhibiciones y dando paso a una pasión desenfrenada. Fue una noche inolvidable, de gozos y congojas. Vislumbraban el nuevo día y el forzoso aleja-miento de Nathán, y se aferraban más uno al otro pensan-do en cuando volverían a verse. Ninguno de los dos pudo conciliar el sueño. Querían estar muy juntos y compartir las pocas horas restantes hasta el alba. Nathán no quería irse ni Sarah deseaba su partida, pero ambos sabían que era necesario. No había otra salida.

Capítulo 11

Max se despertó de pronto, nervioso, temiendo haber dormido más de la cuenta. Se sentía exhausto, a pesar de las horas de sueño. Esto se debía al intenso trabajo de las últimas semanas, a la tensión por los preparativos del viaje y a la preocupación, latente en su subconsciente, por dejar a su madre y a su hermana con el peso de tanta responsabilidad. Durante meses revoloteó en su mente una interrogante: ¿sería la ida a Suramérica una especie de escape de los agobiantes problemas cotidianos, siempre en aumento?.

El análisis objetivo de los hechos y el frío razonamiento, realizados a solas una y otra vez, terminaron por afirmarlo en una clara y rotunda convicción: de continuar en el mismo medio adverso, luchando contra la corriente, llegarían a la miseria extrema, con el cargo de conciencia de haber rechazado la posibilidad de cambiar, en busca de mejores perspectivas, el rumbo de su existencia. La decisión ya tomada era, por tanto, la más sensata y atinada. Sacando fuerzas de flaqueza, con movimientos ágiles y decididos se levantó, se dirigió al baño, y tras una rápida y vigorizante ducha fría, procedió a vestirse.

Al contrario de lo pensado, aún era temprano. La luz del sol y el canto del gallo no se decidían a inaugurar un nuevo día. Cerró las maletas con cuidado y las llevó hasta la entrada de la casa. Me serviré un té, pensó, mientras dirigía sus pasos hacia la cocina. Al llegar allá se sorprendió al encontrar a Silvia, sentada en una silla al lado de la ventana, con la mirada fija en el espacio.

- Pero mamá, exclamó con cierto dejo de reconvención ¿tú aquí tan temprano?.

Ella salió de su abstracción, y dirigiendo la mirada hacia su hijo, le respondió cariñosa.

- Buenos días, Max. Ven, siéntate a mi lado. Te prepararé un té. Me sentía nerviosa y no pude dormir bien.

Se arregló con cuidado la delicada bata de casa, de un rosado pálido, y siguió hablando.

- Fastidiada de estar en esa duermevela, hace un rato decidí levantarme y venir a tomar algo. Me complace poder compartir contigo estos momentos.

- Gracias, mamá, yo también estoy contento de haberte encontrado aquí. Así podremos, como era mi deseo, conversar un rato antes de irme.

- Déjame poner el agua a hervir Max, y me sentaré a tu lado a charlar.

Silvia se levantó de la silla, y acariciándole la mano, se alejó para cumplir con su cometido, bajo la cariñosa mirada de su hijo.

- Estás más bonita que nunca. Los años no parecen dejar huella en ti. Dios te conserve siempre sana. Deseo recordarte como te estoy viendo en estos momentos, y cuando te reúnas con nosotros me voy a sentir muy orgulloso de presentar a la madre más bella del mundo.

- Gracias, mi amor. Para ti siempre seré la mejor, dijo Silvia sentándose de nuevo a su lado, pero esa deseada reunión, me temo, no se producirá tan pronto como tú y yo queremos. No te enojes otra vez por mi negativa a ir a Suramérica. Ya estoy vieja, y para mí dejar el pueblo de mis antepasados, donde me crié y viví toda mi vida, es superior a mis fuerzas.

- Ya he renunciado a convencerte, dijo él preocupado, pero de una cosa estoy seguro. Cuando Nathán y yo estemos ya establecidos, Dios mediante, y Sarah decida ir con los niños a reunirse con nosotros, tú los acompañarás, a pesar de tu inmenso apego a este sitio.

Ella lo miró a los ojos con tristeza y no respondió. No deseaba añadir preocupaciones a la mente de su hijo, pero ella no iría a Suramérica. Era su decisión final y nada la haría cambiar de parecer. Estando Abraham enterrado en el pueblo, ella no podía irse.

- Buenos días, saludó Nathán entrando en la cocina. Son ustedes muy tempraneros. Todavía no vendrán a buscarnos. Max ¿tienes ya todo listo para el viaje?

- Sí, mi equipaje está en la entrada de la casa. No deseo hacer esperar a Abel. Fue muy amable al brindarse a llevarnos hasta la estación del tren.

- Tienes razón, mejor regreso arriba y traigo las maletas de una vez.

- ¿Adonde vas? le preguntó Sarah entrando en la cocina.

- Ya vengo, mi amor, voy a bajar mi equipaje.

- Buenos días a todos, dijo Sarah dándole un beso a Silvia ¿Cómo durmieron?

- No muy bien, le respondió su hermano. Mamá pasó la noche inquieta. Según me dijo, casi no pegó los ojos. Seguramente se debe a nuestro viaje.

- Abel ya nos está esperando, gritó Nathán desde la entrada de la casa.

- Ya voy, no lo haré esperar, le contestó Max.

Sarah salió apresurada de la cocina, y su hermano se dirigió hacia donde su madre se encontraba, y, mientras la abrazaba estrechamente, conmovido, le dijo:

- Mamá, llegó el momento de partir. No sufras, te lo pido de corazón. Pronto nos reuniremos, de eso estoy seguro, y todo esto nos parecerá tan sólo un sueño. Cuídate mucho en mi ausencia. Aliméntate bien y manténme informado sobre cualquier necesidad para tratar de satisfacértela. Vamos a trabajar duro y les enviaremos dinero tan pronto como podamos.

Silvia lo apretó con fuerza, haciendo un enorme esfuerzo para contener las lágrimas delatoras de su dolor, y con voz entrecortada le deseó lo mejor:

- Dios te bendiga, hijo mío, te acompañe donde estés, te colme de salud y alegría, y te ayude en todos tus quehaceres.

- Ojalá así sea, mamá.

Continuaron abrazados por un rato.

- Nathán ¿dónde estás?, preguntó en voz alta Sarah.

- Aquí, afuera, estoy subiendo el equipaje a la carroza.

- Buenos días, Abel, saludó Sarah.

- Me alegro de verla, le respondió él.

- Fue muy amable al ofrecerse a llevarlos a la estación del tren.

- Para eso son los amigos. ¿Dónde está Max?

- Se quedó hablando con mamá en la cocina, pero ya sabe que usted está aquí.

¡Ahí vienen!, exclamó al verlos salir.

Después de los saludos, procedieron a terminar de acomodar el equipaje. Cuando todo estuvo listo, Nathán se dirigió hacia donde su esposa se encontraba, y fundiéndose con ella en un apretado y emotivo abrazo, le susurró al oído:

- Por favor, mi amor, cuídate mucho y cuida a los niños. Vendré a buscarlos pronto. Te lo prometo.

- Así será, mi querido esposo. Estaré contando cada minuto hasta tú regreso.

- Ven Sarah, la llamó Max. Quiero despedirme de ti, querida hermana. Los dos se abrazaron con inmenso cariño fraternal.

Lágrimas de pena resbalaron por las mejillas de Silvia, pensando si alguna vez volvería a ver a sus hijos reunidos de nuevo.

- Suegra, no llore, le pidió Nathán. Nuestra partida no debe serle motivo de sufrimiento. Todo lo estamos haciendo por el bienestar de la familia.

- Sí, hijo, no te preocupes, estaremos bien, le aseguró Silvia secándose las lágrimas y tratando de retener otras por brotar.

Nathán la abrazó y procedió a subir a la carroza, donde Max lo esperaba.

Sarah se acercó a su mamá, le pasó el brazo por la espalda con gesto protector y agitando la otra mano en un sentido de adiós, exclamó:

- ¡Hasta pronto, queridos míos! Que Dios los acompañe.

Capítulo 12

El señor Flint, conversando en tono amistoso dirigía el carruaje sin prisa hacia la estación del tren. Era un individuo bonachón, sincero, y por tan excelentes cualidades lo conocían y querían en el pueblo. Su esposa, enfermiza y frágil, no era apta para tener descendencia, y por tanto la pareja había renunciado a vástagos propios, no obstante desearlos. Ello dejó en la vida de Abel Flint una aspiración insatisfecha, una frustración. El, amoroso por naturaleza había llenado ese vacío volcando un gran cariño paternal en los hijos de Nathán, a quienes trataba como si fueran suyos.

- No se preocupen por la familia, les decía con inflexión sincera. Ustedes saben cómo quiero a los muchachos. Estaré pendiente de satisfacer sus deseos. Y si puedo suplir en parte la ausencia de ustedes, me sentiré feliz de hacerlo.

- Gracias, le respondió Nathán, dándole una palmada cariñosa en la espalda. Siempre hemos apreciado tu amistad y sentimos alivio al tener en quien confiar en momentos de necesidad como éstos.

Abel interrumpió la conversación y haló las riendas del caballo, para dejar pasar una vacada que cruzaba el camino. Nathán, aprovechando el momento, se dejó llevar por los recuerdos de lo acontecido en su casa el día anterior...

- Sarah, por favor, recordó haberle pedido, haz venir a los niños. Deseo hablar con ellos. Mañana al amanecer nos iremos, y no tendré otra oportunidad para explicarles la razón de realizar el viaje a Suramérica.

- Sí, enseguida los llamo, respondió ella dirigiendo sus pasos hacia la escalera.

Bajó apresuradamente hasta llegar a la puerta principal. La abrió y se detuvo un momento, jadeante.

- Niños, vengan acá, gritó lo más fuerte que pudo.

- Ya voy, mamá ¿deseas algo? preguntó Raquel, quien jugaba con una muñeca de trapo en las cercanías de la casa.

- Tu padre desea hablar con ustedes. Por favor, encárgate de buscar a tus hermanos, y cuando estén todos reunidos suban a nuestra habitación.

- Sí, mamá.

Obediente, dejó su muñeca de trapo sobre una caja, utilizada como cuna, y salió corriendo.

- Samuel, Saúl, Etty, Hanah, Míriam, Méndel, ¿dónde están?, chilló con su aguda vocecilla de niña. Por favor, contéstenme.

Esperó unos minutos, y como nadie respondía a su llamado, siguió adelante a toda prisa. Al cabo de un rato, se detuvo, al escuchar unas voces provenientes del otro lado de la cerca paralela al camino. Se acercó cautelosa para observar sus movimientos y los encontró jugando a las escondidas.

- Tengo rato llamándolos, les dijo enfurruñada. ¿No me han oído?.

- ¿Cuál es el problema? le preguntó Samuel curioso.

- Papá nos llama. Desea hablar con todos nosotros. Por favor, ayúdame a reunirlos.

- Sí, vamos, respondió él.

Entre los dos encontraron a sus hermanos y se dirigieron hacia la habitación de sus padres. Una vez allí, Raquel golpeó con delicadeza en la puerta y al escuchar a su padre decir: "Adelante!", hizo girar el pomo de la cerradura. Entraron en grupo y así avanzaron hacia sus progenitores. Sarah observó con detenimiento el cuadro formado por sus hijos, y pensó al verlos: ¡Qué bellos son!, y cuán felices crecen al margen de nuestras dificultades. Me pregunto cuánto los afectará la partida de su padre y de su tío. Espero poder compensar esas ausencias.

- Hijos míos, comenzó a hablar Nathán, atrayendo la atención de todos los presentes. Gracias por venir tan pronto. Por favor, siéntense cerca de mí, deseo conversar con ustedes.

Samuel y Raquel se sentaron en las dos poltronas cercanas a su padre y el resto se dirigió hacia la cama en donde Sarah se hallaba recostada contra el respaldar.

- Cómo sabrán, continuó diciendo, su tío Max y yo saldremos mañana para Suramérica, deseo antes de irme decirles que los quiero muchísimo, ustedes son la razón de mi vida. Nunca hubiera pensado en emprender un viaje tan largo si no fuera porque necesito ganar mucho más para mejorar las condiciones de vida de nuestra familia. Su mamá y yo deseamos para ustedes el mayor bienestar, y por eso hemos decidido sacrificarnos, separándonos por un tiempo, para que su tío y yo podamos buscar en Suramérica buenos trabajos que nos produzcan bastante dinero. Hizo una pausa, y desviando la mirada hacia donde Sarah se encontraba, pudo observar una lágrima silenciosa rodando por la mejilla de su esposa, quien la desapareció con movimiento rápido. Se concentró de nuevo en su pequeño discurso, y observando los rostros de sus hijos, con sus inocentes miradas fijas en él, prosiguió:

- Quisiera poder ofrecerles una casa hermosa, como ustedes se la merecen; con varias habitaciones y rodeada de un bello jardín lleno de flores. También, poder enviarlos a los mejores colegios y satisfacer el más mínimo deseo de mamá, porque no existe en el mundo otra mujer con tan buenas cualidades de esposa y madre. Por favor, mientras yo no esté, cuídenla, para mí y para ustedes.

- Sí papá, respondieron todos a coro.

Al escuchar la respuesta, Nathán abrió los brazos para acoger en ellos a sus hijos, quienes, tan pronto su padre terminó de hablar, corrieron emocionados a besarlo y abrazarlo.

- Papá, preguntó Samuel, curioso, al cabo de un rato ¿cuándo volveremos a verlos?.

- Creo no haberles explicado lo suficiente, respondió de inmediato. Nuestra idea es trabajar duro hasta lograr reunir el dinero suficiente para enviar por ustedes.

- No comprendo, agregó Raquel. Explícame eso de enviar a buscarnos.

- Muy sencillo, contestó él con paciencia. Estoy tratando de decirles que tan pronto tenga el dinero, les voy a enviar los pasajes para que se reúnan con nosotros en Suramérica.

- ¿Y con quién se quedará mi abuelita si todos nos vamos de aquí?, preguntó Saúl ansioso.

- No te preocupes por ella, dijo Sarah sonriendo. Cuando nos vayamos, ella se irá con nosotros. Por supuesto, no vamos a dejarla.

- ¿Y nuestra casa, y nuestros amigos? preguntó Etty mirando a su padre con expresión de duda.

- No te preocupes por nada. Tendrán una casa donde vivir y nuevos amigos con quienes jugar, contestó Nathán mirando a Sarah, e internamente hizo votos por la cristalización de tales promesas.

- Te has quedado muy callado, cuñado, comentó Max sacándolo de sus cavilaciones ¿Alguna preocupación además de las muchas que ya tenemos? agregó en tono de guasa, haciendo gala de su habitual sentido del humor.

- Pensaba en Sarah y en los niños, le respondió con un rictus de amargura en el rostro. Nuestra despedida de ayer fue muy triste. Traté de hacerles ver la razón de nuestro viaje, pero me pregunto si no son demasiado pequeños para comprender la problemática situación actual de la familia. Todavía me asaltan dudas sobre la acertividad de nuestra decisión y tiemblo al pensar si en un futuro no deberemos arrepentirnos de ella.

- ¡Ya llegamos a la estación! exclamó Abel, deteniendo el carruaje enfrente del edificio.

- ¿Necesitan ayuda con el equipaje? preguntó un joven, acercándose servicial.

- No gracias, le respondió Max. Lo descargaremos nosotros mismos.

El muchacho se alejó con una mueca de disgusto, mientras ellos colocaban el bagaje sobre la acera de concreto.

- Max, ¿sabes donde venden los boletos del tren? le preguntó Nathán, al cabo de un rato, levantando sus dos valijas.

- No, mejor esperemos a Abel y vamos todos juntos para averiguarlo.

- De acuerdo.

Tan pronto llegó su voluntario transportista y guía, se dirigieron hacia el interior del edificio. Compraron los boletos y después de un rato, oyeron por el altoparlante el llamado de abordaje. Se despidieron de Abel con un fuerte abrazo, muchas recomendaciones, y procedieron a subir al tren. Max iba adelante por los estrechos pasillos, buscando los puestos correspondientes a ellos. Nathán lo seguía con la cabeza inclinada, pensativo, martirizado por sus hamletianas incertidumbres acerca del paso dado al emprender el azaroso viaje.

- Nathán, lo llamó Max. Aquí estoy. Ven a sentarte a mi lado. El tren ya va a partir.

Capítulo 13

Un día, Sarah se hallaba sentada en la silla de la sala, favorita del finado Abraham. Las cortinas estaban corridas, el ambiente era de penumbra y el silencio reinante absoluto. Lúgubres pensamientos acudían a la mente de la angustiada mujer. Dios mío, ¿les habrá ocurrido algo malo?. Se marcharon hace ya dos meses y aún no hemos recibido noticias. Recuerdo como si fuera ayer cuando Nathán me pedía no preocuparme, pues se comunicarían con nosotros tan pronto llegaran a su destino y nos informarían cómo y dónde se encontraban. ¡Y ahora, nada!. No se sabe nada de ellos. No hay a quién preguntarle. Abel me recomienda no inquietarme. En su opinión, seguramente están bien, pero no han tenido la manera de ponerse en contacto con nosotros. Ojalá esa posible dificultad sea la razón de su silencio.

Sarah se levantó con desgano. El cansancio y el hastío la abrumaban. El trabajo y las angustias de los últimos meses cobraban su tributo. Desde la partida de los hombres, aceptaba cualquier tipo de trabajo, desde el más sencillo hasta el más pesado. Pero la semana pasada, una visita hecha al médico, sin consultar a Silvia para no intranquilizarla, le había confirmado sus sospechas. ¡Estaba embarazada! Al recibir la noticia, sintió una inmensa alegría, pero al disiparse la sorpresa y recapacitar sobre la situación tan precaria de ella y del grupo familiar, se aterró. La venida al mundo de un nuevo hijo acarrearía nuevos problemas para todos. Debo decírselo a mi madre, pensó, y caminando resuelta se dirigió hacia su habitación. Llamó a la puerta varias veces consecutivas, antes de escuchar la voz de Silvia invitándola a pasar.

- Disculpa, mamá, no deseo molestarte. Si estás reposando, volveré en otro momento.

- No hija, no te preocupes, tan sólo estaba dormitando. Tú sabes...a mi edad, esto sucede a menudo. Pero pasa, ponte cómoda. Me alegra poder compartir un rato contigo. Ultimamente has estado muy ocupada con tanto trabajo. Gracias a Dios, los niños parecen darse cuenta de tu esfuerzo por mantener la casa y se comportan como ángeles. Sarah se quedó callada por unos momentos, y después, en tono lastimero se dirigio a Silvia:

- ¡Estoy embarazada!.

- ¿Como dices?.

- Sí mamá, oíste bien. Estoy esperando un hijo. Me lo confirmó el médico hace unos días y ello me tiene muy afligida, dijo rompiendo a llorar con gran sentimiento.

- Hija mía, ¡no has podido darme una noticia mejor! ¿cómo puedes estar llorando? No comprendo.

- Pero ¿no te das cuenta? interrogó a su vez secándose las copiosas lágrimas. Al progresar el embarazo, mis fuerzas mermarán, y tú sabes cuánto necesitamos mis ganancias por trabajos realizados. Al no estar activa como ahora, esas entradas se reducirán a un mínimo o desaparecerán por completo. Además, el tener un bebé en la casa representará mucho gasto. ¿De dónde voy a sacar el dinero necesario para mantenerlo, si estamos tratando de sobrevivir con los gastos actuales?

- Sarah, por favor, no te angusties. Estos últimos meses han sido muy difíciles para todos nosotros, sobre todo porque no tenemos noticias de los nuestros. Pero esta situación, estoy segura, no se prolongará. El silencio de Max y Nathán probablemente se deba a tardanzas del correo. La distancia entre Europa y Suramérica es muy grande y el país donde están ellos también debe de ser muy extenso. Debemos ser optimistas. Pronto, Dios mediante, recibiremos no sólo buenas noticias d e ellos sino también la ayuda monetaria prometida.

Capítulo 14

Sarah terminó de leer la carta de Nathán con un suspiro, y al desviar la mirada hacia Raquel, sentada cerca de ella, percibió la ansiedad contenida de su hija, también deseosa de saber de los suyos.

- Gracias a Dios, tu papá y tu tío Max están bien. Tuvieron un viaje muy pesado en el barco, pero ya se han establecido en Bogotá, ciudad capital del país llamado Colombia, en la parte norte de Suramérica. Alquilaron en una posada un cuarto pequeño para los dos. No me cuenta en la carta muchos detalles sobre la ciudad, pero me tranquilizan un poco sus referencias a las gestiones para conseguir trabajo. Se encontraron con varios conocidos nuestros de Polonia, quienes han tratado de ayudarlos. Como habíamos previsto, han tenido dificultades con el nuevo idioma. Cuando la gente de allá se les acerca para conversar, no les entienden, y no obstante ser personas educadas y respetuosas, se alejan en vista de no poder comunicarse con ellos. ¡Una situación bastante molesta!. Raquel soltó una risita juguetona ante las últimas palabras de su madre.

- Mamá, ¿puedo ir a contarles a mis hermanos sobre la carta de papá? preguntó excitada.

- Por supuesto, hija, anda a darles la noticia.

Al salir ella corriendo, Sarah dirigió su atención hacia Silvia, embebida en la lectura de la carta de Max. Esperó un rato, comprendiendo la intensa emoción de la madre ante la tan ansiada misiva del hijo ausente, y observó cómo sus ojos se iban llenando de lágrimas, sin duda de alegría por experimentar algún alivio de sus muchas preocupaciones y penas.

- ¿No te lo decía? dijo su madre alborozada. Están bien. Lo sentía muy dentro de mí.

- Claro, tenías razón, le respondió Sarah abrazándola. ¡Cómo me alegran estas cartas! Nathán me cuenta sobre la ciudad y sus gentes. Son muy diferentes a las nuestras, pero está contento, se siente bastante a gusto.

- Max también está optimista por las gestiones de trabajo hechas por los dos, agregó Silvia a su vez. Algunos amigos les cedieron muestrarios de telas para ofrecerlas en venta, de casa en casa, en los barrios. También me habla de sus dificultades con el idioma y por no conocer las calles de la ciudad. Muchas veces se pierden creyendo estar en el camino correcto, pero están agradecidos de la ayuda prestada por nuestros amigos. De esa manera han empezado a producir algo de dinero.

- A propósito, mamá, Nathán se disculpa por no poder enviarnos nada en esta oportunidad. En apariencia sus ganancias no han sido muchas, y el dinero lo necesitan para poder desenvolverse. Sin embargo, me pide no inquietarme. El cree conseguir pronto recursos para ayudarnos.

- ¿Ves, hija? las cosas no se presentan tan mal, y como siempre hemos oído: "Cada niño viene con su suerte debajo del brazo ". La noticia de tu embarazo ha coincidido con la alegría de recibir buenas noticias de los nuestros. Y tan pronto sepan de tu embarazo, no lo dudes, no escatimarán ningún esfuerzo para proporcionarle a esa criatura las mejores condiciones de vida.

- Gracias, querida mamá, por tu comprensión y cariño. Me siento mucho mejor, y hasta me regocijo cuando, en mi imaginación, me veo con mi nuevo hijo entre los brazos.

- ¿Y si fuera niña? preguntó Silvia sonriendo.

- Sería igualmente bienvenida, le respondió Sarah animada.

Capítulo 15

El tiempo transcurrió con desesperante lentitud. Cuatro años tenía Sarah sin ver a Nathán, y lo extrañaba muchísimo. A veces, en las noches, imaginaba su cercanía, y pensaba acongojada cuándo se realizaría el milagro de verlo de nuevo.

Muchos acontecimientos se habían producido en los últimos años, algunos de ellos venturosos, como el nacimiento de una bella niña a quien pusieron el nombre de Míriam, la cual trajo consigo mucha felicidad para todos, a pesar de haber venido al mundo en nada auspiciosas circunstancias. Sarah conservaba recuerdos vívidos de los momentos del parto, cuando más sintió la necesidad de tener a su esposo cerca, como en el nacimiento de sus otros hijos. Durante las contracciones, ella no sabía si su malestar era comparable con el dolor de recordar la ausencia de Nathán.

Una vez restablecida del alumbramiento, consiguió trabajo en la tienda cuyos primeros propietarios habían sido sus padres. Quienes les compraron se habían marchado del pueblo, y los nuevos dueños, conociendo la experiencia de Sarah en el ramo, decidieron ofrecerle trabajo. Con gran alegría, ella aceptó el puesto, y sintió un gran alivio al dejar el lavado de ropa ajena y otros quehaceres ocasionales no menos fatigosos, realizados por necesidad. Recibía todos los meses el poco dinero enviado por Nathán desde Suramérica. Ese ingreso, junto con el producto de su propio trabajo, les permitía vivir con menos estrecheces, lo cual era motivo de regocijo dentro de su modesta existencia, no muy pródiga en satisfacciones. Haciendo economías, lograba reunir unos pocos zlotys. Estos los utilizaba Sarah para embellecer el hogar.

Pintó la casa de un tono claro, lo cual la hacía aparecer más amplia, tapizó los sillones con una tela azul rey floreada ¡Si Nathán y Max pudieran ver estos cambios! pensaba a veces con una mezcla de nostalgia y esperanza. El único sillón dejado igual, como antaño, era el de su difunto padre. No se habría atrevido a tocarlo. ¡Le traía tantos recuerdos!. Las cortinas las había bajado de los cortineros, y, aprovechando una tarde libre, las lavó y almidonó hasta parecer nuevas. Su color beige combinaba con el tono crema de las paredes, y así el ambiente lucía claro y acogedor. Los niños se sentían maravillados de ver los agradables cambios de su entorno.

Un día Silvia, acercándose a su hija, le dijo:

- Querida, te estás excediendo en tus trajines. Todo el día trabajas duro en la tienda, y al regresar, además de atender la casa y a tus hijos, quieres continuar haciendo o arreglando cualquier cosa, con tal de no reposar. No puedes continuar así, te vas a enfermar y todos tus esfuerzos van a ser inútiles.

- Mamá, le contestó Sarah, deseo adormecer mi pena dejando de pensar. Ya transcurrieron cuatro largos años desde el alejamiento de los nuestros. Si hubiera sabido la duración de esta forzosa separación, me habría opuesto a ella, o por lo menos no habría permitido la ida de Nathán. Míriam cumplió ya tres años y su progenitor no la conoce. Mis hijos crecen sin la cercanía de un padre que los ayude a diario, y yo sin el calor humano de un esposo a mi lado.

- Sarah, dijo Silvia acariciándole el cabello, cuando te reúnas con tu marido de nuevo y hayan logrado una calidad de vida mejor, comprobarás cuán acertada fue su decisión. Las penalidades sufridas habrán valido la pena.

Al cabo de unos días, Sarah recibió una carta de Nathán. En ella le solicitaba enviarle lo más pronto posible a su hijo Samuel. Incluía el dinero para la compra de los pasajes de tren y barco. Aducía necesitar la ayuda del muchacho para tratar de reunir más rápido el dinero requerido para enviar a buscarlos.

Samuel estuvo listo en pocos días. Sarah y Silvia, con la ayuda de Abel, lo llevaron a la estación del tren, desde donde partiría solo, con las instrucciones necesarias para el viaje. Cuando todo estuvo arreglado, y subía al tren, su madre lo abrazó, casi lo estrujó en su vehemencia, mientras le decía:

- Hijito, cuídate. Por favor, obra con la mayor precaución. Así y con la ayuda de Dios, nada te sucederá. Estaremos rezando por ti hasta tanto llegues al lado de tu padre.

- Adiós mamá, no te preocupes por mí, todo saldrá bien.

Pero tan pronto se montó en el vagón, comenzó a llorar viendo a su madre y a su abuela desesperadas por su partida.

El camino a seguir era largo. Debía viajar por vía férrea desde Varsovia hasta Alemania y llegar a Holanda, donde tomaría un barco para seguir hasta las costas de Colombia, (Puerto Colombia). No lo quería reconocer, pero estaba realmente atemorizado.

Capítulo 16

El barco había atracado en Puerto Colombia desde hacía algunas horas. Nathán se secaba la frente una y otra vez. El calor era agobiante y los mosquitos picaban su cuerpo sin cesar, no dándole tregua alguna. Sin embargo, continuaba allí, con la mirada fija en la pasarela, por donde descendían, desde hacía algunos minutos, los viajeros de tercera clase.

Por un instante creyó reconocer a Samuel en uno de los pasajeros. Este, un muchacho de aspecto fatigado, al final del extenuante viaje, descendía con paso tardo y vacilante. Pero, grande fue su desilusión, al observar cómo los padres del joven lo tomaban del brazo para evitar una caída.

La ansiedad lo consumía. Durante las semanas de navegación de Samuel en alta mar, Nathán se imaginó infinidad de sucesos trágicos de los cuales podía ser víctima su hijo: desde perecer ahogado, hasta no llegar a encontrarlo en el muelle cuando el barco arribara. Se sentía culpable por enviar a buscarlo, siendo aún tan joven. Pero le era imprescindible ayuda de algún tipo para seguir luchando por los suyos.

Las cosas no se habían presentado tan fáciles como Max, siempre optimista, las había imaginado al comienzo. La imposibilidad de hablar español constituyó la traba más difícil de vencer, unida al total desconocimiento de la gente y de las costumbres de aquel país. El negocio de venta de telas les era desconocido, pero gracias a su audacia y determinación por seguir adelante, se habían ganado la atención y confianza de las personas a quienes visitaban. Estas, al ver los tremendos esfuerzos de los inmigrantes para hacerse entender, comenzaron a tomarles afecto e incluso les corregían sus errores al hablar, tratando de colaborar con los vendedores. Ellos, ante tal acogida, acudían a menudo a ofrecerles su mercancía.

Uno de los mayores éxitos de Max y Nathán en ventas fue el establecimiento del pago por cuotas, el fiado, un buen incentivo para comprarles a los inmigrantes, pues ellos no exigían el pago total del dinero sino abonos semanales de acuerdo con las posibilidades de cada cliente. Algunas veces, por el total desconocimiento de las calles, Max y Nathán no lograban regresar al lugar donde habían vendido la mercancía, y debían resignarse a darla por perdida.

Poco a poco, fueron logrando superar esas barreras y llegaron a sentirse cómodos con su trabajo, hasta cierto punto...En las noches regresaban exhaustos de caminar por los diferentes barrios de la ciudad, y muchas veces olvidaban detenerse en alguna venta de comida para llevarse algo a la boca y no desfallecer de hambre. Pero debían seguir adelante. No había vuelta atrás. Querían traer a los suyos, y lo demás carecía de importancia.

Nathán agudizó la mirada. Por unos momentos alejó la

atención de la pasarela, pero no podía permitirse el lujo de perder de vista al muchacho cuando por fin descendiera del barco. El muelle estaba atestado de gente, y después podía resultarle muy difícil encontrarlo.

Los pasajeros continuaban descendiendo. El cansancio y el intenso calor volvían penosa la operación de desembarco.

Se abrió paso entre las personas apiñadas delante de él recibiendo a sus respectivos familiares, y trató de colocarse en primera fila para observar más de cerca y con detenimiento cada movimiento de quienes arribaban al puerto.

De repente, en la parte superior de la pasarela, apareció un hermoso muchacho portando una enorme mochila con sus pertenencias.

- ¡Es mi hijo! exclamó emocionado. ¡¡Aquí estoy, Samuel!!, ¡¡aquí estoy, Samuel!! gritó con voz estentórea, agitando al mismo tiempo la mano tan fuertemente como el reducido espacio entre la gente se lo permitía. ¡¡Samuel, Samuel!! seguía gritando en polaco, tratando de que el muchacho lo ubicara.

La gente se volteó a mirarlo, sorprendida por el idioma extraño, y él, tan excitado como estaba con la feliz llegada de su hijo, apenas si prestó atención a las miradas inquisidoras. Samuel seguía avanzando por la pasarela con lentitud. Su corazón palpitaba más fuerte de lo usual. Durante todo el trayecto, se preguntaba cuál debería ser su manera de actuar si al llegar no encontraba a su padre. Las instrucciones recibidas llegaban hasta el momento de descender del barco. Y de allí, todo dependía de ese encuentro. Seguía atento, observando a la gente agrupada al final de la pasarela.

De pronto observó a un hombre abriéndose paso con

dificultad entre la gente aglomerada en la primera fila. ¡Samuel, Samuel! oyó su llamado en su polaco natal.

- ¡Papá, aquí estoy!, respondió, y empezó a forcejear con energía, a codazo limpio, con los pasajeros a su alrededor, para aumentar la velocidad de su descenso. El reencuentro de padre e hijo después de tanto tiempo fue silencioso, aparte algunos sollozos de alegría escapados de los emocionados pechos.

Nathán lo retuvo algunos instantes entre sus brazos. El júbilo de ver a su hijo mayor, después de cuatro años, lo invadía con gran intensidad. Gracias a Dios, llegaste sano y salvo a mi lado. ¡Estoy tan contento! le dijo soltando al muchacho y observándolo en detalle. Pero ¡como has crecido en estos años!. Estás irreconocible. Al partir yo de Polonia dejé un niño, y ahora recibo ¡todo un hombrecito!.

- El tiempo pasa, papá, y uno crece, ya tengo quince años. Has dicho bien, no soy un niño. - Por supuesto Samuel, ya hiciste tu bar-mitzva[1]. En nuestra religión, todo muchacho, a partir de los trece años es considerado un adulto, pero me asombró observar tu estatura y fortaleza. Dios te dé larga vida.

- Gracias papá.

- Pero ven, hijo mío, no nos quedemos aquí. Hay mucha gente y hace demasiado calor. Dime ¿tienes más equipaje, además de esa mochila, por cierto bastante voluminosa?, pregunto Nathán risueño.

- No, papá, aquí tengo todas mis pertenencias. Mamá decidió empacarlas de esta manera. Así podría cuidar fá-

---

[1] *Bar mitzva.* El nombre significa hijo del mandamiento o hijo de la obligación (a cumplir los preceptos religiosos). Es la iniciación del joven judío en la comunidad religiosa a la edad de trece años. Este rito constituye uno e los más populares y fundamentales de los judíos. (N. de la A.)

cilmente de ellas. Nathán, al oír mencionar a su esposa, empezó a seguir con ansiedad las palabras de Samuel y deseó interrogarlo, pero al observar la frente del muchacho perlada de sudor, decidió esperar un momento más oportuno, para informarse en detalle sobre la vida, venturas y desventuras de su lejano grupo familiar. Y sugirió alejarse de aquel lugar.

- ¿Adónde vamos? preguntó Samuel, curioso, caminando a la par de su padre.

- Aún nos queda algo de camino para llegar a nuestro destino. Debemos abordar un ferrocarril hasta Ambalema; de ahí iremos en auto hasta una ciudad llamada Ibagué, capital del Tolima, y después seguiremos en tren hacia Bogotá. Tu tío Max debe de estar deseando verte. Sigamos, pues, no demoremos más nuestro viaje.

Al cabo de algunos días fatigantes, llegaron a su destino... la posada donde residían Max y Nathán. Subieron apurados las escaleras, no obstante el peso de la mochila sobre el hombro del muchacho. Nathán introdujo la llave en la cerradura y abrió la puerta.

- Tío Max, ¿dónde estás? Ya llegamos, entró gritando Samuel desde el resquicio de la habitación, acomodando el equipaje a un lado.

- ¿Dónde esta mi sobrino preferido? contestó Max emocionado, abriendo los brazos.

Samuel se refugió en ellos, y respondió con un fuerte y viril abrazo.

- Muchacho, ¿eres tú? exclamó Max incrédulo, alejándolo de sí para poder observarlo. No puede ser, estás convertido en todo un hombre.

- Así es, tío. Los años no pasan en balde y teníamos tanto tiempo sin vernos. He esperado con ansiedad, a veces con angustia, el momento de reunirme con papá y contigo. Los hemos extrañado tanto. ¡Si mamá pudiera observarnos en estos instantes! Ella sueña continuamente con el anhelado día de la reunión de toda nuestra familia, y reza pidiéndole a Dios les conserve la salud y les permita ahorrar el dinero suficiente para enviar pronto a buscarlos.

- Hijo, balbuceó Nathán inquieto, cuéntanos más sobre ellos. Como sabes, Max y yo les enviamos todos los meses algún dinero. ¿Les alcanza para los gastos más esenciales?.

- La verdad, papá, los primeros meses fueron bastante duros para mi madre. La preocupaba no recibir noticias de ustedes. Eso la tenía agobiada. Trabajaba día y noche sin descanso en cualquier trabajo. Entonces supo de su embarazo y debió disminuir un poco el ritmo de sus ajetreos dentro y fuera de la casa.

- Mi pobre Sarah, exclamó Nathán compungido. ¡Cuánto te he hecho sufrir!.

- Luego, continuó recordando Samuel, con el dinero enviado por ustedes empezó a mejorar nuestra situación económica, y mamá tuvo algún respiro, pues hasta entonces la preocupaba el no poder, por el avance de su estado, trabajar en oficios pesados, algunos de ellos realizados para otras personas con el objeto de lograr entradas para la familia. Como ya se habrán enterado por las cartas, al nacer mi hermana Míriam, a mamá le ofrecieron trabajo en la tienda que perteneció a los abuelos, y eso constituyó un grandísimo alivio para ella.

- Y ¿cómo está tu abuelita? preguntó Max con voz temblorosa.

- Muy bien ahora, tío Max. Tan pronto ustedes se marcharon estuvo muy triste y deprimida. No quería comer, no deseaba hablar con nadie, ni siquiera nosotros parecíamos animarla. Estábamos muy preocupados, especialmente cuando ella se sentaba frente a la ventana de tu habitación tío Max, y se pasaba largas horas inmóvil con la mirada perdida. El bajó la cabeza apesadumbrado al escuchar el relato de Samuel, pero éste continuó. Poco a poco, con mucha paciencia de nuestra parte, fue saliendo de su mutismo, y hoy es la misma abuelita de siempre. Nos mima, nos ayuda en los momentos difíciles, le da ánimos a mamá y no la deja sucumbir.

- Y físicamente ¿cómo se siente?, preguntó Nathán interesado.

- En general está bien de salud, pero a mi parecer ha envejecido mucho en los últimos años.

- ¡Cuánto daría por estar con ellos!, dijo Max meditabundo, especialmente con mi madre a quien temo tanto le suceda algo sin darnos la oportunidad de volverla a ver.

- Por favor, no te expreses de esa manera, le pidió Nathán. Cuando hablas así haces renacer mis dudas sobre la conveniencia de haber venido los dos a Suramérica con miras a tratar de mejorar las condiciones de vida de nuestra familia. ¿Dénde está tu optimismo? ¿Vas a flaquear ahora, cuando tenemos la mitad del camino andado?. Seamos positivos, con la ayuda de Dios, lograremos pronto reunir el dinero necesario para traer a Silvia, a Sarah y a todos los demás a nuestro lado.

Capítulo 17

Habían transcurrido dos años, dos siglos según la impaciencia de Sarah, desde la partida de Samuel de Jalowiec para ir a encontrar a su padre en Bogotá, capital de Colombia, en Suramérica. Sin embargo, ella conservaba fresca en su memoria la imagen de aquel niño, ya algo corpulento, hombre en cierne, con una gran mochila al hombro, abordando el tren...

En esos veinticuatro meses, con la doble ausencia de su esposo y de su hijo mayor, se sintió aún más desamparada. Cada día, cada hora, cada minuto, deseaba reunirse con ellos, pero la ilusión, alguna vez acariciada, de que ello ocurriría en un futuro inmediato, había muerto en ella. Tan sólo serían algunos meses, pensaba cuando se fue Nathán, los faltantes para el reencuentro con él, pero los meses se convirtieron en un año y el año se vio seguido por cinco más, y Sarah languidecía de pena viendo a su familia separada.

La llegada de las cartas hacía su vida más llevadera, pero internamente desesperaba pensando en los riesgos corridos por su esposo y su hijo... y también por su hermano Max, en aquel país lejano, extraño, poblado de gente diferente.

Silvia había envejecido mucho. En su rostro se notaban, sin duda, el paso del tiempo y el dolor contenido. En contraste, los hijos de Sarah crecían fuertes y saludables, acostumbrados a la idea de un padre ausente y con la esperanza de una pronta reunión con él y con Samuel. Un día, recibieron una carta anunciándoles la llegada de Max. ¡Oh Dios! todo fue alegría a partir de aquel momento.

Los preparativos para su recibimiento comenzaron con semanas de anticipación. La casa debía resplandecer de limpia. Sarah preparó los platillos favoritos de su hermano, y observó con gran alegría la transformación de su madre como resultado de haber recibido la maravillosa noticia del arribo de su hijo.

Llegó el tan esperado día, y Silvia, sentada en la cocina, nerviosa, a cada instante dirigía la mirada al reloj de pared. No sabía con certeza la hora de su llegada, pero no podía controlar el aceleramiento de su corazón. ¿Cuanto más durará la espera? pensaba. Ya ha sido de varios años, y ahora faltando tan poco tiempo para tener a mi hijo entre mis brazos, parezco una colegiala en su primer día de clases o una adolescente antes de su primera cita amorosa. A veces, los humanos lucimos complicados; ante circunstancias como esta, por ejemplo, nuestra paciencia nos abandona. Debería estar feliz y agradecida por su retorno a casa, pero me siento inquieta. Ha sido una prueba muy dura la experimentada todos estos años, y, estando tan cerca de concluir, no puedo creer en la inminente llegada de Max.

- Mamá, ven acá, le pidió Sarah desde la sala, quiero mostrarte algo.

El corazón de Silvia se aceleró aún más con esa llamada. Por un momento creyó llegado el feliz momento. Se levantó con lentitud de la silla, y se dirigió a la sala con el corazón palpitante.

- ¿No te parece bellísima nuestra casa?. Max, al entrar y verla tan diferente, creerá haberse equivocado de dirección. Me siento emocionadísima con su llegada. Ojalá Nathán y Samuel hubieran regresado con él, agregó con voz entristecida.

- Sí hija, me gustaría ver a toda nuestra familia reunida de nuevo.

- Cuando Max llegue, nos contará los planes que tienen, y nos explicará por qué ellos no lo acompañan en este viaje. No puedo evitar preocuparme por su salud, y por su bienestar.

- Tranquila, hija, no te atormentes tanto, ya sabrás en detalle todo lo referente a sus vidas en Suramérica.

Transcurrieron algunas horas más, y, ya al anochecer, Raquel escuchó toques en la puerta principal. La abrió, y al ver a su tío Max corrió a abrazarlo sin pronunciar palabra. ¡Tenía tanto tiempo sin verlo! Pero era el mismo, y aquí estaba ahora.

- Pero muchachita ¡cómo has crecido! exclamó él, al observar con detenimiento a Raquel, tras soltarse ella de su cuello. Parece ayer cuando emprendimos el viaje y eras entonces tan sólo una criatura, pero ya te has convertido en toda una mujer...y muy bella por cierto.

- Gracias, tío, pero pasa, no te quedes ahí parado. Toda la familia esta deseando verte.

Max procedió a meter el equipaje, y, dejándolo en el pasillo de entrada, dirigió sus pasos hacia la habitación de su madre y golpeó dos veces en la puerta. Silvia la abrió, y sus ojos incrédulos se llenaron de emoción.

- Hijo mío ¡al fin llegaste!

Max la estrechó, cariñoso, y las lágrimas brotaron de sus ojos.

- ¡Mamá, cómo deseaba verte!, nunca podrás imaginar cuánto te he extrañado. Silvia respondió casi estrujándolo con sus viejos pero todavía vigorosos brazos. ¡Por fin tenía otra vez a su hijo querido! Al cabo de un rato, apareció Sarah seguida de Raquel.

- ¡Bienvenido a casa, hermano! exclamó, apartándolo un poco de Silvia para abrazarlo y depositar un fraternal beso en su mejilla.

- Gracias, Sarah, estoy muy contento de estar de vuelta. Añoraba todo esto.

Enseguida llegaron los demás niños a saludar a Max. Todo era alegría. En sus rostros se reflejaba el inmenso cariño por el tío bonachón y querendón. El constituía una figura paternal muy importante en sus vidas y su regreso a casa después de tan larga ausencia era una ocasión muy feliz.

Max les contó muchas anécdotas y detalles sobre el país en donde actualmente residían él, Nathán y Samuel. Les habló largo sobre las experiencias buenas y malas de los tres y les recalcó cuánto los extrañaban su padre y su hermano.

Sarah y Silvia lo contemplaban arrobadas. No se cansaban de escucharlo hablar a los niños, pero deseaban estar a solas con él para acosarlo a preguntas.

- Pero, jovencitos, dijo Silvia al cabo de un rato, tío Max acaba de llegar, y debe de estar muy cansado del viaje. Déjenlo tranquilo por hoy, y mañana, con más calma, les seguirá contando más cosas.

- Así es, corroboró Sarah, mañana es día de colegio y se está haciendo tarde. Despídanse y váyanse a dormir.

- Sí, mamá, replicaron, al unísono, con una mueca de disgusto. Uno a uno se fueron acercando a él, y lo abrazaron emocionados antes de abandonar la habitación.

- Debo felicitarte Sarah. Son muchachos estupendos. Les has proporcionado una excelente educación. Lo mismo le comenté a Nathán, al llegar Samuel a nuestro lado. Y tú, mamá, con seguridad habrás dado tu aporte. Viviste muy cercana a tus nietos y sé cuanto los quieres.

Silvia hizo un ademán de asentimiento con la cabeza, y, en silencio, siguió atenta a las palabras de su hijo.

- Sarah, continuó Max, para tu tranquilidad, debo decirte que Nathán y Samuel se encuentran muy bien. Están trabajando duro y no se dan tregua, con la idea de enviar a buscarlos lo más pronto posible, pero en cualquier parte del mundo ganarse la vida no es fácil. Además, una porción de sus ganancias deben, como es natural, emplearla en su propia manutención, y el resto enviárla aquí cada mes para ayudar con los gastos de la familia, por lo cual sus ahorros, con miras a costear el viaje de ustedes, no son tan cuantiosos como quisieran. Pero no desmayan. Día a día trabajan intensamente, y, estoy seguro, pronto alcanzarán el fin propuesto.

Max hizo una pausa, y observando los rostros ansiosos de las dos mujeres siguió hablando. Cómo sabrán por las cartas, tan pronto Samuel llegó a Bogotá decidimos comprar dos máquinas tejedoras. Con ellas Nathán y Samuel empezaron a tejer suéteres, y yo los llevaba al mercado y los ofrecía al público, pero transcurrido algún tiempo, me ofrecieron un trabajo bien remunerado en una fábrica de medias, y decidí probar fortuna dejándole a Nathán las máquinas para explotarlas y sacar de ellas la mayor ganancia posible. Yo soy soltero, y fuera de reunir el dinero para pagar el viaje de mamá a Suramérica, mis gastos no son muchos, comparados con los de Nathán y todos ustedes en conjunto.

- Y ¿saben manejar esas máquinas? preguntó Silvia curiosa.

- Por supuesto, mamá. Al principio fue difícil, por detalles pequeños pero esenciales. No sabíamos cómo colocar el hilo, tensarlo y hacer las diferentes puntadas. Todos estos pasos los fuimos aprendiendo y hoy en día Nathán y Samuel los realizan con mucha destreza.

Por cierto, les enviaron algunos suéteres de regalo, y en ellos podrán apreciar el resultado del proceso de fabricación ya explicado. Además, dos días a la semana Nathán realiza un trabajo voluntario, matando animales al estilo kasher[1]. Esa técnica debe ser muy precisa, y solamente una persona con los conocimientos de Nathán en religión, puede realizar una labor de esa índole.

- Pero ¿le pagan por eso? preguntó Sarah.

- No hermana, como te expliqué, se trata de un trabajo voluntario, por el cual Nathán no recibe remuneración, pero lo compensa obteniendo muchas satisfacciones personales. En la comunidad hebrea de Bogotá, todos lo conocen y lo quieren. Está cultivando un buen nombre debido a tan noble acción.

- Cuéntame sobre Samuel, prorrumpió Sarah ansiosa. ¿Cómo es su comportamiento? ¿Cuáles tareas realiza a diario? .

---

[1] *Kasher*. (hebreo: propio, aceptable), término con que en la literatura rabínica se designa lo permisible y legítimo de acuerdo con los rituales de la religión judía. Aún cuando se disponga de alimentos permitidos, es necesario cumplir con una serie de condiciones antes de que éstos se consideren kasher. Debido a los conocimientos requeridos para la matanza ritual, esta se encarga a matarifes profesionales (shojet) autorizados por un colegio rabínico que les expide un certificado especial llamado kabalá.

- Es un gran muchacho, Sarah. Desde su llegada, se ha empeñado en trabajar muy duro, para ayudar a su padre en la labor de conseguir el dinero suficiente para reunir a su familia. Al comienzo, su trabajo básico consistía en hilvanar el hilo, separar los colores, colocar las muestras en orden y pequeñas labores para las cuales no se requería gran expertícia. Pero Samuel es un muchacho inteligente, y antes de darnos cuenta, no sólo aprendió a comunicarse con la gente en español, sino también a experimentar con las máquinas, y su imaginación lo ha llevado a crear suéteres modernos, predilectos de algunos clientes .

- ¡Dios lo bendiga! exclamó Silvia emocionada. Me alegra saber de su valiosa contribución en estos trances tan difícles de la familia. Además, eso lo convierte en un joven responsable y serio, y así será toda su vida. Los hábitos adquiridos en la niñez y adolescencia acompañan a la persona por el resto de sus días.

- Así, es mamá. Tienes toda la razón, repuso Max mirando a Sarah, quien no se perdía el más mínimo detalle de lo hablado por Max y Silvia.

- Y Nathán ¿como se encuentra?, preguntó Sarah ansiosa.

- Si te refieres a su salud, a Dios gracias está muy bien. En cuanto a su estado de ánimo, es variable. Algunos días se siente contento, pensando en la pronta reunión con ustedes, otras veces se deprime al surgirle la duda de si el paso dado al alejarse de aquí fue el correcto. Desde hace algún tiempo, corren rumores sobre una posible guerra en Europa. Eso ha despertado en él una inquietud inimaginable. La preocupación no lo deja vivir en paz. Día a día se imagina que a ustedes pueda sucederles algo, y sufre por no estar aquí para protegerlos y ayudarlos.

Hace algunos días fuimos a la cafetería El Cometa, del

señor Max Szapiro. Cómo te habrá contado Nathán en sus cartas, casi todos los emigrantes de Polonia y de otros países de Europa se reúnen allí. Después de la cena, la mayoría de ellos se sientan a jugar naipes y comparten sus inquietudes, pero esa noche, nadie pudo concentrarse en el juego. Las noticias sobre la posible guerra, discutidas en forma abierta, nos hacían estremecer de miedo.

Desde hace cómo cinco años, se está sintiendo el sofoco hitleriano, pero nadie le había dado, como en estos momentos, la debida importancia. Max hizo una pequeña pausa, y continuó, con una expresión de desasosiego en el rostro. Los alemanes pregonan su propósito de conquistar el mundo cueste lo que cueste. Se consideran una raza superior y están dispuestos a demostrarlo. Como objetivos inmediatos de sus proyectados ataques, se teme, están los países estratégicos para sus fines, y Polonia, por su localización en el centro de Europa, parece ser uno de ellos.

- Y ¿cuáles serían las consecuencias de todo esto? preguntó Sarah consternada.

- No puedo contestarte esa pregunta con precisión, pero, en apariencia, el daño a nosotros podría ser mucho. Los llamados nazis no gustan de los judíos, mejor dicho, los odian, y pueden tomar represalias contra los nuestros por el solo hecho de pertenecer a la religión hebrea.

- Pero, ¿por qué existe ese odio? preguntó Silvia sin poder contenerse.

- No sé, mamá, nadie lo comprende. Según parece, Hitler sufre un complejo de inferioridad y quiere contrarrestarlo con el poder. También se menciona una triste experiencia tenida en su adolescencia al encontrar a su madre en brazos de un amante judío, incidente del cual supuestamente se deriva su aversión a todo lo relacionado con el judaísmo.

125

En el año mil novecientos veintitrés, Hitler encabezaba el Partido Obrero Nacionalsocialista, y aspiraba a derrocar al gobierno de Berlín, leal a los principios de la constitución de Weimar. Al provocar el levantamiento y fracasar, fue encarcelado, y en el calabozo escribió un libro titulado "Mi lucha", el cual es la doctrina misma del odio a los judíos y a la humanidad. En él clasifica a los pueblos según la raza y la pureza de la sangre, y no de acuerdo con el grado espiritual y cultural.

En todo caso las noticias no son alentadoras. Hemos sabido de ataques aislados a personas en Varsovia por el simple hecho de pertenecer a nuestra religión, y eso nos pone en una situación de alarma. Los sucesos narrados son horripilantes. Entre ellos les puedo mencionar violaciones a muchachas de la comunidad, asaltos a establecimientos privados de hebreos, e inclusive el incendio de sinagogas en pleno rezo.

- ¡Oh no! exclamó Silvia, no puede ser.

- Mamá, no te preocupes, dijo Sarah acercándose a ella con gesto protector, no será tan grave como les han contado en Suramérica. Tú sabes como se exageran las cosas cuando se transmiten de persona a persona.

- Tienes razón, hija. Mejor me tranquilizo y voy a descansar. Estoy algo fatigada.

- Anda mamá, en un rato estoy contigo, agregó Max abrazándola.

- Sí, mi amor, te espero, respondió Silvia saliendo del cuarto.

Tan pronto se hubo marchado, Sarah cerró la puerta y dirigiéndose a Max le habló en tono bajo.

- Mamá se puso nerviosa y la comprendo. Ve peligrar a su familia. Pero sé sincero conmigo, Max, ¿es la situación en realidad tan peligrosa, o se trata, en tu opinión, tan solo de rumores sin fundamento?.

- Sí, Sarah, creo que todo esto es real y preocupante. Nathán y yo lo hemos hablado infinidad de veces y hemos llegado a una conclusión. Debemos sacarlos del país lo más pronto posible. El único inconveniente para llevar esto a cabo es la parte económica. Aún no tenemos reunido el dinero suficiente para el pasaje de toda la familia.

La sugerencia de Nathán es hacer el traslado en dos etapas. Mamá, tú y tus cuatro hijos más pequeños se irían cuanto antes; dejarías a Raquel, Saúl y Etty con Abel y su esposa, y tan pronto hayamos reunido el dinero restante, enviaríamos a buscarlos.

- ¡Ah no!, eso no, ¿dejar a mis tres hijos aquí?. De ninguna manera. O nos vamos todos o nos quedamos todos a enfrentar cualquier eventualidad, pero a mí no me separarán de mis hijos.

- ¡Pero, Sarah!

- No acepto ningún pero, Max. Para mí esta claro. O todos o ninguno.

El bajó la cabeza afligido. Cuando habló del asunto por última vez con Nathán antes de partir rumbo a Polonia, le prometió convencer a Sarah de viajar con Silvia y sus cuatro hijos. Pero había fracasado en su cometido. El la conocía muy bien, y sabía cuán inútil sería tratar de cambiar su decisión.

Capítulo 18

Nathán estiró los brazos, tratando de relajar su cuerpo, cansado después de una larga jornada de trabajo, y, bostezando, dirigió la mirada hacia el reloj de pared. Eran las seis de la tarde. Desde hacía cuatro horas, Samuel se había marchado a llevar algunos suéteres a unos clientes y él continuaba con su labor. Varias veces en la tarde pensó suspenderla, pero, sin comprender la causa, se sentía angustiado, y prefirió mantenerse ocupado. Continuó en su silla de trabajo por algunos minutos más, y observó el modesto ambiente a su alrededor.

Era un cuarto pequeño, utilizado tanto por Samuel como por él para vivir y trabajar. A un lado de la habitación colocaron dos catres pegados a la pared, y con tablas de madera sostenidas sobre estantes de ladrillo, improvisaron un par de mesitas de noche.

Recostado sobre la segunda pared, se encontraba un viejo armario de madera oscura, conseguido por Max en un baratillo para guardar sus pertenencias. Paralelas a esa pared colocaron dos máquinas tejedoras, utilizadas la mayor parte del día con sendas sillas, y un escaparate para colocar la lana, hilos, agujas, muestras, libretas y cualquier otro material o utensilio de trabajo necesario.

La luz entraba por ventanas alargadas dispuestas en la parte superior del paredón, las cuales, por lo alto de su colocación, hacían prácticamente imposible la vista hacia el exterior del inmueble. Esto fue al principio motivo de disgusto para Max y Nathán, pero con el tiempo llegaron a pasar por alto tal incomodidad y a habituarse a su entorno, por lo demás bastante adecuado a sus modestos requerimientos. Y para mitigar un poco la falta de acceso al verdor del jardín, compraron un cuadro representativo de un hermoso paisaje tropical, y lo colgaron en la pared encima de los catres.

Un reloj de pared ubicado sobre las máquinas tejedoras les recordaba a diario el comienzo y el final de la jornada. El baño al cual tenían acceso era común y se encontraba al final del pasillo del piso de habitaciones, inconveniente compensado por lo módico de la renta pagada. Eso les permitía ahorrar más dinero para el logro de sus propósitos.

Recién llegados a Bogotá, se alojaron en ese aposento, pero tan pronto Samuel llegó de Polonia, Max decidió cederle su puesto en la habitación y él se trasladó a otra estancia en el mismo sector del edificio, a dos puertas de distancia.

Perezosamente, Nathán se levantó de la silla y dirigió sus pasos hacia el armario. Sacó un abrigo gris grueso y lo colocó sobre sus hombros. Quería salir a caminar un rato por los alrededores, y averiguar si tenía correspondencia proveniente de Polonia.

El sol ya había descendido y empezaba a oscurecer en las calles de la ciudad. Nathán aspiró profundo el fresco aire, disfrutando de la liberación del encierro de todo el día, y tras haber averiguado con la dueña del inmueble si había carta para él, y recibir una cortés negativa, decidió aprovechar la caminata para poner en orden sus ideas.

Le vino a la mente de inmediato la ausencia de Max, desde hacía dos meses. Su viaje había sido muy justificado y ya tenía noticias suyas, pero lo extrañaba . Samuel, por supuesto, llenaba en parte aquel vacío, pero Max era un individuo muy especial. Bondadoso por naturaleza, se preocupaba de forma sincera por su cuñado y le mostraba un intenso deseo de ayudarlo en todo momento, por lo cual Nathán le cobraba cada día más afecto.

El haberse ido Max a trabajar a la fábrica de medias, significó cierto distanciamiento entre los dos cuñados, pero acordaron reunirse todas las tardes después de finalizar la labor, y, caminando, conversaban sobre los puntos de interés del día y le buscaban solución a cualquier problema surgido. Nathán extrañaba estos amenos intercambios de puntos de vista, inquietudes, opiniones y más de un recuerdo de la familia y del país natal, y esperaba ansioso su retorno.

Continuó pensativo por el camino, y de repente, atrapó una pelota de goma lanzada hacia donde él se encontraba. La conservó en su mano y entonces observó a un grupo de niños acercándose en su busca. Uno de ellos la recibió de manos de Nathán, balbució un tímido agradecimiento acompañado de una graciosa sonrisa y salió corriendo junto con los demás.

¡Oh Dios!, pensó, si estos fueran mis hijos ¡si pudiera tan sólo verlos así, saludables y felices, corriendo tras una pelota, pero están muy lejos, tengo años sin verlos, no puedo compartir sus juegos, ya ni se acordarán de su padre... Apretó la cara entre sus manos y la retuvo así por algunos segundos.

- No, no debo dejarme llevar por la desesperación, dijo reaccionando. Ya falta poco para traerlos y ahora es cuando más debo armarme de valor. Eso diría Max si estuviera conmigo en estos momentos.

Y con esa determinación dirigió apresurado sus pasos hacia el inmueble, donde, con seguridad, ya su hijo estaría de regreso.

A la mañana siguiente, mientras se estaban vistiendo para comenzar con las actividades del día, oyeron toques a la puerta de la habitación. Nathán se apresuró a ponerse la ropa, y tan pronto abrió, vio a la dueña del inmueble con un sobre en la mano.

- Señor Ratovich, acaba de llegar este telegrama para usted. Como dice urgente, decidí traérselo de inmediato.

- Muchas gracias por su amabilidad, le respondió preocupado.

- Ojalá no sean malas noticias, agregó ella antes de alejarse hacia la escalera.

Nathán cerró la puerta, sintiendo una fuerte presión en el pecho.

- ¿Quién era papá? preguntó Samuel curioso.

- La señora González, contestó él rasgando el sobre con dedos temblorosos y empezó a leer:

Señor Nathán Ratovich.
Carrera 13 # 24 - 25
Bogotá - Colombia.
Lamento comunicarte accidente colegio muerte Mendel entierro hoy.
Max

- ¡Nooo!... gritó horrorizado, dejándose caer de rodillas

al suelo.

- ¿Papá, por Dios, ocurre algo malo? preguntó Samuel acercándose con rapidez.

- Nathán empezó a llorar con roncos gritos entrecortados, salidos desde lo más profundo de su ser.

- Háblame, por favor, dijo angustiado su hijo.

El seguía llorando sin contestar, y empezó a rezar: Baruj dayán haemet[1], cuando Samuel divisó un papel en el suelo al lado de su padre. Recogió el telegrama, y al enterarse de su contenido, unió su llanto al de su padre.

Mendel, hermano querido, pensó, ya no volveré a verte, ya no correremos juntos por los campos, ya no creceremos uno al lado del otro como esperábamos. Hoy te meterán bajo tierra y no me darán la oportunidad de volver a verte. ¿Por qué, Dios mío? ¿por qué tanta injusticia?.

Samuel sintió los brazos de su padre estrechándolo, no dejándolo apartarse. Así estuvieron durante un buen rato, al cabo del cual Nathán le habló con voz enronquecida.

- Ven, hijo mío, termina de vestirte. Vamos a la sinagoga a rezar por tu hermano para que

Dios lo ayude allá donde esté y nos indique el camino a seguir para sobrellevar esta pena tan grande.

Y diciendo esto, procedió a rasgar su traje[2].

Durante siete días consecutivos no trabajaron, se sentaron en sillas bajas[3] compartiendo su enorme pérdida, no

---

[1] La bendición Baruj dayán haemet (Hebreo. Bendito sea el juez verdadero) se pronuncia al recibirse la noticia de una muerte o al presenciarla. (N. de la A.)

[2] *Rasgar el traje*. (Hebreo. keriá), ceremonia que expresa la resignación y el luto. (N. del A.)

[3] Sentarse en sillas bajas simboliza para la persona enlutada el reconocimiento de que la vida ya no es la misma, y el deseo de estar cerca de la tierra donde la persona amada yace. (N. de la A.)

se afeitaron[1] y mantuvieron la llama de una vela encendida en memoria de Méndel[2]. Nathán le pidió a Samuel, una y otra vez, un recuento de lo acontecido a su familia durante los años de su ausencia.

- Pero te lo he contado tantas veces.

- Si hijo, lo sé. Me siento más cerca de ellos cuando comparto contigo tus recuerdos. Por favor no te enfades, constituye para mí, un alivio, el recordar todo aquello.

- Está bien, papá, si con ello logro aliviar en parte tu sufrimiento.

Así transcurrieron para Nathán los días más tristes y penosos, según podía recordar, de toda su vida. Si tan siquiera estuviera al lado de su querida Sarah, juntos quizás lograrían tolerar mejor la aflicción, pero en él, la lejanía de su país y de los suyos marcaba día a día su existencia. Y a ratos, la depresión y la angustia lo invadían de una manera particularmente dolorosa. Imaginaba a su esposa abrumada por el sufrimiento, incapacitada para enfrentar la muerte de su hijo.

Los días de riguroso luto llegaron a su final y empezaron a trabajar de nuevo.

Samuel se sentía preocupado por su padre. La muerte de Mendel lo había afectado intensamente, comía poco y en las noches rezaba hasta bien entrada la madrugada.

- Te vas a enfermar si continúas así, se atrevió a decirle un día.

No te preocupes, estaré bien. Necesito trabajar más duro para traerlos aquí lo más pronto posible. No quisiera

---

[1] No afeitarse es una expresión de retiro de la sociedad. (N. de la A.)

[2] En la tradición judía la vela es el símbolo del cuerpo y del alma. La llama es el alma, y existe la creencia de que manteniéndola encendida durante el intenso período de duelo (hebreo. shiva) la ayuda en su jornada de ascenso hacia el cielo. (N. de la A.)

recibir la noticia de otro incidente.

- Sí, papá, continuemos como hasta ahora nuestra lucha y pronto lo conseguiremos.

- Dios te oiga, hijo mío.

Una tarde, dos meses después de la muerte de Mendel, se encontraba Nathán en la carnicería ayudando en su labor de shojet[1], cuando entró en el recinto la señora Rabinovich a solicitar algunos pollos para la cena del viernes en la noche.

- Buenas tardes, lo saludó efusiva.

Nathán interrumpió sus labores, y limpiándose las manos en el delantal blanco colocado sobre su ropa, se acercó hasta ella y le respondió el saludo:

- Shalom aleijem[2].

- Continúa usted triste, y no lo culpo, dijo ella. La muerte de un hijo es algo irreparable. Pero aparte de su tristeza, observo en usted una gran preocupación ¿lo aflige algún otro problema?

- ¡Ay, señora Rabinovich, no quisiera agobiarla con mis penas, pero estoy inquieto por mi familia!. Trabajando en este oficio, se escuchan muchas habladurías de la gente, y en los últimos días el tema gira alrededor de una inminente guerra en los países europeos. No dejo de pensar, en cómo lograré completar el dinero para costear el pasaje de mis dos hijos mayores. Traté de convencer a Sarah, a través de mi cuñado, para venirse con los cuatro menores, pero no quiso ni escucharlo.

---

[1] *Shojet*. (hebreo. matarife), funcionario de la comunidad judía, encargado de sacrificar animales de acuerdo con las leyes rituales. Requiere de estudios necesarios para recibir la autorización (kabalá) que le permita ejercer su profesión. Es imprescindible ser judío observante. (N. de la A.)

[2] *Shalom aleijem*. La paz sea con vosotros. (N. de la A.)

- Por supuesto, exclamó ella. Yo tampoco dejaría a un hijo y me marcharía a otro país. La preocupación de madre no me dejaría vivir en paz. Es muy natural y lógica su reacción. Pero tengo una idea. Déjeme conversar con mis hijos sobre la situación de ustedes, y quizás logre encontrar alguna solución.

- Dios la bendiga, le respondió él animado. Le agradezco mucho su bondad.

Esa noche la señora Rabinovich expuso ante sus familiares la situación desesperada de Nathán y su parentela.

- Madre, le respondió Nahum, el hijo mayor, no podemos preocuparnos por todo el mundo. Además los pasajes desde Europa son muy costosos.

- Lo sé, pero te olvidas de algo muy importante, fundamental, diría yo. Dios ha sido muy bueno con nosotros, y hemos logrado amasar una fortuna en este país tan acogedor para nuestro grupo familiar. ¿Cómo desoír los ruegos de este buen hombre tan caballeroso y servicial con nosotros y otros tantos hebreos?. Además, cuando fue nuestro invitado a la cena del viernes, nos habló tanto de su familia que ya la considero mía, y me sentiría culpable si algo desagradable les sucediera.

- ¿Y cuál es tu idea para ayudarlos?.

Le voy a completar, con un préstamo mío, el dinero para traerlos.

- ¡Pero, mamá!.

- Ningún pero. Ya está decidido.

- Como tú digas, respondió Nahúm resignado.

Al día siguiente, una vez terminado su trabajo en la carnicería, llegó Nathán corriendo hasta el edificio donde habitaban. Por su anhelo de llegar pronto, casi cae al suelo al tropezar con un escalón, pero recuperando el equilibrio, siguió avanzando rápido, y al llegar a la habitación jadeaba.

- ¿Cuál es el apuro, papá? Has llegado corriendo, se te nota.

- ¡Hijo querido, lo hemos logrado!. Al fin tenemos el dinero suficiente para traer a tu madre y a todos tus hermanos. Vine de prisa a decírtelo, pues no aguantaba la emoción y debía compartirla. ¿Te imaginas? pronto los tendremos aquí con nosotros. No sabes cuánto he soñado con este día.

- Pero, ¿cómo lo obtuviste?.

- Samuel, es una larga historia, pero el resultado ha sido el préstamo del dinero faltante para costear los dos pasajes.

- ¿Un préstamo? No comprendo.

- ¿Recuerdas a la señora Rabinovich, aquella dulce dama a cuya casa fuimos invitados hace unos meses para acompañarlos en la cena del viernes en la noche, y a quien le contamos sobre nuestra llegada a Bogotá?

- Sí, papá.

Pues fue ella quien me prestó el dinero. Y gracias a su bondad podremos estar todos reunidos nuevamente.

- ¡Aleluya!, exclamó Samuel con voz emocionada.

- Pero ven, hijo, siéntate a mi lado, empecemos a planificar su llegada y el sitio donde nos estableceremos. Ya no podremos seguir viviendo aquí. Debemos conseguir un lugar más amplio donde podamos acomodar a todos.

- ¿Tienes algún sitio en mente, papá?

- No, Samuel, pero a partir de mañana nos dedicaremos a buscarlo, y con seguridad lo encontraremos.

Capítulo 19

Sarah recibió la carta portadora de los pasajes para Colombia y se sumió en un mar de confusiones. Tantos años esperándolos, y ahora, con ellos en la mano experimentaba una mezcla de sentimientos encontrados.

Por un lado, su corazón se alegraba al pensar en el próximo reencuentro con su querido esposo y su bien amado hijo mayor. Pero debía irse del país natal, tan suyo y cercano a su alma a pesar de los sinsabores en él sufridos. Allí nació y creció rodeada del cariño de familiares, amigos y allegados, la mayoría de los cuales se quedaban en Polonia. ¡Cuánto iba a extrañarlos!. Además, sentía temor ante lo desconocido, a pesar de las tranquilizadoras informaciones contenidas en las cartas de los ausentes sobre cómo sería su vida en Colombia. Sentía miedo ante la posibilidad de no llegar a adaptarse a un medio tan diferente al suyo y apocada ante la idea de no llegar a dominar el idioma español. ¿Cómo lograría comunicarse con los habitantes de allá?.

Pero, recapacitando, comprendió la necesidad imperativa de poner a un lado sus inseguridades. La idea era re-unirse con los suyos allá donde estuvieran. Estaban reali-zando un gran esfuerzo con el único fin de lograr, para to-dos, una mejor posición económica y social y no iba a ser ella la causante de truncar esa posibilidad.

Una vez convencida a plenitud de que la ida a Colom-bia era el rumbo acertado para su vida y la de los suyos, procedió a comunicarle su decisión a Silvia.

La preocupó encontrar en su madre una evidente y no tan inesperada resistencia a la idea de salir ella de Polonia. Silvia estaba manifiestamente de acuerdo con el viaje de Max, Sarah y los niños, pero no se incluía en los planes. Argumentaba el deseo de quedarse al lado de los restos de su difunto esposo Abraham y no aceptaba el hecho de alejarse de su país y de los suyos.

- Sarah, debes comprender, le decía a su hija. Esta es mi vida y ya he tomado una decisión al respecto. El resto de ella la viviré a mi manera. No quiero alejarme de este lugar, donde está todo lo más valioso para mí. Ya estoy vieja, y un cambio total de subsistencia sería inaceptable. Desearía de corazón continuar viviendo contigo, con Nathán y con tus hijos. He sido muy feliz al lado de uste-des, pero hay prioridades en la vida, y la más importante para mí en estos momentos es la de quedarme aquí en mi país, con mi gente y al lado de los restos de tu padre.

- Pero mamá, ¿te das cuenta de que quizás pasarán años antes de poder volver a vernos?.

- Sí, pero aún así he decidido quedarme. Tú en cambio debes marcharte pronto al lado de tu esposo, donde te co-rresponde estar. Es demasiado el tiempo transcurrido des-de la ida de Nathán para Bogotá, y esa separación tan lar-ga no es conveniente para tu matrimonio. Defiende siem-pre lo tuyo por encima de todas las cosas.

Sarah decidió hablar con Max como último recurso para convencer a su madre de partir con ellos, pero todo fue en vano. Silvia se negó rotundamente a escuchar las razones de sus hijos. Los preparativos del viaje mantuvieron a toda la familia ocupada y en un constante estado de ansiedad. Sus seres queridos se acercaron más a ellos, dadas las circunstancias de su inminente partida y el subsiguiente vacío en el núcleo familiar.

Una noche Berta se presentó en casa de Sarah; después de un efusivo saludo se dirigieron a la cocina, y conversando sentadas frente a sendas tazas de té, se dispuso a plantearle un delicado asunto.

- Tengo una gran mortificación...comenzó titubeante. Me atrevo a manifestártela no sólo por nuestro parentesco sino también por el inmenso cariño compartido desde pequeñas.

- Dime, la alentó su prima.

- Tanto Moisés como yo estamos preocupados por Perla. De acuerdo con lo conversado, el futuro de todos los judíos en Europa se vislumbra inestable. A tí y a tu familia se les presenta la posibilidad, lo cual me alegra mucho, de emigrar a otro país cuando la guerra está casi tocando a nuestras puertas. Lamentablemente, la situación económica actual no nos permite seguirlos en su viaje a Colombia, pero quiero pedirte un enorme favor antes de tu partida.

- Sarah la observó curiosa, asintió con un gesto mecánico y quedó a la espera de sus próximas palabras.

- Nuestra hija es lo más preciado para nosotros en la vida, y seríamos capaces de cualquier sacrificio con tal de proporcionarle la posibilidad de crecer sin miedo, cultivarse para llegar a ser una mujer de hogar y quizás algún día casarse con un hombre afectuoso y honorable. Tememos mucho por su seguridad si la guerra llegara a estallar, y por eso decidimos suplicarte, en previsión de todos estos peligros y desgracias avizorados hasta por los más optimistas de nuestros compatriotas, que si nuestros temores se hicieran realidad, la lleves a tu lado. Hemos estado ahorrando dinero para tenerlo disponible en caso de una emergencia, pero solamente podemos contar con ustedes para llevar a cabo nuestros planes.

- Por supuesto, le respondió Sarah abrazándola y observando como ella hacía esfuerzos por retener las lágrimas, y, no pudiendo contenerse más, éstas empezaron a fluir a borbotones, calmando así el dolor por tanto tiempo acumulado ante la inminencia de acontecimientos terribles para su familia y su patria.

- Tan pronto llegue a mi destino, te lo juro, haré todos los arreglos necesarios para enviar a buscarla. Crecerá al lado de los míos y mientras yo viva nada le faltará a tu hija, le aseguró conmovida, y agregó: ojalá en un futuro cercano Moisés y tú puedan reunirse con nosotros.

- Gracias, espero poder devolverte con creces algún día todas tus bondades.

- Ve tranquila, Perla es mi sobrina y, además, tú lo sabes, siempre la he querido como una hija.

Tan pronto Berta se marchó a su casa, Sarah se dirigió a la habitación de su madre y le contó la conversación sostenida.

Silvia se alegro mucho por la aceptación de Sarah de recibir a Perla bajo su tutela en caso de peligro.

- Y tú, mamá, le preguntó Sarah una vez más ¿te has decidido por fin a venir con nosotros?

- No hijita, no insistas más. No pienso salir de aquí. Ya mi cuerpo no resistiría ese viaje, pero llevan mi bendición. Dios quiera sean muy felices y hagan realidad en ese país sus más preciadas ilusiones.

Capítulo 20

Estaba por iniciarse el éxodo de Sarah y sus hijos a Suramérica. El equipaje listo se hallaba colocado en el pasillo de entrada de la casa. En el piso superior se escuchaban la voces excitadas de los niños, ocupados en la tarea de revisar una vez más sus habitaciones, y Sarah terminaba de comprobar la absoluta limpieza de los varios ambientes donde moraron hasta ese trascendental día.

Silvia salió de su habitación con la intención de ayudar a su hija en sus trajines de última hora y aprovechar los postreros momentos en compañía de sus seres más queridos, pero cuando empezaba a subir la escalera sintió en el pecho un dolor fortísimo, el cual fue intensificándose y la hizo doblarse casi sobre sí misma.

Comenzó a jadear, se bañó en sudor, y hubo de detenerse, apoyada en el pasamanos, tratando de sobreponerse a las agudas e intermitentes punzadas ¿Me estaré muriendo? ¿Estaba enferma y no lo sabía? ¡No!, quizás esto se deba a la angustia, a la emoción tan intensa por el viaje de mis hijos y nietos para Suramérica.

El dolor continuaba, pero empezaba a perder intensidad. Trató de enderezarse, mas una nueva punzada la hizo contraerse. Dios mío, imploró, no me dejes morir cuando ellos están por viajar. Sarah debe reunirse con su esposo. Ayúdame a recobrarme pronto.

- Mamá, ¿dónde estás?, la llamó Max desde su habitación.

Silvia escuchó con claridad el llamado de su hijo, pero se sentía débil, con gran esfuerzo retrocedió los pocos escalones andados, siempre apoyándose en la baranda, y se dirigió a la cocina.

Se sentó en una silla, y reclinó la cabeza sobre la mesa. Instantes después el dolor comenzó a ceder y fue recuperando las fuerzas. Esperó un rato, y cuando pudo enderezarse miró hacia afuera y vio el árbol tan familiar a sus cansados ojos. Con su hermoso tronco engrosado por los años, cargado de miríadas de hojas agitadas por el viento, y aquel nido que alcanzaba a vislumbrarse en lo alto de sus ramas. Sonriendo, recordó cuándo Abraham y ella, hacía tantos años, habían decidido sembrarlo.

¡Oh, Dios mío, este es mi hogar y siempre lo será!. Mis hijos se están yendo, pero esa es la ley de la vida. Crecen y se van. Pero yo debo quedarme, sólo aquí puedo ser feliz. Me quedan mis recuerdos, y quizás muy pronto pueda reunirme de nuevo con mi esposo, allá donde se encuentre.

- Te estaba buscando, mamá, dijo Max avanzando hacia ella. Ya nos vamos y queríamos despedirnos de tí. Los muchachos están en la entrada de la casa conversando con Abel, y Sarah no tarda en bajar. Pero, te noto pálida ¿acaso te sientes mal?

- No hijo, no te preocupes, le respondió Silvia levantándose de la silla y acercándose a abrazarlo. Si observas algo anormal en mí es porque me puse triste pensando en este momento tan temido, cuando ustedes están por irse.

- ¿De verdad no quieres venir con nosotros? Aún estás a tiempo de cambiar de opinión. Podemos esperarte unas horas mientras haces las maletas.

- No hijo mío, no deseo ir. Pero estaré contando los días hasta tu regreso. Espero verte pronto. Sarah no podrá venir a visitarme, por supuesto, debido a las muchas obligaciones para con su familia, además del factor económico, pero tú sí vendrás. No pierdo las esperanzas.

- Prometido, a la primera oportunidad vendré a pasar contigo algunos meses.

- Gracias, eso deseaba oír.

Silvia lo abrazó emocionada, y al cabo de un rato, él la tomo del brazo y juntos se dirigieron a reunirse con el resto de la familia.

- ¡Abuelita! exclamó Raquel al verla llegar en compañia de su tío. ¡No sabes cuánto voy a extrañarte!, y cariñosa se acercó a ella tomándola de la mano. Cada día pensaré en ti y en tus sabios consejos.

- Así se habla, mi muchachita. Trata de seguir siendo una niña buena y obediente, ayuda a tú mamá en todos sus quehaceres y acuérdate siempre de mí.

Raquel estrechó a Silvia con fuerza, y después de acariciar el rostro ajado y fatigado de su abuela, dio paso a sus hermanos, deseosos de despedirse.

Sarah bajó corriendo las escaleras. Se demoró mas tiempo de lo pensado, pero estaba satisfecha de su última tarea en la planta alta del inmueble, su hogar por tantos años. Todo había quedado pulcro, impoluto, como a ella le gustaba. Desde la entrada, observó el equipaje ya acomodado en la carreta. Se acercó silenciosa hasta donde estaba su madre, y sollozando, la abrazó emocionada.

- Mamá, dijo tan pronto se repuso, llegó el momento de marcharnos y casi no puedo creerlo. Me duele muchísimo dejarte tan sola. Si de mi dependiera, estarías viajando con nosotros. Por favor, escríbeme a menudo, y tan pronto Max regrese y vendas la casa, vete con él a Suramérica. Allá te estaremos esperando con los brazos abiertos.

- Sí, te haré saber en detalle todos los pormenores de mi vida y del resto de la familia, pero no te preocupes. Como sabes, estaré rodeada de gente de todo mi afecto. Ellos estarán velando por mí.

- Lo sé, pero no dejo de pensar cuanta distancia habrá entre tú y nosotros.

Silvia la abrazó enternecida y después, separándose de ella, le dió paso a su hermano, quien se había acercado a despedirse nuevamente.

- Adiós, mamá.

- Adiós mis hijos queridos, que Dios los acompañe.

Max besó cariñoso la mano de su madre, y tomando del brazo a Sarah la dirigió hacia el carruaje de Abel, al cual ya los muchachos subían emocionados. Ella, entre lágrimas, volteó a mirar a su madre una vez más, y le pidió a Dios la oportunidad de volverla a ver.

Silvia hizo con la mano un gesto de despedida. Sentía un nudo en la garganta y un enorme peso en el corazón. Ya no los veré más, ésta es la despedida definitiva, pensó. Y al hacerlo sintió un dolor profundo, no ya en el pecho sino en el fondo del alma. Al igual que en un sueño, vió como Abel halaba las riendas del caballo, observó como sus nietos se peleaban el mejor puesto para ver a la abuelita y agitar sus manos, a Sarah anegada en llanto y a Max con mirada lastimera enviar su último adiós.

El carruaje arrancó, y Silvia, pensativa, se quedó por un buen rato observando el camino por donde sus hijos se

acababan de ir. De repente, algunas lágrimas se desliza-
ron por sus mejillas, y exclamó en voz alta:

- ¡Oh, Dios, qué sola me he quedado!

Capítulo 21

El carruaje, conducido por Abel, empezó a alejarse del lugar, dando tumbos por el camino sin pavimento. La casa de dos plantas y el corpulento árbol sembrado por Abraham y Silvia se fueron empequeñeciendo a los ojos de Sarah, quien de vez en cuando volteaba para echar una nostálgica ojeada a su antiguo hogar, hasta convertirse en un diminuto punto, el cual por fin desapareció en el horizonte.

Nadie pronunciaba una palabra. Parecía existir un acuerdo para no hablar. Sarah reprimía de vez en cuando algún sollozo y secaba con disimulo una que otra lágrima.

Al cabo de un rato, después de varios centenares de metros de recorrido, recostó la cabeza en el hombro de su hermano, y dirigiendo la vista a los detalles del sendero, trató de alejar de su mente el vívido recuerdo de su madre parada enfrente de la casa, con sus ojos azules y profundos, el cabello cano arreglado de forma impecable, la amplia frente, las fláccidas y empalidecidas mejillas, todo su rostro iluminado por el Sol, agitando la mano en gesto de despedida. Y recordó como, la noche anterior, víspera de la partida, se había reunido toda la familia.

En el transcurso de la velada, Berta y Perla, con abrazos repetidos a los parientes próximos a emprender viaje, parecían tratar de retener los últimos momentos juntos. Desde el día siguiente dejarían de verlos, quizás por cuánto tiempo...

Moisés les hizo numerosas recomendaciones, entre ellas la de mantenerse alejados de los sectores del tren donde pudiera haber grupos de nazis, los cuales en los últimos tiempos tenían como una de sus actividades subversivas la de ejecutar acciones para causar revuelo entre los viajeros, a quienes, aprovechando la confusión, les ocasionaban múltiples daños. Esther observaba con pesar a los muchachos, quienes hasta entonces llenaban el gran vacío ocasionado por su esterilidad, y acongojada, se preguntaba cómo serían en adelante sus vidas sin contar con la ingenua alegría aportada a su hogar por los hijos de Sarah.

En repetidas ocasiones, su esposo se lo había manifestado. Gracias a esos niños, su paternidad frustrada se tornó más llevadera. Pero ahora ¿quién los sustituiría?.

Abel escuchaba interesado los comentarios de los muchachos en relación con los preparativos y expectativas del viaje, y sonreía ante cualquier expresión inexacta, ingenua o imprudente. Perla, de personalidad vivaracha, estuvo callada la mayor parte del tiempo, algo extraño en ella. Apenas cruzó algunas palabras con su buena amiga Raquel. Parecía comprender el significado de la marcha, y para sus adentros creía adivinar un adiós definitivo.

Silvia, observando su actitud, se le acercó.

- Te notó huraña y retraída, le dijo en tono de cariñoso regaño. Ni Raquel ha conseguido animarte. Acércate al grupo de los jóvenes, en lugar de estar tan solitaria en este rincón.

- Sí tía, tienes razón, he estado por completo ajena a la reunión, pero es porque me entristece pensar que a partir de mañana ya no podré compartir la vida con mis primos, a quienes tanto quiero. Sin ellos, me sentiré muy sola.

Silvia vaciló unos instantes, y después mirando sonreída el angelical rostro de Perla, le preguntó:

- ¿No desearías visitarlos?

- Naturalmente, le respondió emocionada. Pero el viaje es costoso, y mis padres quizás no podrían afrontar ese gasto.

- No pierdas las esperanzas, el mundo da muchas vueltas, cuando menos lo esperes te encontrarás en Suramérica, replicó Silvia risueña, y agregó:

- Anda, anima esa cara y ve a reunirte con los demás. Si no, se van a sentir infelices en esta ocasión tan especial.

Ante las sabias y bondadosas palabras, el rostro de Perla se iluminó, y con paso rápido, se acercó a sus primos. Momentos después departía alegremente con ellos.

¡Oh, aquella inolvidable noche de abrazos y despedidas!, rememoraba Sarah. Nunca, mientras viva, podré borrarla de mi mente. Tanta gente querida reunida, manifestándonos sus mejores deseos de éxitos y felicidad. Todos aquellos amados tíos, primos y amigos de toda una vida. ¡Cómo olvidarlos!

- Sarah, le dijo Max casi al oído, haciéndola retornar a la realidad. ¿Cuánto quieres por tus pensamientos?

- Ella, divertida por su chanza, le contestó con una sonrisa:

- Nada, no son muy importantes. Recordaba tan sólo la reunión que tuvimos anoche en casa.

- ¡Cómo voy a extrañar a Perla!, terció Raquel con expresión de tristeza.

- Comprendo tus sentimientos, mi amor, le dijo Sarah tomándole una mano entre las suyas, acuérdate de las palabras de tu abuela. Quizás algún día, y quien quita sea pronto, pueda, ir a visitarnos.

- ¿De verdad lo crees, mamá? preguntó con expresión radiante.

- Nada es imposible, menos aún cuando se desea algo de corazón.

- Y la abuelita ¿también vendrá con ella? indagó Saúl preocupado.

- Por supuesto, le respondió Max de inmediato. Dentro de tres meses, con la ayuda de Dios, pienso volver para llevármela con nosotros.

- ¡Bravo! gritaron los muchachos emocionados. ¡Queremos que venga la abuelita!

Ante lo dicho por Max, Sarah lo interrogó.

- Pero ¡no creías realmente que viviría en paz sabiendola sola y a miles de kilómetros de distancia!

- Gracias, hermano, dijo Sarah abrazándolo. Me haces muy dichosa.

De ahí en adelante el ambiente en el carruaje fue de alegría y de nuevo entusiasmo por el viaje en perspectiva. Conversaron y cantaron durante un largo rato, y por momentos los muchachos dormitaban, creyendo acortar así la considerable distancia entre Jalowiec y Varsovia.

Capítulo 22

!Muchachos, despierten! Estamos en Varsovia, exclamó Abel.

- ¿Recuerdan cuando vivíamos aquí hace algunos años? les preguntó Sarah mientras ellos se desperezaban.

- Sí, mamá, respondió Raquel mirando curiosa las calles por donde el carruaje avanzaba.

- Yo de verdad no recuerdo, dijo Hannah confundida.

- Ya lo creo, mi amor, le contestó su madre con cariño, tú eras muy pequeñita y no sabías ni dónde estabas.

- Yo tampoco me acuerdo, susurró Míriam.

- Tú no habías nacido, aclaró risueña Raquel. ¿Cómo quieres acordarte?

- Yo sé donde vivíamos, afirmó Saúl. No me gustaba ese apartamento. Prefería la casa de la abuelita donde había sido tan feliz. Las calles de Varsovia me asustaban, no podía correr por temor de ser atropellado por algún vehículo. La escuela era diferente. Mi maestra no era afectuosa y había demasiados niños en una misma clase. Soñaba todos los días con volver al pueblo, donde me sentía libre.

Quería seguir viviendo allá para siempre.

A propósito, tío Max, ¿cómo es Suramérica?. ¿Se parece a Jalowiec o a Varsovia?.

Max lo miró perplejo. No esperaba esa pregunta. Debería empezar por explicarle al niño la diferencia entre Jalowiec, un pueblo, Varsovia, una ciudad, y Suramérica, la mitad de un inmenso continente, e informarle acerca de Bogotá, adonde se dirigían, una urbe comparable con cualquier capital europea.

Por otra parte, ¿cómo hacerle entender a su mente infantil la razón por la cual Nathán y él se vieron obligados a emigrar a otro país, cuando ellos, como Saúl, eran dichosos en Jalowiec al lado de los suyos?

- Verás, Saúl, empezó diciendo Max entre titubeos.

¡Hemos llegado a la estación del tren! gritó Raquel emocionada.

Max suspiró de alivio al no verse forzado a contestar la pregunta de su sobrino, y volteando el cuerpo para mirar hacia adelante, comprobó haberse completado la etapa inicial del viaje. Tan pronto Abel haló las riendas, el caballo se detuvo. Max descendió del carruaje y se dedicó a conseguir un maletero para encargarle llevar el equipaje al tren. Entretanto Sarah se ocupaba de mantener a todos los muchachos reunidos.

- Nadie se separe del grupo, les pedía preocupada. Hay demasiada gente y se pueden perder.

Pero ellos, desoyendo las órdenes de su madre, salieron corriendo al encuentro de sus tíos.

- ¡Teresa, Joseph, me alegra verlos, gracias por venir a despedirnos! exclamó Max, quien, cuando acompañaba al maletero, los divisó abrazando a sus sobrinos.

Sarah, caminando apresurada en seguimiento de sus hijos profirió un grito de júbilo al encontrarse con su hermana. Esta, al verla, abrió los brazos y las dos, emocionadas, se fundieron en un afectuoso abrazo, prolongado por varios segundos.

Joseph las observaba enternecido cuando escuchó el llamado de su cuñado. Este le pidió acompañarlo a comprar los boletos del tren.

Los muchachos revoloteaban alrededor de las mujeres, quienes conversando, trataban de ponerse al día en cuanto a las noticias referentes a cada una de sus familias, pues tenían un largo año sin verse.

- ¡Oh Dios mío, como voy a extrañarte!, dijo Sarah. Ojalá pudieran viajar con nosotros.

- Ese es nuestro mayor deseo, pero es imposible. La profesión de Joseph le impide alejarse de Varsovia. Está encargado de varias obras de ingeniería, y sin su presencia el trabajo no se realizaría con eficiencia. Pero te tengo una noticia maravillosa.

- ¿Cuál? preguntó curiosa.

- Estoy embarazada. Por fin lo hemos logrado, después de tantos años de intentos frustrados.

- Mazal-tov, hermana querida, esto sí es una verdadera sorpresa, exclamó Sarah con lágrimas de felicidad en los ojos. Vamos corriendo a contárselo a todos. Esta buena nueva no puede esperar.

Teresa y Joseph recibieron alborozados las felicitaciones de sus seres queridos, quienes tuvieron los mejores deseos para el bebé por venir, y le auguraron a él y sus padres larga vida.

- ¿Dónde está Abel? preguntó Max.

- Aquí estoy. Realmente contento por ellos, por fin van a tener el hijo tan esperado.

- Todos lo estamos, no es para menos. No sabes cómo te agradezco el favor de acercarnos hasta Varsovia.

¿Recuerdas cuando nos trajiste a Nathán y a mí hace seis años?. Parece que fue ayer ¿verdad?.

- Así es. Y no te imaginas cuánto los extrañamos. Ahora se van todos y el vacío será enorme.

- Pasajeros para Gdynia, favor abordar el tren, se oyó por el altoparlante.

- Ya nos llaman, exclamó Max.

- Es nuestro tren, dijo Sarah, y empezo a conducir a sus hijos hacia el lugar de abordaje.

- Hasta pronto Abel, mi buen amigo, consérvate saludable, despídeme de Esther. Por favor no te olvides de mi madre, agregó Max.

- Estaré pendiente de ella, de eso puedes estar seguro.

- Adiós Teresa, manténme informada del progreso de tu embarazo, dijo Sarah abrazándola con fuerza. Gracias por haber venido a la estación. Visiten a mamá con frecuencia. Se ha quedado muy sola.

- Así lo haremos.

- Hasta pronto, tío Joseph, te extrañaré mucho, dijo Raquel acercándosele. El la levantó en vilo, y por primera vez sonrió, entre lágrimas, diciendo:

- Cuídate, querida muchachita, y cuida de tus hermanos. No dejen de escribirnos.

- Sí tío, así lo haremos.

Después de las despedidas corrieron todos apurados para no perder el tren. Sarah iba tras de ellos, contándolos y recontándolos por precaución.

Max entregó los boletos y fue a sentarse al lado de su hermana. Tan pronto la locomotora empezó a salir de la estación, se acercó más a ella y le susurró en el oído.

- Ahora sí estamos en camino. Pronto te reunirás con Nathán y Samuel.

153

- ¡Oh, Dios, no lo puedo creer!.

Las horas fueron transcurriendo y la animación de los muchachos se mantuvo por mucho tiempo. El estridente sonido producido por el contacto de las ruedas metálicas con los rieles los excitaba. Como producto de la ignición del carbón, la chimenea vomitaba fuego, y eso los hacia pensar en brujas y cosas terroríficas. La subida serpenteante en algunos lugares les arrancaba gritos de alegría.

Max y Sarah los observaban con amorosa atención e intercambiaban miradas comprensivas. ¡Cómo estaban disfrutando de su primer viaje en tren! La felicidad se reflejaba en sus candorosos rostros.

El monótono ruido producido por el monstruo metálico en su veloz desplazamiento por los carriles, los fue sumiendo a todos un agradable sopor. Finalmente el cansancio los venció y se quedaron dormidos.

En brazos de Morfeo continuaron hasta llegar al puerto de salida para Suramérica.

Capítulo 23

- Tío Max, mira el barco, gritó Saúl emocionado. Nunca había visto uno en mi vida. ¡Y es enorme!.

El se agachó hasta la altura de su sobrino, y con una sonrisa, le dijo:

- Te parece grande porque no has visto otros barcos. Ya cambiarás de opinión más adelante, agregó, levantándose y alborotándole el cabello.

Habían llegado al puerto de Gdynia y esperaban impacientes su turno para tramitar el abordaje del buque con rumbo a puerto Bolonia, en Francia. La larga fila adelantaba con mucha lentitud, la espera parecía interminable.

- ¿Mamá, cuánto tiempo vamos a estar aquí? estoy cansada, dijo Etty haciendo un puchero.

- No lo sé. Ojalá no sea mucho. No te desesperes, pronto nos atenderán.

Pero Sarah había sido muy optimista en su apreciación. Los muchachos empezaron a quejarse de hambre, sed y cansancio. Dos largas horas más tarde, por fin fueron llamados por el funcionario encargado.

- ¿Sus papeles? preguntó el empleado.

- Aquí los tiene, le contestó Max presuroso.

- ¿Viaja usted acompañado?

- Sí, señor, con mi hermana y sus seis hijos. Estos son sus documentos.

El los revisó minuciosamente, y se dió por satisfecho. Todo estaba en orden. De seguidas, le señaló a Max un cuarto contiguo, donde debían seguir esperando.

- ¿Otra espera más? le preguntó Sarah, molesta, a Max. Yo pensé que estábamos listos para subir a bordo.

-Tranquilízate, hermana, esto es rutinario. Ya verás como pronto estaremos navegando.

Inquietos por tanta demora, se acomodaron en sendas sillas.

- ¿Quién es la señora Ratovich? preguntó una mujer entrando al cuarto dónde ellos se encontraban.

Era una matrona de expresión dura y cabellos oscuros, los cuales sobresalían debajo de una cofia en forma grotesca.

- Soy yo, respondió Sarah levantándose.

-Sígame, le ordenó, y dando media vuelta sobre sus talones salió de la habitación.

- ¡Max, por favor, encárgate de los niños, dijo ella disponiéndose a salir.

- No te preocupes, estarán bien cuidados.

Sarah salió en seguimiento de la enfermera, y después de atravesar varias puertas llegó hasta la última, donde la hizo entrar, y le mandó despojarse de sus ropas.No tuvo oportunidad de preguntarle la razón del examen por la precipitación de la mujer para abandonar la habitación, en actitud poco amigable. Quedó intrigada, pero procedió a desvestirse.

Enseguida se abrió la puerta y entró un médico.

- Buenos días, señora. Acuéstese aquí. Voy a auscultarla.

- Sarah siguió sus indicaciones, y mientras la examinaba, pudo observarlo en detalle: un hombre entrado en años, casi septuagenario, cabello color ceniza, entreverado con abundantes hebras de plata, piel blanquecina, espejuelos de lentes redondeados, caídos sobre el ángulo de la nariz, baja estatura y una enorme barriga, acorde con su apariencia bonachona.

- Ya he terminado el examen, le dijo al cabo de un rato. Usted está bien de salud. Vístase y espere a la enfermera.

- Sarah se arregló con rapidez, y tan pronto vió llegar a la practicante, se dispuso a salir.

- ¡No tan pronto! le gritó ella. Siéntese aquí.

Callada, obedeció, y la mujer, sin ninguna delicadeza, empezó a revisarle el cabello, haciéndola lanzar exclamaciones de dolor.

Al concluir, Sarah se levantó, y corriendo se dirigió hacia donde Max y los muchachos la esperaban. Pero, para su sorpresa, encontró el cuarto vacío.

- ¿Hacia dónde los habrán llevado?, se pregunto angustiada. Pensó en regresar a la sala del examen médico, pero al tratar de mover la manija de la puerta la encontró cerrada. Se resignó a esperar, y se sentó, tratando de reprimir su inquietud. Transcurrieron quince minutos, y entonces apareció Míriam.

- ¡Mamá! exclamó, lanzándose en los brazos de Sarah.

- ¿Por qué lloras, mi amor? le preguntó Sarah angustiada.

- Una horrorosa mujer me agarró la cabeza y me haló el cabello muchas veces hasta hacerme llorar y despúes me dijo: "Ningún enfermo o infectado con piojos puede subir al barco".

Siguió llorando sobre el regazo de su madre y ella, tratando de tranquilizarla, le dijo con dulzura:

- Cálmate, hijita. A mí me hicieron lo mismo. Ese examen es desagradable pero necesario.

¡Necesario, pero humillante! pensó Sarah para sus adentros. Nadie nos había tratado de esa manera. En esos momentos se oyeron en la cercanía voces infantiles, y Max entró seguido por el resto de sus sobrinos, quienes presentaban un cuadro lastimoso.

- ¡Vamos!, dijo él, y mirando de frente a su hermana, le explicó: Los resultados de los exámenes fueron satisfactorios. Debemos alegrarnos, porque de otra manera no nos habrían permitido continuar con el viaje.

- Con rapidez recogieron sus pertenencias y salieron de allí, tratando de olvidar los malos momentos pasados en aquel lugar. Cuando llegaron al barco, entregaron los pasajes, subieron a bordo, y siguiendo las instrucciones de un marinero encontraron el camarote asignado a ellos en tercera clase.

- Sarah, le dijo su hermano contemplándola con cariño, creo adivinar tus pensamientos. Este lugar no es muy cómodo ni pulcro, pero te recuerdo que estaremos aquí sólo tres días; después podremos descansar dos días en Puerto Bolonia antes de tomar la próxima embarcación.

- Está bien, ya nos arreglaremos. Además los niños se ven contentos. Siendo su primera experiencia en barco lo toman como una aventura.

- Ven, Sarah, deja todo el equipaje como está. Vamos a cubierta para presenciar la salida. Es nuestra despedida de Polonia. De aquí en adelante estaremos lejos de nuestro país y seremos unos inmigrantes más.

La nave empezó a alejarse con lentitud de las costas del puerto de Gdynia, dejando a su paso una larga estela blanca sobre un mar silencioso. Max y Sarah dirigieron una última mirada nostálgica al lugar donde nacieron, a su querida tierra. Los muchachos gritaban de alegría. Algunos pasajeros en la borda agitaban sus pañuelos al aire contestando el adiós de los suyos. Varias personas, con rostros entristecidos se quedaron en el puerto hasta tanto vieron desaparecer al buque allá en el horizonte.

El primer día del viaje transcurrió apacible. El cielo aparecía diáfano sobre la verdiazul agua cristalina. El aire era liviano y reconfortante. Los adultos trataban de acomodarse de la mejor forma posible en el reducido espacio, mientras los jóvenes, andando por doquier, entablaban amistad con algunos pasajeros. Con el crepúsculo, todos exhaustos, cayeron en un sueño profundo y reparador.

Al amanecer del día siguiente, observaron cómo la noche anterior había dado paso a una bóveda celeste gris, con barruntos de tormenta. Con increíble rapidez, gigantescos nubarrones borraron del firmamento el resplandor del alba. El viento empezó a soplar con fuerza y la antes tranquila superficie del mar cambió a una impetuosa marea y ominosos encrespamientos, seguidos, por obra de la creciente furia ventolera, por olas descomunales.

El barco, a merced de los desatados elementos, era arrastrado a las crestas de las formidables montañas de agua y luego dejado caer de manera aparatosa. El capitán, preocupado, cambió de dirección para enfrentar el viento, pero la marejada empezó a romper contra la proa.

En la oscuridad casi nocturna del cielo refulgían enceguecedores relámpagos, acompañados del horrísono tableteo del trueno. La tormenta eléctrica desatada, la más sobrecogedora experiencia presenciada por Max, Sarah y los niños en sus vidas, hizo correr despavoridos a los pequeños a refugiarse al lado de su madre.

- Tengo mucho miedo mamá, exclamó Etty, llorando y gimiendo lastimeramente

- Yo también, gritó aterrada Míriam, a quien un bandazo del barco hizo caer sentada. Sarah las apretó con fuerza entre sus brazos, tratando de infundirles un valor no poseído por ella misma en aquellos dramáticos momentos.

- Raquel está como loca, y Hannah, escondida bajo la litera, no deja de gritar, reportó Saúl atribulado.

- Oh Dios mío, suplicó Sarah. ¡Ayúdanos!. Líbranos de cualquier daño. Otórganos la gracia de llegar con vida al lado de los nuestros.

Entretanto Max, quien se encontraba en cubierta, ayudaba a los marineros y a algunos pasajeros empapados bajo la recia lluvia, a asegurar los objetos que daban tumbos con el bambolear de la marejada. Mesas, sillas, compuertas, ventanas... todo parecía haber adquirido movimiento. De improviso, se escuchó un ruido ensordecedor y el grito de un tripulante:

¡¡Bote salvavidas suelto!! ¡¡Necesito ayuda!! ¡¡Apúrense,el barandaje del barco se está rompiendo y el bote puede irse al agua!!.

Varios hombres, atendiendo al llamado y agarrándose de lo que estuviera a su alcance para no caer, llegaron al sitio de la emergencia y ataron con extrema dificultad las cuerdas de la pequeña embarcación, para evitar que continuara meciéndose estrepitosamente y causando más daño.

Cuando finalmente Max se dirigió bajo cubierta, gotas de sudor mezcladas con las de lluvia perlaban su frente. Atravesó estrechos pasillos viendo a pasajeros asustados intentando mantenerse unidos en sitios protegidos, pero el poderoso oleaje seguía rompiendo contra el casco del navío con la fuerza ciclópea de un martinete, y cada tenaz embate hacía trastabillar a aquellos espantados viajeros.

- Hermano, te ves agotado, exclamó Sarah al verlo llegar.

- Estoy extenuado. Vine tan sólo a saber de ustedes. Debo continuar ayudando, pues la situación se presenta peligrosa. Tan pronto amaine el mal tiempo vendré a descansar un rato.

La tormenta duró un día y medio más. Poco a poco fue perdiendo intensidad hasta volver por completo la calma.

- Alabado sea Dios por escuchar mis ruegos, exclamó Sarah en voz alta.

- ¿Todo está bien ahora, mamá?, le preguntó Raquel preocupada.

- Sí hija, ten fe, ya pronto saldrá el sol.

Más tarde, la tripulación, ante el pedido del capitán, se reunió en el cuarto de mando, donde les comunicaron que por causa de la tormenta y de las maniobras realizadas para combatirla, el barco se había desviado de la ruta original, por lo cual el viaje se extendería de tres a cinco días.

Capítulo 24

Aquella horrible tormenta fue para los viajeros una experiencia traumática. Los hijos de Sarah resultaron bastante afectados, y durante los días subsiguientes despertaban en mitad de la noche con terribles pesadillas. Tal vez revivían, en sueños, el estruendo aterrador de las olas golpeando el casco del buque, el escalofriante bramido del viento y las retumbantes descargas de fusilería disparadas por los deslumbradores relámpagos. Por ello, la pobre mujer, víctima en los años últimos de tantas vicisitudes, sintió un bienhechor alivio al divisarse tierra francesa.

Cuando Max, siempre atento al progreso del viaje y muy compenetrado con el personal del barco, le dió la fausta noticia, pensó: Dios ha estado con nosotros y nos ha permitido terminar con bien esta etapa de nuestro viaje.

Complementó su dicha el pensamiento de tener en el futuro inmediato dos días de tranquila y reparadora permanencia en el hotel antes de adentrarse en el majestuoso océano Atlántico rumbo a Barranquilla, Colombia.

- Deberíamos empacar de inmediato nuestras cosas, le

propuso Max. Ya estamos cerca del puerto y nos convendría ser de los primeros pasajeros en desembarcar. Siento como si hubiéramos permanecido varios meses en alta mar en lugar de cinco días. Por el momento tenemos suficiente. Mientras tu empacas, yo movilizo a los muchachos.

- Enseguida voy, respondió, moviéndose ágilmente en el interior del barco.

Minutos más tarde escuchó a Raquel entrando en el camarote.

- Mamá ¿necesitas ayuda?. Le prometí a la abuela, colaborar contigo en todo momento. ¿recuerdas?.

- Por supuesto, le respondió sonriente. Si lo deseas, acomoda el equipaje de tus hermanos. De seguro vendrán por aquí cuando el barco haya atracado.

Ella se dirigió hacia donde su madre le indicaba. Comenzó a recoger las prendas dispersas por el camarote y exclamó:

- ¡Nunca me había sentido más contenta! Ya estamos en Francia. Cada vez nos acercamos más a papá y a Samuel. Me pregunto si volveremos a ser la familia unida de antaño.

- ¿Te acuerdas de aquella época, hija? la interrumpió Sarah ¡Son demasiados los años transcurridos!

- No con tanta precisión como desearía. Pero conservo en la memoria la imagen de un padre tierno y cariñoso, siempre concentrado en sus estudios, los cuales interrumpía para atender a nuestras necesidades y enseñarnos religión.

- Así era. Siempre estuvo pendiente de ustedes. Puedo imaginarme con facilidad cuánto ha sufrido por la lejanía de nosotros durante seis años. Esta dolorosa y larga separación con seguridad ha dejado en él una huella profunda.

- ¿ Será el mismo papá, recordado por nosotros sus hijos con tanto cariño?. Deseo y temo el día de nuestro encuentro.

- Entiendo tu preocupación, pero en tu lugar yo desecharía esos temores. El debe de estar ansioso por tenernos a su lado.

- Sí mamá, respondió ella continuando con su labor.

Pero las palabras de su hija sembraron la duda en el corazón de Sarah. ¿Habría cambiado mucho Nathán en el largo lapso de ausencia? ¿Estaría yendo ella al encuentro de un extraño? Se estremeció ante aquella inquietante incertidumbre colada de rondón en su alma.

- ¡Oh Dios, no lo permitas! Espero encontrar al mismo hombre con quien me casé.

- Vengan, ya llegamos, dijo Max casi gritando, desde la puerta del camarote, con el fin de reunir a su familia y aprestarla para el desembarco.

Gracias, Señor, por traernos con bien después de este viaje tan accidentado, rezó Sarah para sus adentros. Y saliendo tras de Raquel corrieron al encuentro de Max y de los muchachos, quienes miraban arrobados las maniobras del capitán para atracar en el puerto.

Comenzó el descenso de los pasajeros del barco, la inspección de pasaportes, el recibo del equipaje, y al final se vieron en un velo-taxi[1] camino al hotel.

- ¡Oh, mamá! por fin vamos a descansar en una cama en tierra firme, dijo Saúl suspirando con alivio.

- Yo pienso igual, afirmó Etty. Estoy exhausta.

- Así nos sentimos todos, agregó rápida Raquel. Ojalá esta noche podamos tomar un buen baño y dormir hasta no tener una pizca de sueño.

Pero tan pronto llegaron al hotel les dieron una noticia

---

[1] *Velo-taxi*. Carretón tirado por una bicicleta.

tan inesperada como desagradable y desalentadora. El próximo barco, el cual debían tomar, partiría al amanecer. Debido al temporal habían permanecido dos días extras en la travesía marítima a Puerto Bolonia, y poco faltó para perder el barco en el cual viajarían a Barranquilla.

No tuvieron tanto tiempo como esperaban para el ansiado y merecido descanso. Los primeros rayos del sol los encontraron, ya embarcados, en un navío de bandera holandesa.

- Este barco si es una belleza, tío Max, dijo Saúl extasiado. Ahora comprendo tu afirmación sobre la existencia de barcos más grandes que el que nos trajo de Polonia... Este es increíble.

- Así es sobrino, gracias a la bondad de la señora Rabinovich quien insistió en esta forma de viajar, podremos disfrutar de esta nave tan espectacular. Pero ven, vamos al camarote, tu mamá ya debe de estar esperándonos.

- Tío Max, dijo Raquel emocionada tan pronto llegaron. ¡Aquí sí hay lujo! Hasta tienen cobijas y almohadas de plumas. Va a ser maravilloso surcar los mares rodeados de tanta comodidad.

- Sí, afirmó él mirando a Sarah divertido. Hay una enorme diferencia entre este barco y el otro.

- Mejor nos apuramos, dijo Saúl muy serio. No quiero perder ningún detalle de esta travesía. Va a ser muy interesante.

- Y cómoda, agregó Etty satisfecha.

Esa noche lucieron sus mejores galas, y asistieron al comedor emocionados, pues nunca habían visto tanta elegancia. Tan pronto llegaron se acercó un solícito mesero, quien se hizo cargo de separar con cortesía de la mesa las sillas donde Sarah y Raquel mostraron intención de sentarse y con modales muy respetuosos las ayudó a acomodarse.

Etty las contemplaba algo celosa, pensando en lo maravilloso de sentirse atendida con tanta finura. Lástima ser yo todavía tan pequeña, pensó.

Enseguida trajeron el menú. Lo contemplaron incrédulos, al ver tanta comida a su disposición. Y después, admiraron las bandejas de plata y la vajilla Rozenthal en las cuales les fueron servidas las comidas de su escogencia.

- Mamá, todo esto parece un cuento de hadas exclamó Miriam en su inocencia.

Todos rieron ante la ocurrencia, y la noche transcurrió amena.

En aquella feliz velada hubo otro hecho positivo. El haberse relacionado Max y Sarah con otros viajeros procedentes de Polonia, también como ellos en busca de mejores horizontes económicos.

A la mañana siguiente, motivados por el deseo de conocer más a fondo a sus compatriotas, se reunieron en la cubierta y conversaron por algunas horas, intercambiando ideas y disfrutando del excepcional placer de viajar en tan excelentes condiciones.

Los muchachos, por su parte, entablaron amistad con los miembros de esas familias de sus mismas edades, lo cual permitió a los adultos disfrutar de mayor privacidad.

Los días transcurrieron plácidamente. El viaje, en ciertos aspectos, parecía más bien uno de esos cruceros de los cuales disfrutan, en temporadas especiales, las personas acaudaladas.

Una mañana, de repente, aquella bienandanza colectiva de la cual disfrutaban los emigrantes, fue turbada de forma sorpresiva. Gritos destemplados percibidos por el grupo donde se encontraba Sarah, en animada conversación con sus nuevos relacionados, llevaron a ésta a preguntar atribulada:

- ¿Qué sucederá? ¿Se habrá caído alguien al agua?

Pronto salieron de dudas. Un miembro de la tripulación se acercó al grupo con paso acelerado y dijo con voz alterada:

- ¡¡La guerra, estalló la guerra!!

- ¿De qué habla?, preguntó Max sin comprender.

- Ha estallado la guerra en Polonia. El capitán acaba de recibir por radio la noticia. Los alemanes están invadiendo el país.

- ¡Oh no! exclamó él palideciendo.

- ¡¡ Mamá, mamá!! empezó a gritar Sarah desconsolada.

Max, recuperándose un poco de la impresión, se acercó a ella, y pasándole el brazo por encima de los hombros le susurró al oído:

- Tranquilízate. Si no conservamos la calma, puede cundir el pánico entre los pasajeros. Como tú sabes, muchos de ellos son polacos.

- Tienes razón, dijo Sarah secándose las lágrimas. Pero mamá, ¿que será de ella?; de Abel, Esther, Berta, Moisés, toda la familia y nuestros amigos. Y ¡oh, Dios nuestra querida Perla! agregó echándose a llorar de nuevo.

- Por favor, debes sobreponerte. No llores más, déjame averiguar cuál es la verdadera situación.

Sarah asintió entre lágrimas, observando al resto de la gente tan acongojada y angustiada como ella, y en su mente quedaron resonando las palabras: ¡¡Guerra, guerra!!.

El día primero de septiembre de mil novecientos treinta y nueve quedaría marcado para siempre en sus vidas. El horror y la matanza desencadenados a partir de esa fecha irían más allá de lo humanamente imaginable, pero por

obra del destino, ellos se embarcaron días antes, sin comprender aún la importancia de haber actuado de esa manera: habían salvado sus vidas.

Capítulo 25

El pacto establecido entre Hitler y Stalin en agosto de mil novecientos treinta y nueve, trajo como consecuencia, la decisión de ambos países de conquistar y repartirse a Polonia. Alemania ocuparía el área occidental, mientras que Rusia tomaría las provincias orientales. Debido a la simultánea ocupación, la lucha librada fue rápida a pesar de los incesantes esfuerzos de polacos y judíos[1] para tratar de mantener la independencia de su país.

Los asaltos, ataques y bombardeos aéreos dejaron millares de muertos y prisioneros de guerra.

El tan acariciado sueño de Adolfo Hitler estaba por convertirse en realidad: la sustitución de los eslavos en toda Europa, considerados personas de raza inferior, por alemanes de raza pura y superior. Para tal efecto, comenzaron con una serie de asesinatos y expulsiones de polacos, despojándolos de sus posesiones, dañando a sus fa-

---

[1] Nunca existió una verdadera solidaridad entre polacos y judíos, ya que el antisemitismo existente antes de la invasión se había convertido en una mortaja inaguantable. (N. de la A.)

milias y trasladando algunos de sus integrantes a otras regiones en calidad de servidumbre alemana.

Pero la pesadilla adquirió carácter de horror en el caso de los judíos europeos, a quienes planeaban exterminar en su totalidad.

Al instalarse los alemanes en Polonia, millares de judíos, conociendo la suerte de sus correligionarios en Alemania, decidieron huir hacia las provincias orientales ocupadas por Rusia, en la creencia de que de esa manera lograrían salvar sus vidas. Pero una vez allí se enfrentaron a la más cruel realidad. Fueron sometidos a campos de trabajo extenuantes donde la mayoría pereció.

Los invasores nazis dividieron a la Polonia occidental en dos partes: el territorio incorporado al Reich[1] para ser colonizado de inmediato por los alemanes, y el del Gobierno General[2], lugar de deportación de polacos y judíos, creado como reservorio de fuerza laboral para las necesidades de Alemania. Algunos barrios de Varsovia, Lublín, Cracovia y de otras ciudades donde comúnmente habitaban judíos, se convirtieron en ghettos[3] donde amontonaron a la población judía.

Anita Kupperman, apresurada, entró en la joyería de su esposo, y paseando la mirada en varias direcciones, lo ubicó conversando con un cliente.

Debo interrumpirlo, no puedo esperar, pensó afligida, y casi corriendo se dirigió hacia donde él se encontraba.

---

[1] El territorio incorporado al Reich comprendía las provincias de Pomerania, Danzig, Alta Silesia, la región de Lodz y Poznania. (N. de la A.)

[2] El Gobierno General abarcaba las regiones de Varsovia, Cracovia, Lublin y el resto de Polonia central. (N. de la A.)

[3] Ghetto, judería. Durante la ocupación nazi se refiere a prisiones rodeadas de una muralla y alambrada de púas colocadas estratégicamente en todas las puertas de acceso, para impedir la salida o el contacto con el mundo exterior. (N. de la A.)

- Marcos, necesito hablarte. Es urgente.

- Espérame en la oficina, enseguida voy.

Transcurrieron algunos minutos. A Anita le parecieron horas, y cuando Marcos abrió por fin la puerta, la encontró convertida en un manojo de nervios.

- ¿Ocurre algo, querida?. Nunca te había visto así.

- ¿Acaso no te has enterado del decreto emitido por los alemanes?.

El, intrigado, levantó una ceja sin emitir palabra y permitió que su esposa continuara.

- Nos quieren despojar de nuestras posesiones y confinarnos en un sector de la ciudad ya aislado por un muro de tres metros de altura y casi diecisiete kilómetros de longitud.

- ¿Cómo sabes tú tantos detalles de esa pared?.

- Porque nuestro vecino, el señor Jaim Kohn, fue una de las personas encargadas de su construcción.

- Pero..., dijo él protestando, tanto yo como innumerable cantidad de judíos pudientes de Varsovia, pagamos fuertes sumas de dinero para evitar el establecimiento de dichos lugares, y los alemanes nos prometieron no tomar ninguna medida de ese tipo.

- Con la entrega de dinero, me temo, ustedes apenas lograron posponer el plan ya trazado, sostuvo ella preocupada. El gobernador de Varsovia, Fischer, y su delegado, Leist, proclamaron una serie de órdenes entre las cuáles se encuentran: los límites del Ghetto, la concentración de los judíos de la ciudad dentro de esas áreas y la expulsión de todos los arios residentes dentro de esas fronteras.

- ¡Les parecen pocas las humillaciones infligidas hasta ahora a la comunidad judía!, exclamó iracundo. La obligación de usar divisas distintivas, la estrella de David amarilla en la ropa y en nuestros establecimientos comerciales.

Restringirnos el uso de trenes, tranvías y otros medios de transporte, confinándonos a la parte trasera de los remolques. No poder utilizar parques, playas ni sitios públicos con pena de cárcel ante cualquier infracción. ¿Hasta donde piensan llegar los malditos alemanes?.

- Lo más doloroso para nosotros y para todos nuestros correligionarios, agregó Anita, es la imposibilidad de enviar a nuestros hijos y nietos al colegio o a las universidades. ¿Cómo pueden prohibir la educación de los jóvenes, cuando su futuro depende de esos conocimientos?. A ellos no les importa un bledo nuestra gente. Lo están demostrando al tratar de despojarnos de derechos consagrados por la ley universal y divina.

Marcos, cerremos la joyería y vayamos a averiguar a fondo cuál es la verdadera situación. Tengo los más negros presentimientos. Cosas terribles van a ocurrir, me lo dice mi intuición, y no deben tomarnos desprevenidos.

Dando total crédito a las premoniciones de su esposa, Marcos decidió llevar consigo las piedras mas valiosas de su establecimiento y ponerlas a salvo en su vivienda, con el objeto de estar preparado para cualquier eventualidad.

El tiempo fijado por los alemanes para la relocalización en los ghettos fue de dos semanas, en las cuáles la congestión y el tumulto tuvieron carácter de verdadera pesadilla.

Los carritos de mano y las carretillas eran los únicos medios disponibles para el transporte de enseres y objetos personales.

Los edificios dentro del territorio designado se hallaban superpoblados, por una mayoría de individuos pertenecientes a la religión hebrea mezclados con una minoría católica y protestante.

Joseph, de común acuerdo con Teresa, invitó a sus

padres a compartir el apartamento habitado por ellos en la calle Franciszkanska, el cual, por obra del destino quedó localizado dentro de los límites del ghetto. Por su parte, Ribka, Shoshana y Golda, con sus respectivas familias, consiguieron alojamiento en el edificio colindante con el de su hermano, dejado vacante en su partida por una familia aria de bajos recursos.

Después de acostumbrarse a las nuevas circunstancias, el señor Kupperman decidió reabrir la joyería. En compañia de su hijo salía a la calle diariamente. En esos recorridos, comentaban los últimos acontecimientos en Varsovia.

Un día, al llegar a la entrada del ghetto, agentes de la SS[1]. y de la policía judía les impidieron la salida.

- Esto es un atropello, exclamó Joseph molesto.

Un policía se le acercó y en tono burlón le exigió el pase especial del judenrat[2] (1).

- No tenemos dicho permiso, pero nos es imprescindible dirigirnos a nuestros trabajos. No salimos de este lugar desde hace quince días.

Varios militares alemanes uniformados, parados cerca, alcanzaron a oír el comentario de Joseph y soltaron sonoras y grotescas carcajadas.

---

[1] SS. (alemán. Schutzstaffel o guardia independiente.) Corresponde a las siglas de los cuerpos represivos de los nazis, cuyos miembros eran endocrinados en el credo nazi hasta el punto de eventualmente controlar, por medio de la gestapo (alemán. Geheime Staatspolizei o policia secreta del estado) y de la SD (alemán. Sichesheits Dienst. o servicio de seguridad) todo el imperio nazi.

[2] *Judenrat*, (Consejos judíos). La función esencial del judenrat era afianzar la ejecución de la política antijudía de la autoridades de ocupación para terminar con la población judía. Estaba encabezada por una junta de concejales, quienes controlaban todos los aspectos de la vida de la comunidad. (N. del A.)

- No alcanzo a comprender el motivo de este escándalo, agregó Marcos con seria expresión.

- No debe preocuparse por ese negocio. Ya no es suyo, respondió un alemán de camisa parda con el signo de la svástica en el brazal y altas botas de cuero negro reluciente.

- ¿Cómo dice? agregó Joseph incrédulo.

- Ya me oyó. Por un decreto especial dictado por el Führer, todas las propiedades, establecimientos comerciales, muebles y cuentas bancarias de los judíos y de los polacos dentro del territorio del Reich y en Polonia, han sido confiscados.

- ¡¡Oh, no!! exclamó Marcos incrédulo, dando media vuelta sobre sus talones para no darles a los soldados el gusto de ver las lágrimas, de tristeza y de ira, ya formadas en sus ojos.

- Ven, papá, regresemos a casa.

- Hace cincuenta y un años, le decía Marcos a su hijo, tu abuelo Neftalí, con gran esfuerzo, fundó su joyería. Con orgullo la he mantenido activa por todo este tiempo, y ahora un individuo maniático, autocalificado de Führer, me la arrebata, como se le quita un dulce de las manos a un niño.

La etapa del martirio y la desesperación empezó a transcurrir para los habitantes del ghetto, entre torturas, violaciones y asesinatos por parte de los soldados pertenecientes al ejército alemán.

Los alimentos escaseaban y las epidemias, principalmente de fiebre eruptiva y de tifus exantemático, cobraban fuerza y diezmaban la población. La mayoría de las posesiones eran intercambiadas por comestibles. Los objetos perdían su valor real. El hambre y la sed se tornaban torturantes. El agua corriente era cortada a propósito por los nazis entre ocho y catorce días seguidos, esperando así la ayuda de la naturaleza misma en la tarea de aniquilación y exterminio ideada por sus mentes diabólicas.

Las deportaciones se sucedían a diario y millares de personas padecían de hacinamiento e inanición.

Todas las mañanas sacaban muertos desnudos y los apilaban frente a los edificios. Cualquier prenda de vestir era de incalculable valor para los sobrevivientes. Los alemanes cobraban por un entierro sumas exorbitantes, razón por la cual la policía judía prestaba el servicio recogiendo los cadáveres en grandes carretas tiradas por escuálidos caballos y los llevaban a fosas comunes en el cementerio, donde sin ningún tipo de respeto o de rito religioso los depositaban unos sobre otros.

El hedor de las calles era asfixiante, insoportable. Los peatones escaseaban durante el día, reuniéndose en las noches a través de un sistema de trincheras y puentes construidos clandestinamente por ellos mismos entre una edificación y otra. La SS. tenía prohibidas las salidas desde las nueve de la noche hasta las cinco de la madrugada sin un permiso escrito. Los infractores eran asesinados al amparo de la oscuridad.

La implantación del trabajo forzado para polacos y judíos mayores de doce años, mermaba sus fuerzas y aceleraba el proceso de aniquilación.

- Tengo mucha hambre, mamá, exclamó Abi, el menor de los hijos de Golda, masajeándose el abdomen para evitar los continuos espasmos producidos por la falta de alimentos.

- Lo siento hijo, no queda nada de comida en esta casa. Ayer terminamos las últimas migajas restantes de los víveres conseguidos por tu abuelo a cambio de un puñado de joyas.

- ¿Cómo podremos conseguir comida? preguntó el niño preocupado.

- No lo sé, respondió ella entre sollozos.

Mi familia no se morirá de hambre, decidió Abi con determinación. Conseguiré algo como sea.

Al cabo de un rato, pasando inadvertido, salió del apartamento rumbo al muro que rodeaba el ghetto. Estudió con cuidado aquella barrera, y enseguida, con una pequeña pala empezó a excavar, levantando la cabeza en ocasiones para mirar a su alrededor, por si estaba siendo observado. Tardó poco más de dos horas en darle a la zanja el tamaño adecuado. Entonces enterró a poca profundidad la herramienta y se deslizó sin ruido por el agujero.

- ¿Dónde está Abi, tía Golda?, preguntó David, el hijo de Ribka. Tengo rato buscándolo.

- Debe de estar en casa de Joseph. El es tan inquieto.

- Voy para allá ahora mismo.

Pero a pesar de sus esfuerzos, no logró encontrarlo. Pasaron los minutos, las horas y la inquietud de la familia crecía. Al anochecer, cuando la preocupación de todos había llegado al extremo, oyeron golpes en la puerta, y al abrirla, vieron a una vecina cargando entre sus brazos al niño profundamente dormido, abrazado a una bolsa de papel.

- Lo encontré tirado en la calle, explicó ella.

- Abi, ¿adonde fuiste, de dónde sacaste esa bolsa? preguntó Golda preocupada.

El niño seguía durmiendo. Parecía estar en buenas condiciones físicas, pero sus ropas estaban muy sucias. Como no lograba despertarlo, Golda llamó a su esposo Elías, y lo llevaron cargado a la recámara. Lo acomodaron con cuidado sobre la cama, permitiéndole continuar en brazos de Morfeo.

La bolsa traída por Abi había caído al suelo y fue recogida por su madre. Cuál no sería su sorpresa cuando, al abrirla encontró en ella algunas provisiones.

- ¿De donde las habrá sacado? preguntó, dirigiéndose a su cónyuge.

- No tengo la menor idea.

Al día siguiente, Abi les refirió su odisea en el mundo exterior, fuera del ghetto:

- Al salir de la zanja, corrí hacia unos arbustos cercanos. De allí, tomando atajos, me dirigí hacía una enorme vivienda donde pulsé el timbre. El cuerpo me temblaba de miedo. No conocía a los habitantes de aquel caserón.

Una señora mayor, algo robusta, de aspecto bondadoso, luciendo un impecable uniforme, me abrió la puerta.

"¿Que deseas, hijo".

"Me muero de hambre. Tengo varios día sin comer y ya no resisto más."

"Pobre criatura ¿cuántos años tienes?.

"Tengo nueve años".

De inmediato me cedió el paso a la casa señalándome el camino hacia la cocina, y una vez allí, colocó sobre un plato una enorme rebanada de pan acompañada de un buen pedazo de queso.

"¿Estaré soñando?" me pregunté, pero no pudiendo resistir más la tentación comencé a devorar la comida.

"No tan rápido jovencito", me aconsejó la buena señora. "Te puede caer mal".

Al terminar, le di las gracias y me dispuse a salir de la casa.

"Tómate este vaso de agua", me dijo cariñosa, mientras preparo un paquete de comida para que te lo lleves".

Creí no haber escuchado bien, pero la observé buscando algo en la alacena.

"¿Cómo lograste salir del ghetto? me preguntó con voz enronquecida".

"Excavé un pequeño túnel entre los dos lados del muro".

"Entonces la bolsa, para llevártela, no puede ser demasiado grande. De lo contrario, no podrás pasar por la abertura".

Sus buenas acciones y sus palabras me emocionaron. No pude controlarme. Entre lágrimas la abracé y le agradecí por proporcionarme algo de sustento para los míos.

Regresé asustado. La noche había caído, y a pesar de la oscuridad temía ser descubierto, por lo cual invoqué la protección de Dios. Corrí por las calles desiertas y al llegar cerca del edificio debí caer exhausto y quedarme dormido.

- ¡Oh, mi nieto querido! exclamó Anita, no has debido arriesgarte de esa manera. Los nazis son implacables y pueden causarte mucho daño.

Pero Abi, desoyendo las advertencias de sus familiares repitió la operación numerosas veces. Un día, como siempre cargado de comida, trató de entrar por la brecha, pero, por el bagaje escondido en su cuerpo se quedó atascado y asustado comenzó a gritar.

Una muchacha, desde adentro del ghetto, trató de halarlo, con la mala suerte de ser vista por un soldado alemán. Aquel demonio en forma humana mató de un tiro a la joven y de inmediato la emprendió a golpes contra el niño, una y otra vez, con la culata de su fusil, hasta darlo por muerto. Enseguida llamó a sus compañeros para vanagloriarse de su hazaña.

David, quien a menudo espiaba los pasos de su primo, observó lo sucedido y corriendo fue a informarles a sus padres. Elías llegó de inmediato al sitio y logró sacar a su maltrecho hijo.

Al llegar a la casa, Ariel lo examinó y le encontró múltiples fracturas. Murió sin proferir un lamento, como un pajarillo apedreado por vándalos despiadados.

El poder nazi, instrumento de un maniático sanguinario, acorralaba y acosaba en forma implacable a los judíos, pero el intelecto, la convicción y el apego a la vida de las sufridas víctimas se mantenían incólumes.

Los judíos encerrados dentro del ghetto realizaron tremendos esfuerzos para protegerse organizando servicios de ayuda mutua, de asistencia médica y de contrabando de comida. Fundaron una red de escuelas, talleres y empresas en la clandestinidad.

Floreció en la calle Walowa, cerca de la calle Franciszkanska donde vivía la familia Kupperman, una compañia de teatro bajo la acertada dirección de Bluma Furswerk. El prestigioso orfanato de Janusz Korczac se tomó como base para la impresión y publicación de varios periódicos editados tanto en hebreo como en polaco. Se formó una pequeña orquesta sinfónica, cuyo director era el afamado músico Simón Pullman, la cual interpretaba los más variados conciertos.

A pesar del muro, las alambradas, las deportaciones diarias y las vejaciones de toda clase, los alemanes no pudieron destruir la vida cultural de un pueblo siempre caracterizado por su erudición.

Pero el horror parecía no tener fin, y en el año mil novecientos cuarenta y dos se construyeron mataderos humanos para acelerar el exterminio europeo y judío, en las empresas de la muerte de Treblinka, Maidanek, Auschwitz y otros campos provistos de cámaras de gases letales y crematorios.

- ¡Corran pronto a esconderse!, la Gestapo está inspeccionando el edificio, gritó Ribka histérica una madrugada. Quieren deportarnos a los campos de trabajo.

Al escuchar esas palabras, todos corrieron despavoridos a buscar un lugar seguro donde guarecerse. Pero en aquella oportunidad, sin ellos saberlo, los alemanes venían dispuestos a escrudiñar minuciosamente hasta el último escondrijo o resquicio, pues tenían órdenes precisas de evacuar toda esa área. Uno a uno los fueron encontrando en diversos lugares. ¡Alle juden' raus. Raus, raus!. Hinunter! Alle juden hinunter!. ¡Todos los judíos afuera. Afuera, afuera!. ¡Bajen las escaleras!. Todos los judíos bajen las escaleras!.

Shoshana, dentro de su desesperación, logró esconderse en un rincón de la despensa casi imposible de detectar. El carpintero encargado de su confección cometió un error de cálculo, y dejó aquel espacio inservible para su uso, el cual cubrió con un pedazo de madera que disimulaba su existencia.

Desde aquella esquina escuchaba los gritos y lamentos de sus familiares, quienes empujados y maltratados por los nazis salían de sus escondites temerosos de lo peor. La tentación de ayudarlos era irrefrenable pero más grande era el reconocimiento, la convicción de su impotencia. Ella nada podía hacer. Si la encontraban estaba perdida.

Al cabo de un tiempo reinó en el edificio un silencio absoluto, y Shoshana creyéndose sola, salió de su escondite. Cuál sería su sorpresa al encontrarse frente a frente con un oficial de la Gestapo. Aquella bestia la observaba con ojos llenos de salvajismo y lujuria.

- ¡Oh Dios mío, sálvame! exclamó temblorosa.

El alemán se le fue acercando, y tomándola por los brazos la doblegó hasta tirarla al suelo. Bruscamente fue arrancándole la ropa hasta desnudarla, y bajándose los pantalones hasta las rodillas se abalanzó sobre ella ignorando sus gritos de angustia y desesperación.

Una vez hubo saciado sus morbosos y sádicos instintos, la asesinó fríamente de un balazo en la cabeza.

La evacuación continuó. Una escuadrón de policía del ghetto, conformado por unos veinticuatro hombres, bloqueó las entradas y salidas de cada edificio en esa área, hasta tanto todos sus residentes salieron a la calle, donde la policía judía[1] los requisó y examinó sus documentos. De allí fueron llevados a las plataformas de embarque en la estación.

Los disparos sonaban incesantemente ante cualquier desafío por parte de los prisioneros. Anita se apretaba con fuerza a su esposo y copiosas lágrimas fluían de sus ojos de forma incontrolable.

- No he visto a Joseph, a Teresa, ni a Shoshana, comentó Marcos preocupado.

- Ellos no fueron arrestados con todos nosotros, contestó Ariel enseguida.

- ¿En donde estarán?. ¡Dios tenga piedad de ellos! exclamó Golda acongojada.

¡¡ Formen filas!!, gritaban cadetes lituanos y ucranianos tratando de canalizar por la fuerza a una enorme masa de gente conglomerada en el lugar.

La selección comenzó. Un oficial vestido con el uniforme de la SS., sentado ante un escritorio, decidía el futuro de cada persona de acuerdo con su apariencia personal, cartas de trabajo...o a su propio juicio.

Derecha... izquierda... izquierda... izquierda..., vida...muerte...muerte ...muerte.

¿Cuál será nuestra suerte? se preguntó Marcos afligi-

---

[1] Es lamentable que la policía judía en muchos casos representara el papel de las operaciones de la Gestapo, maltratando, dominando, y en muchos actuando cruelmente contra la gente de su propia raza.

do. ¿Volveré a ver a mi familia reunida, o acaso este es el final?.

- ¡¡Sus papeles!!, le pidió un oficial con voz autoritaria.

Sin pronunciar palabra, los entregó.

Después de algunos momentos, el nazi emitió la sentencia final: izquierda.

El permaneció indeciso por unos instantes, y avanzando algunos metros se detuvo para corroborar el veredicto deparado por el destino, para su querida esposa.

Al oír ¡¡izquierda!! estiró el brazo, entrelazó los dedos con los de su compañera de tantos años y apesadumbrados se dirigieron hacia el tren.

Elías fijó la mirada en los vagones de carga en los cuales serían transportados a los campos de concentración. Eran mayormente construidos de acero, con paredes de madera, de fabricación alemana, checa y francesa, desgastados por el uso.

La fila fue avanzando lentamente entre lamentos, gritos y disparos. Cualquier acción de rebeldía por parte de los presos a los mandatos de la SS. era castigada con la muerte.

Varias personas se arrastraban, encorvados por la carga sobre sus espaldas, haciendo acopio de fuerzas debilitadas para tratar de salvar sus últimas pertenencias. Los alemanes los empujaban tratando de acelerar el proceso. ¡¡Schnell!!, ¡¡Schnell!!. Rápido, rápido, gritaban.

Ya en el tren, los prisioneros eran movilizados hacia la parte posterior del convoy, donde, para su mortificación, el ambiente era oscuro, pesado y maloliente. Los respiraderos estaban cerrados y el único aire penetraba a través de una pequeña ventana enrejada con alambre de púas.

Al llegar a la capacidad máxima del tren, los encargados cerraron las puertas por fuera.

En el interior se creó un pánico espantoso y la mayoría de la gente empezó a gritar desesperada. Ajena al clamor de ayuda, la pesada máquina escupió humo por la chimenea, las ruedas de metal chirriaron sobre los rieles y la marcha comenzó.

Anita se aferraba al cuerpo de su esposo, mientras él, evadiendo al grupo de personas apiñadas a su alrededor, avanzaba tratando de encontrar un lugar cercano al tragaluz donde poder acomodarse. Con dificultad se sentaron en el suelo del vagón.

Se había creado un silencio absoluto. En cada semblante se veía resignación, una profunda tristeza y preocupación ante lo desconocido.

Por la mente de Marcos atravesaron visiones de años pasados. Su niñez, su juventud... tan plenas y felices. La paz y la tranquilidad reinantes en el ambiente de su hogar... levantado con tanto amor. Su esposa y sus cuatro hijos... en la constante lucha por la superación, la joyería... donde todos sus esfuerzos se concentraban.

El desgarrador grito de un niño hambriento lo hizo retornar a la realidad. Observó con detenimiento a los miserables seres apretujados a su alrededor y su corazón se encogió de pena.

¿Cómo pueden los alemanes ser los dueños de nuestro destino y de toda Europa?. ¿Por cuál razón el resto del mundo ignora nuestros lamentos?. ¿Dónde está la justicia divina?.

De pronto, le faltó el aire. Un nudo opresor se había formado en su garganta. Se levantó como pudo. A duras penas se abrió paso hacia la ventana y respiró profundo tratando de relajarse. Miró hacia afuera, y a la luz de una hermosa mañana de otoño, pudo apreciar el verdor de los campos extendiéndose hasta formar una espesura allá en el horizonte. El paso de un río con su lecho de piedras, reflejando los rayos matutinos del sol y el vuelo de un bandada de aves le trajo a su mente el recuerdo de la libertad.

- ¡¡¡ Nooooo!!! Debo de estar soñando, esto es tan solo una pesadilla, exclamó en voz alta.

En aquel momento el vagón osciló para pasar de una vía a la otra. El tren disminuyó la velocidad y entró en la estación de Siedlce, donde un grupo de adolescentes, corriendo a su paso, deslizaban el dedo índice sobre la garganta indicando la muerte, aventurándose así a pronosticar el final del viaje para los desventurados pasajeros.

De allí el convoy avanzó lentamente, hacia otra vía donde había varios ferroviarios, soldados de la SS. y un letrero ominoso: Treblinka. Suspendió la marcha por un tiempo y luego comenzó a moverse en dirección contraria hacia una vía lateral. Penetró en un bosque denso, de inmensos árboles, y al cabo de un rato, apareció un vasto terreno rodeado de una reja de alambre de púas adherida a una construcción de madera.

El tren se detuvo. La puerta se abrió con gran estruendo y se escuchó a estentóreos gritos la orden de salir...¡¡ Schnell, Schnell!!. Rápido, rápido.

El andén se llenó vertiginosamente de personas desorientadas buscando a sus familiares y conocidos, cargando en las espaldas sus pertenencias y manteniendo a sus hijos lo más cerca posible, por temor a perderlos de vista en el tumulto.

Gritos, llanto y desesperación reinaban en el ambiente, intensificados por los trallazos de fustas descargados sin piedad por los oficiales de la SS. y por el temor que inspiraban los ucranianos, de uniformes negros, y fusiles en manos listos para disparar.

Anita descendió del tren acompañada por sus hijas,

yernos y nietos, pero no así por su esposo a quien busca-
ba desesperada.

- ¿Dónde podrá estar él? preguntó afligida.

- Nosotros vamos a buscarlo, se ofreció Ariel, tomando
del brazo a su cuñado Elías y mezclándose entre la multitud.

- ¡Dios mío! exclamó Golda, viendo a un ucraniano armado acercándose a ellas.

- ¡¡Schnell, schnell!! gritó iracundo, propinando culata-
zos y dirigiendo a las mujeres hacia un portón abierto en el
centro de una reja.

- Debemos ir mamá, le aconsejaron sus hijas preocupadas, percibiendo el odio reflejado en los oscuros y profundos ojos de aquel hombre...

Atravesaron la compuerta angustiadas y entraron a un
patio rodeado por un cerco de arbustos secos, en cuyos
lados había barracones de madera alargados.

¡Las mujeres a la izquierda, los hombres a la derecha!,
ordenó un individuo de rasgos semitas, con una cinta roja
en el brazo, tratando de organizar la tumultuosa oleada de
personas, ayudado por sus compañeros identificados con
sendos distintivos iguales al suyo. Halinka y David, los hijos de Ribka, se aferraban con fuerza a su progenitora,
atemorizados por la violencia con que eran tratados.

- Usted, joven, váyase con los hombres a la derecha,
le dijo uno de los funcionarios.

- David miró a su madre con ojos suplicantes, y lágrimas de angustia y frustración rodaron por su delgado rostro.

- Busca a tu papá, alcanzó a decirle Anita.

Ribka permaneció petrificada, viendo como golpeaban
a su hijo mientras se lo llevaban.

- ¡¡Alles herunternehmen!!¹ gritó un soldado de la SS., ordenándoles a los hombres desvestirse completamente.

- ¡¡Rápido, rápido!! seguían gritando los ucranianos.

Siguiendo las órdenes de los alemanes, las mujeres, angustiadas y aferradas a sus pequeños hijos, se dirigieron hacia un oscuro y frío barracón. Se quitaron la ropa dejándola desparramada por el suelo, y obligadas, se sentaron en taburetes colocados delante de presos, quienes, ejerciendo la función de peluqueros, procedieron a cortarles el cabello.

Pánico, dolor y tristeza eran los sentimientos resaltantes en los rostros de esas desventuradas mujeres, lanzadas por circunstancias adversas de la vida a tan horrendo lugar y sometidas al trato más inhumano y denigrante. Sin embargo, una luz de esperanza brillaba en sus pupilas al sentir las bruscas manos recorrer sus cabezas, consolándose con el hecho de ser el corte de pelo el paso previo a la desinfección, después de la cuál las dejarían tranquilas.

Al terminar de despojarlas de sus cabellos, les ordenaron encaminarse por un callejón de unos doscientos metros, bordeado en toda su longitud, a ambas márgenes, por cercas verdes entrelazadas con alambre de púas, el cuál desembocaba frente a un edificio de extrañas características.

Construcción de ladrillos... paredes incompletas, sin ventanas... tres habitaciones... un corredor de acceso angosto... pisos recubiertos con baldosas terracota... puertas rodeadas de sellos herméticos...

Eran particularmente sorprendentes los irónicos avisos clasificados en la primera área cercada: carpinteros, constructores de carreteras, albañiles, sastres, modistos, coci-

---

¹ *Alles herunternehmen.* En alemán, quitarse todo.

neros. Parecían destinados a sembrar en las mentes de los aludidos la idea cruelmente falsa de que su futuro dependía de tal clasificación, pues podían ser elegidos para desempeñar sus respectivos oficios.

Un oficial de la SS. les explicó en tono suave:

- Después del baño y de la desinfección, sus propiedades les serán devueltas.

Las mujeres marcharon por el camino completamente desnudas, portando cada una en la mano, una pequeña barra de jabón, y traspasaron la puerta hacia las supuestas duchas.

Ya en el inmenso recinto, Anita observaba a través de las lágrimas la extraordinaria y llamativa belleza juvenil de sus hijas y de su nieta, no deslucidas por el abusivo acortamiento de sus bellas melenas ni afectadas en forma visible por los tormentos padecidos a manos de los alemanes en el ghetto de Varsovia.

Un sombrío presentimiento la hizo estremecer y abrazándolas emocionada se fundió con ellas en un solo y lastimero llanto, como una isla de dolor y sufrimiento en el mar del infortunio humano formado por unos cuatro centenares de mujeres y niños apretujados y gritando despavoridos.

Durante quince minutos la cámara se llenó de gas, el cual inundó el ambiente con sus vapores letales, hasta tanto todos los cuerpos cayeron inertes y sin vida.

Al cabo de cuarenta minutos, varios judíos dirigidos por kapos[1] e identificados con un distintivo amarillo en la rodilla, recogieron los cadáveres para ser transportados a las fosas comunes, labor realizada por varios tractores, cuyos motores diesel se escuchaban perennemente en el campo

---

[1] *Kapo*. En alemán. El que tiene un cargo entre los presos (N. de la A.)

de muerte de Treblinka.

Un grupo grande de jóvenes entre ellos Elías y Ariel, fueron conducidos a un barracón, después de ser separados de la multitud de hombres desnudos, los cuales, a punta de golpes, eran dirigidos a través de un pasadizo enrejado hasta las cámaras de gas.

¿Cual será el destino de nosotros y de nuestras familias? preguntó Ariel angustiado.

Uno de los presos, ya con algunas semanas en el campamento, alcanzó a escuchar sus palabras y se le acercó entristecido:

- Tus familiares ya deben de haber perecido, y en cuanto a ustedes, les espera, igual que a mí un arduo camino por recorrer, entre trabajos pesados, miseria, hambre y tormentos. Llegará el momento en que los alemanes nos aniquilen, nos suicidemos o tratemos de huir sin esperanza, les dijo en voz baja y afectada por la emoción.

Cuando el prisionero hubo concluido, Elías exclamó:

- ¡Oh Dios mío, todo eso no puede ser verdad!

- Por favor, créanme. ¿Por qué habría de mentirles?.

Ariel lo miró a los ojos, y viendo sinceridad en ellos, empezó a llorar desconsoladamente, mientras decía:

- Itgadál veitkadásh sheméh rabá bealmá di vrá jirutéh.[1]

Enseguida, todos los hombres allí presentes se unieron al rezo en un clamor lastimero.

David, en la búsqueda de su padre, había logrado ale-

---

[1] "Exaltado y Santificado sea el Gran Nombre de Dios"... Son las primeras palabras del Kadish de duelo. Es un antiguo poema arameo, una expresión de fe por parte del afligido, quien a pesar de estar angustiado sigue creyendo en Dios y en el valor de la vida. Expresa la sumisión del hombre a la voluntad de Dios. Se recita durante los servicios religiosos en la sinagoga. (N. de la A.)

jarse del conglomerado de personas detenidas en el patio y se había escondido en las letrinas. Permaneció allí por espacio de una hora, en una angustiosa indecisión. Pero la fetidez reinante en aquel lugar se tornó insoportable, y haciendo acopio de valor decidió salir para continuar con su indagación.

De pronto, desde un barracón salió un soldado, vestido con el uniforme de la S.S., calzado con altas botas negras relucientes, tocado con una gorra de género suave, en la cual, sobre fondo negro, brillaba una calavera. Al ver a David, el patibulario rostro del esbirro se iluminó con una sonrisa de satisfacción.

El muchacho comenzó a retroceder, alejándose de aquel hombre de mirada perversa. Pero él, acercándose a grandes zancadas lo fue acorralando hasta hacerlo entrar en el lazareto[1] donde flameaba una bandera de la cruz roja. Le ordenó desvestirse y lo guió hacia una pasarela colocada sobre una enorme fosa repleta de cadáveres que ardían formando una descomunal hoguera.

David permanecía allí, tiritando de frío, cuando un centinela ucraniano lo divisó, lo apuntó con su fusil y le disparó. El cuerpo herido, al caer, rodó hacia la excavación y fue recibido por gigantescas llamas danzantes, las cuales, con un horrísono chirrido, lo envolvieron. Segundos más tarde, el cadáver de aquel ser humano cuyo pecado capital fue ser judío, desaparecía en la negrura de una inmensa columna de humo.

En mil novecientos cuarenta y tres solamente quedaban unos cuarenta mil sobrevivientes de los cuatrocientos mil habitantes encerrados por el ejército nazi en el ghetto

---

[1] *Lazareto*. Lugar donde los enfermos, ancianos y niños eran asesinados, haciéndolos creer que se trataba de un hospital militar. (N. de la A.)

de Varsovia, y conocedores en ese momento de su triste suerte, ya decidida por los más encumbrados arios, decidieron vender caras sus vidas.

Organizaron compañías de guerrilleros emprendedores y valerosos entre ellos personas como Mordejai Anilevich, Joseph Kupperman, Mijael Klepfisch, Tschemerinski y muchos otros, dispuestos a vigilar durante el día y la noche las calles del ghetto y a defender a sus moradores.

El dieciocho de abril del mismo año, Teresa se había levantado temprano con el propósito de arreglar el apartamento de la calle Franciskanska, para recibir el primer día de Pésaj[1], celebrado por precepto a la jornada siguiente, mientras su pequeño hijo Jonathán, muy cerca de ella, jugaba con algunos enseres de cocina.

- Mi amor ¿dónde estás?, le preguntó Joseph saliendo de la recámara.

- Estoy aquí en la cocina, contestó ella en voz alta.

- Hoy luces bellísima, dijo él con una mirada de adoración, tomándola enseguida entre sus brazos.

- Adulador, eso eres, dijo ella mimosa, respondiendo con vehemencia a su abrazo.

La guerra y sus atrocidades habían despertado en ellos una sensibilidad muy especial, nacida de comprender la importancia de cada minuto en la vida y cúan afortunados eran al haber logrado sobrevivir.

- Ya debo irme. En breves minutos empieza mi guardia en la calle Mila.

- Por favor, ten cuidado, le pidió ella ansiosa. No arriesgues demasiado tu vida. Lo haces por salvar a la

---

[1] *Pésaj.* (Hebreo. pasar). Es el nombre hebreo de la pascua, o sea la festividad religiosa celebrada en recuerdo de la historia de los judíos en Egipto, cuando Dios pasó junto a sus casas, sin dañar a sus habitantes. (N. de la A.)

gente del ghetto, pero recuerda que nosotros también te necesitamos.

- ¿Cómo puedo olvidarlo?, replicó él divertido, sacando de su bolsillo una hermosa fotografía del grupo familiar.

Se besaron con pasión y minutos después él cerró la puerta dejando a su esposa con el corazón contraído.

Dios mío, oró en silencio, protégelo y tráelo sano y salvo de regreso a nuestro lado.

Al caer la noche, observó complacida el resultado de sus esfuerzos. No obstante la general escasez de alimentos en el ghetto y los exigentes requerimientos de la pascua, ella había logrado conseguir, aunque en muy pequeñas cantidades, lo básicamente necesario para cumplir con los preceptos en la celebración del séder[1].

La mesa lucía festiva con el mantel blanco bordado, regalo de su boda, y el hierático candelabro de plata, con sus cuatro brazos provistos de sendas velas blancas.

La bandeja del séder (keará) milagrosamente portaba los elementos necesarios: una planta comestible, apio (karpas) y a su izquierda una tacita de agua salada; hacia atrás una planta amarga, la raíz fuerte (maror)[2]; al lado una pasta hecha a base de manzanas, nueces, almendras, canela molida y jengibre (jaroset)[3], suministrada, en generoso gesto, por una amable señora; un pedazo de carne

---

[1] *Seder*. (Significa orden). Se aplica a un orden fijo con el que debe celebrarse un banquete ritual, las dos primeras noches de Pésaj, en el cual se relatan las penurias de los judíos en Egipto y su liberación final. (N. del A.)

[2] *Maror*. La planta amarga se utiliza para recordar los angustiosos años que vivieron los judíos, como esclavos, durante el éxodo de Egipto. (N. de la A.)

[3] *Jaroset*. Simboliza el trabajo de los esclavos hebreos para preparar los ladrillos de arcilla. (N. de la A.)

fija en su hueso (zeroa)[1]; un huevo hervido, tres panes ázimos (matzot)[2] cubiertos cada uno con un mantelito; y suficiente vino para que cada uno de ellos pudiera beber las tradicionales cuatro copas (arbá kosot)[3] y una especial para la llegada simbólica del profeta Elías.

Teresa abrazó emocionada a Jonathán. Al fin, había finalizado con las responsabilidades del día y podía dedicarse de lleno al niño, su adoración. Desde lo mas profundo del corazón le agradecía a Dios por haberle permitido conocer las alegrías de la maternidad, y bendecía una y otra vez el maravilloso momento en el cuál descubrió su embarazo. Pero, ironías de la vida, no había podido compartir el goce de su hijo con los seres más queridos.

Una lágrima involuntaria resbaló por sus mejillas al recordar aquel fatídico momento cuando ella y su esposo, al regresar de una reunión en el judenrat, se enteraron de la deportación de sus familiares y vecinos a los campos de concentración. Luego se estremeció pensando en la inmensa lejanía de su hermana Sarah, de Nathán y de sus sobrinos.

- ¡Ojalá pueda volver a verlos!, exclamó resignada, y con el niño entre sus brazos se dirigió hacia el dormitorio.

La noche lucía apacible. Joseph encendió un cigarrillo y lanzando exageradas bocanadas de humo observó a su compañero de guardia Mordejai, quien, sumido en profundo sueño, roncaba de vez en cuando. Sonrió al recordar a

---

[1] La carne y el huevo. Simbolizan los sacrificios pascual y de peregrinación. (N. de la A.)

[2] *Matzot.* Se designa así a las galletas o pan sin levadura que los hebreos deben comer en la festividad de Pésaj en memoria del éxodo de Egipto. (N. de la A.)

[3] *Arbá Kosot.* Simboliza los cuatro giros de la promesa de Dios: "Os sacaré de Egipto... os liberaré... os redimiré... y os tomaré por mi pueblo..." (N. del A.)

su querida esposa y a su adorado hijo, con quienes pronto se reuniría, y comprendió cuán afortunado se sentía de poder compartir su vida con dos seres tan especiales. Sacó del bolsillo la fotografía de ellos, y una sonrisa de satisfacción iluminó su rostro.

Al amanecer, los batallones nazis de la muerte, con uniformes negros y fuertemente armados, entraron con tanques, coches provistos de ametralladoras y camiones blindados por la vía Zamenhof, con rumbo a las calles Kupetska, Mila, Muranovska y Franciskanska.

Joseph alcanzó a escuchar desde lejos el sonido de las maquinarias de guerra entrando en el ghetto, y despertó a su compañero. Ambos corrieron a prevenir a los demás centinelas dispersos por el edificio.

- ¡Ya se acercan!, les gritó conmocionado. ¡Prepárense para atacar!.

Cuando los alemanes se encontraron en la calle Mila, esquina con Zamenhof, el grupo de combatientes empezó a arrojar bombas caseras, botellas incendiarias y granadas. Con las escasas armas que habían logrado conseguir de forma clandestina, libraron una batalla, matando a varios alemanes e incendiando dos tanques de guerra.

- Lo hemos logrado, gritaba Mordejai regocijado, al comprobar la retirada de los alemanes.

- Debemos doblar la guardia, opinó Mijael Klepfisch. Con seguridad, volverán a atacar.

Al día siguiente, regresaron los nazis bien protegidos y apertrechados, después de haber cortado el suministro de agua y de electricidad del ghetto. Pero, cuál no sería su sorpresa, cuando, al avanzar, empezaron a estallar minas previamente colocadas por los guerrilleros en sitios estratégicos.

En vista de la fuerte resistencia de los judíos contra su

ejército, los alemanes decidieron demoler el ghetto por medio de incendios y cañoneos.

- ¡Oh Dios mío, exclamó Teresa palideciendo. La ciudad esta ardiendo. Hay fuego por todas partes, ¿cómo lograremos salir del edificio?.

Levantó a Jonathán de la cama y envolviéndolo en una gruesa frazada, empezó a descender apresurada por las escaleras, pero con la peor de las suertes. Al llegar a la planta baja, una columna, que se había debilitado durante el incendio, les cayó encima, matándolos de forma instantánea.

El ataque de los nazis continuaba con artillería, bombas incendiarias y gases venenosos, convirtiendo al ghetto en un verdadero infierno de llamas, cadáveres quemados y gritos de personas heridas y mutiladas. La resistencia continuaba en un acto heroico, tratando de defender a los suyos, pero la batalla se estaba librando de manera muy desigual, y las posibilidades de defensa se iban tornando remotas.

La batalla del ghetto de Varsovia duró cuarenta días, al cabo de los cuales, una extensa área de la ciudad quedo en ruinas. Muy pocas personas sobrevivieron a la despiadada cacería de los nazis. Algunos combatientes, entre ellos Joseph Kupperman, lograron escapar.

Capítulo 26

Colombia, septiembre de 1939.

Recostada sobre el barandaje de cubierta, con ojos cansados, Sarah divisó la costa colombiana. Dada su condición de integrante de un pueblo perseguido por milenios, no pudo evitar una reminiscencia a la tierra prometida buscada con anhelo por sus antepasados como panacea para todos sus males.

Al poner pie, junto con su familia, en ese suelo hasta entonces desconocido, se abriría un nuevo capítulo en sus vidas. La certidumbre de haber roto en forma definitiva con su pasado en Polonia, la llevó, por otra parte a meditar con nostalgia y pena en todo lo dejado atrás. Méndel, su hijo querido, retoño truncado, cuyos restos guardaría por siempre la tierra polaca; su madre, quien con toda probabilidad pronto acompañaría en el camposanto a su nieto y a su amado esposo; la casa solariega, la tienda, negocio y sitio de tertulia, los campos en flor, los gloriosos amaneceres y los crepúsculos propicios para la ensoñación, los gratos

momentos en el entorno familiar, las penurias supera-
das...y el jinete apocalíptico de la guerra cabalgando en su
corcel color de sangre por el territorio de su patria.

Cuando en plena travesía en alta mar se enteró Sarah
del estallido de la guerra a raíz de la entrada de los alemanes en Polonia, no pudo volver a conciliar el sueño, apenas dormitaba a ratos. Imaginaba a su madre y demás familiares en manos de esos canallas y su corazón se encogía de aflicción.

- Mira, mamá, ya estamos llegando, gritó Etty emocionada.

- Sí, cariño, le respondió sin mucho entusiasmo, todavía abstraída en sus sombríos pensamientos.

- ¿Ves aquel barco, con una gran rueda de molino de
agua en la parte de atrás, la popa?, le preguntó Saúl señalando el lugar. Pues bien, según me explicó tío Max, es un
barco de vapor. Cuando el capitán lo está acercando a la
costa debe hacerlo con mucho cuidado, si no, puede va-
rarse al encallar en los bancos de arena del fondo. Cuando
esto sucede, él se ve en la necesidad de enviar por los
llamados "bogas", quienes en sus canoas transportan hasta la orilla una fuerte cadena y la amarran al árbol más
corpulento. Entonces el capitán ordena "¡¡Máquinas a todo
vapor!!", y el barco sale impulsado por la cadena.

La misma operación se efectúa cada vez que el barco
se vara. ¿No te parece interesante?

Asintiendo con la cabeza, le respondió complacida.

- Estas aprendiendo bastante en este viaje. Eso me
alegra.

- Y yo también, agregó Miriam celosa.

- Por supuesto, mi amor.

- Vengan niños, los llamó Raquel desde el otro extremo del corredor. Déjenla tranquila.

- Ya vamos.

Sarah sonrió al observar los esfuerzos de su hija mayor para alejar de ella toda posible perturbación. Dirigió la mirada hacia la inmensidad del mar, y volvió a sumergirse en su propio mundo. En ese ensimismamiento permanecía, casi sin interrupción, desde el momento de saber por boca del capitán la noticia del comienzo de la guerra. Se mantenía callada y alejada de todos. Toda aquella alegría inicial había muerto en ella. Una y mil veces se preguntaba la razón de haberse aferrado tanto su madre a la idea de quedarse en Polonia.

- ¡Oh, Dios mío!, sollozó, ¿cuál será su suerte?

Max, quien se hallaba cerca de su hermana, alcanzó a oír la frase y la reprendió por ello.

- No debes dejarte abrumar por la angustia. Aún no hemos recibido noticias precisas sobre la posición de los alemanes. Pueden encontrarse lejos del pueblo y de los nuestros.

Lo miró fijamente, frunciendo el ceño.

- ¿De verdad lo crees?.

- Por favor, ten fe.

- Voy a intentarlo, repuso no muy convencida.

Lentamente el barco se fue acercando a tierra colombiana. Se oyó la voz del capitán dándole órdenes precisas a la tripulación. Y tan pronto el navío atracó en el puerto, los pasajeros recogieron su equipaje y el descenso comenzó.

Max esperaba ver a Nathán en el muelle, pero sus esfuerzos para encontrarlo resultaron infructuosos. Después de media hora de afanosa e incesante búsqueda, regresó al lado de su familia. Ya se disponían a tomar un carro de alquiler, cuando un joven se les acercó.

- Disculpe, señor, le preguntó respetuoso, ¿acompaña

usted a la familia Ratovich?

- Así es, le respondió extrañado. Soy hermano de Sarah Ratovich

- Mucho gusto, señor, añadió el muchacho extendiéndole la mano. Mi nombre es Jacobo Lempert. Hace dos días recibí un llamado de la señora Rabinovich, quien fuera muy amiga de mi madre, pidiéndome el favor de recibirlos en el muelle cuando arribara el barco procedente de Francia. Así, pues, aquí me tienen, dispuesto a ayudarlos en cualquier necesidad.

- Gracias, le respondió Max estrechándole la mano. Es usted muy amable. Déjeme presentarle al resto de la familia. Sarah, ven acá.

Ella se acercó cautelosa, viéndolo en compañía de un extraño.

- Este joven se ha ofrecido con mucha gentileza a orientarnos y a ayudarnos, le dijo en polaco. Su nombre es Jacobo Lempert. Te lo presento.

- Mucho gusto.

- El gusto es mío, señora.

- Y estos son mis sobrinos, dijo Max señalándolos: Raquel, Saúl, Etty, Hannah y Miriam.

- Encantado de conocerlos, respondió fijando la mirada en Raquel, quién al sentirse observada enrojeció de repente.

Pero él, reaccionando enseguida, se dirigió a Max y Sarah.

- Voy a traer mi automóvil hasta este lugar para meter el equipaje.

- Buena idea. Aquí lo estaremos esperando.

- Ese muchacho es atento y respetuoso, le comentó Sarah a su hermano.

- Sí, me ha simpatizado mucho.

Raquel, escuchando las últimas palabras de su tío, volvió a enrojecer.

- Ahí viene, gritó Saúl emocionado. Ya podemos irnos.

Colocaron el equipaje en el amplio maletero del automóvil, y tan pronto se acomodaron, Jacobo prendió el motor y la máquina se puso en marcha.

Al principio nadie habló. Todos observaban curiosos los alrededores.

¡Hay una gran diferencia entre esta ciudad y Varsovia! pensaron: calles angostas, casas construidas muy cerca las unas de las otras, humedad intensa y calor sofocante, mitigados solamente por el viento proveniente del mar. Los transeúntes caminaban despreocupados por las aceras, ataviadas las mujeres con vestidos vaporosos de tonos claros. La mayoría calzaba sandalias.

- Señora Ratovich, le preguntó Jacobo. ¿Le gustaría visitar mi casa?. Quiero presentarles a mí padre. Aún es temprano y faltan varias horas para la salida del barco por el río Magdalena.

- Por supuesto, quisiéramos conocerlo y agradecerle personalmente por enviarlo a recibirnos.

- Ha sido un verdadero placer poder ayudarlos. Al decir esto, se volteó para mirar a Raquel, quien de inmediato desvió tímidamente la mirada.

- El placer ha sido todo nuestro, agregó Max palmeándole la espalda. En un futuro cercano, esperamos poder retribuirles tanta amabilidad.

- Podría venir a visitarnos, dijo Etty apurada.

Raquel la miró turbada. El, muy complacido, le respondió a la niña.:

- Gracias, señorita, tendré su invitación muy presente.

Jacobo empezó a tocar la bocina avisando su llegada, y dando una vuelta alrededor de la glorieta enfrente de su casa, detuvo el vehículo.

- Ya llegamos. Estoy deseoso de presentarles a mi padre.

Uno a uno fueron descendiendo del carro, y antes de seguirlo hacia el interior de la casa, observaron impresionados la belleza del lugar.

Era una hermosa hacienda, rodeada por una verde alfombra de grama sana, y espesa. La casa, de madera oscura, estaba rodeada de inmensas trinitarias, cuyos matices rosados y morados le daban un aspecto encantador y constituían la mejor bienvenida para los visitantes. Al entrar en la sala, vieron por todas partes objetos extraños traídos de diversos países del mundo.

- ¡Ah! ya vieron mis tesoros, exclamó regocijado el padre de Jacobo entrando al recinto. Son mis más valiosas adquisiciones, pues ellas conllevan recuerdos de momentos muy gratos.

- Mucho gusto, señor, se adelantó Max a presentarse.

- Mi nombre es Billy Lempert, y el gusto es mío. Cualquier persona estimada por la señora Ravinovich, es amiga nuestra. Pero sigan. No se queden ahí parados, siéntense por favor. Esta es su casa.

Todos se sintieron muy a gusto ante la cariñosa bienvenida brindada tanto por el padre como por el hijo. El señor Lempert, como buen anfitrión, hizo traer bebidas de todo tipo, desde vodka hasta aguardiente, y refrescos para los niños. Más tarde Jacobo se apareció con un surtido variado de deliciosas pastas caseras, toda una tentación para adultos y niños.

Max y Billy, conversando, descubrieron el tener muchas cosas en común, dado su origen polaco, y se dedicaron a intercambiar opiniones con respecto a los recientes acontecimientos en Polonia.

- Creo que nuestros compatriotas les harán frente a esos alemanes y muy pronto tendremos buenas noticias por las cuales celebrar, decía el dueño de la casa.

- No estoy muy convencido de ello.

- Pero Max, tú sabes cómo somos los polacos, defendemos a capa y espada nuestra patria.

- Sí, en eso estoy de acuerdo contigo, pero, en mi criterio, el país se encuentra en un callejón sin salida. Durante siglos, desde mil doscientos cuarenta cuando los tártaros lo atacaron, tratamos valerosamente de defender lo nuestro. En el siglo XIV, bajo el gobierno de Ladislao I, el país revivió y se hizo poderoso y rico, después de derrotar a su antigua enemiga, la Orden Teutona. Su hijo Casimiro agregó otros territorios. La nieta de Casimiro contrajo matrimonio con el gran duque de Lituania, y los gobiernos de ambos países se unieron. Durante esta época, Polonia llegó a su mayor grado de prosperidad. Pero tú sabes,

Billy, tanto como yo, que la posición de nuestro país en Europa es estratégica, y varias veces fuimos agredidos por países fronterizos, ávidos de repartirse nuestra tierra para aumentar sus posesiones.

Entre mil setecientos setenta y dos y mil setecientos noventa y cinco Rusia, Austria y Prusia nos invadieron repetidas veces y se apoderaron de nuestro territorio, hasta borrar el país del mapa. No reapareció hasta ciento veintitrés años después, gracias al rescate llevado a cabo por soldados valientes.

Ahora, la situación es muy peculiar y preocupante. Durante cinco años experimentamos el sofoco hitleriano y no le dimos la debida importancia. Estoy atemorizado. He oído historias sobre la personalidad del dictador Adolfo Hitler y son escalofriantes. Sobre todo por su intenso odio hacia nuestro pueblo.

Billy había empezado a emitir su opinión al respecto, cuando Max se le acercó y le susurró al oído.

- Sarah se está acercando. Preferiría no seguir hablando de la guerra en su presencia. Está muy impresionada y no le haría bien.

El asintió con la cabeza.

- Ven, hermana, siéntate a mi lado. Estábamos conversando sobre los interesantes viajes emprendidos por Billy. ¿Te gustaría escuchar sobre ellos?.

- Por supuesto. Me encantaría.

Entretanto, Jacobo había llevado a Raquel a un rincón de la sala donde conversaban animadamentee. Ella se sentía atraída por el cautivador magnetismo emanado del muchacho, y en ocasiones suspiraba emocionada.

Por primera vez en su vida se sentía de verdad mujer frente a alguien del sexo opuesto. En los años de colegio tuvo algunos escarceos amorosos, carentes de importancia en comparación con las ilusiones vislumbradas en aquellos momentos.

- ¡Eres muy bella!, decía él una y otra vez.

- Gracias, le respondía ruborosa.

- Tienes los ojos más seductores del mundo, agregó él mirándola intensamente.

- Si tú lo dices debe de ser verdad, le respondió suspirando complacida.

Así fueron transcurriendo las horas, en las cuales el señor Lempert les contó su vida.

Nueve años atrás decidió emigrar hacia Colombia en compañia de su esposa y de su hijo, con la idea de forjarse un mejor porvenir económico. Desde el principio, la suerte les sonrió. Pudieron reunir el dinero necesario para comprar la hacienda, y el negocio de compra y venta de telares fue creciendo con los años hasta convertirse en una empresa importante. Pero la salud de su querida esposa Ana empezó a desmejorar, y a pesar de los intensos cuidados médicos, nunca logró recuperarse. Día a día se fue apagando como una vela, hasta el límite de su resistencia, y murió dejándolos solos y profundamente acongojados.

Desde entonces, el vacío dejado por la ausencia de su cónyuge le había resultado a Billy imposible de llenar.

- ¡Oh, Billy, cuánto lo siento! lo consoló Sarah al verlo tan afligido con sus remembranzas.

- Por favor, discúlpenme, les pidió recuperando la compostura. No estoy siendo un buen anfitrión transmitiéndoles mi pena. Mejor cuéntenme sobre ustedes. Considero un verdadero milagro su salida de Polonia en estos momentos.

- Así es, le respondió ella. Pero no pudimos convencer a mi mamá ni a los padres de mi esposo de venir con nosotros. Estamos muy preocupados por ellos y por la suerte de todos nuestros familiares.

- Yo también tengo familia viviendo allá. Quizás nuestra preocupación por ellos sea un tanto exagerada. Con seguridad van a estar bien.

- La idea de la guerra me causa terror, exclamó Sarah.

- Todos nos asustamos al escuchar esa palabra. Pero ya verá cómo en algunos meses todo esto habrá terminado y podrán reunirse con sus parientes.

- Ojalá sea como usted dice. No puedo dejar de pensar en que algo malo pueda llegar a sucederles.

- No se mortifique. Para llegar a los pueblos, los alemanes deberán atravesar Varsovia, y van a encontrar mucha resistencia por parte del ejército polaco.

- Le agradezco sus palabras, son muy alentadoras.

- En realidad, ella está muy nerviosa, agregó Max. Ya se le pasará cuando se reúna con su esposo en Bogotá.

¡Oh no! exclamó mirando el reloj. Se nos ha hecho tarde. Ya deberíamos estar llegando al muelle del río.

- Billy, muchísimas gracias por su maravillosa hospitalidad, dijo Sarah extendiéndole la mano. Los esperamos en Bogotá. Quisiéramos poder retribuirles sus atenciones para con nosotros.

- Será pronto, no lo dudes, agregó Max complacido.

Enseguida se acercaron los niños. Uno a uno fueron despidiéndose del señor Lempert.

Por fin le llegó el turno a Raquel.

- Le estoy muy agradecida por el rato tan ameno pasado en su casa.

- De nada. Espero verlos pronto.

- Yo también lo espero, se atrevió a aventurarse ella.

Todos salieron de la casa en dirección hacia el automóvil de Jacobo, donde habían dejado el equipaje, y con presteza se montaron en él.

Enseguida el vehículo se alejó rumbo al malecón.

Capítulo 27

El viaje en barco por la costa caribeña a través del río Magdalena resultó ser una jornada en extremo laboriosa e interesante, al final de la cuál llegaron a Honda donde tomaron el tren con destino a Santafé de Bogotá.

El recorrido, al compás del incesante martilleo de la máquina, resultó ser largo y monótono. Para aliviar el tedio, Sarah, mirando por la ventanilla, admiraba la imponente sabana a la cual se estaban acercando. Era majestuosa. El verde pasto, en extensión ilimitada, servía de alimento a inmensos rebaños de vacunos. A ambas márgenes de la vía férrea corpulentos y frondosos árboles, espaciados con irregularidad, abanicaban con sus ramas bajas, movidas por el viento la larga y ruidosa oruga metálica en rauda marcha hacia el sudeste. En la lejanía se divisaban angostos caminos serpenteantes. algunos paralelos a ríos o riachuelos.

Ella aparentaba una tranquilidad no sentida. Tenía el corazón oprimido por una pesada carga de diversas y confusas emociones. Por un lado, la angustia de ver a los suyos amenazados por la guerra, y por el otro, la incertidumbre ante su próximo encuentro con Nathán.

¿Habrá cambiado mucho? se preguntaba nerviosa. Seis años de separación y el escaso contacto de unas cartas, abundantes al comienzo, pero esporádicas después...

¿Cómo me recibirá? ¿Se sentirá contento con mi llegada o la tomará como el término de su libertad? ¿Estará acostumbrado a vivir solo o con Samuel y ahora la presencia de su esposa y de una familia numerosa le representará una molesta perturbación? ¿Habré realizado este viaje sólo para encontrarme con un extraño? ¿Cómo será nuestro reencuentro? ¿Cuál será su reacción ante los cambios físicos que he experimentado en los últimos los años?

Dudas y más dudas abrumaban y torturaban su atribulado espíritu.

- Sarah, ya estamos llegando, le dijo Max entusiasmado. Tengamos listas todas nuestras pertenencias y pongámonos los suéteres. Bogotá está a dos mil seiscientos metros de altura, y afuera debe de estar haciendo mucho frío.

Ella asintió con la cabeza y se dispuso a poner en práctica las recomendaciones de su hermano. Una fuerte emoción la embargó de súbito. Pronto vería a Nathán, y ante la inminencia del acontecimiento renacían todos sus recelos y temores.

Se oyó un silbido estridente. El conductor accionó los frenos y el tren comenzó a detenerse. Sarah interrumpió sus pensamientos ante el revuelo formado por sus hijos queriendo salir, después de aquella larga y fastidiosa permanencia a bordo del ferrocarril.

- Por acá, le indicó Max, dejándole un espacio libre delante de él para que pudiera pasar.

Ella avanzó despacio, llevando su bolso de viaje, y

apenas asomó la cabeza por la puerta del tren, divisó a Samuel parado en el andén.

- Mamá, mamá, aquí estamos, gritó emocionado.

- Hijo, hijo querido, prorrumpió Sarah, acelerando el paso hacia dónde él se encontraba. ¡Hijito de mi alma! exclamó apretándolo con fuerza entre sollozos de alegría.

- ¡Tanto tiempo sin verte, mamá!.

- Sarah, mi dulce Sarah, al fin te veo.

Soltó a Samuel, y volteándose se encontró frente a frente con su esposo, quien tomándola entre sus brazos la atrajo hacia sí. Ella tuvo un momento de indecisión, producto del prolongado despego, el cual superó de inmediato abrazándolo con frenesí y exclamando:

- ¡Oh mi adorado Nathán! Ha sido tan larga la espera, tan dolorosamente larga.

Por varios segundos, los dos lloraron de emoción. A pesar del tiempo transcurrido su amor permanecía incólume. Ante la presencia de su marido, las dudas de Sarah se disolvieron como hielo expuesto al sol. Nathán era el mismo. Podrían pasar siglos y el vínculo conyugal y el mutuo afecto permanecerían intactos.

- Mamá, no acapares tanto a mi papá, refunfuñó Saúl. Nosotros también queremos saludarlo.

- Ten paciencia, lo reprendió Raquel. Nuestros padres tenían muchos años sin verse.

- Igual tiempo hemos pasado nosotros sin él, replicó el muchacho de inmediato.

- Tiene razón, aceptó Sarah soltándose del abrazo de su marido y dirigiendo la mirada hacia sus hijos.

- ¡Pero como han crecido en estos años! exclamó Nathán, y aproximándose a ellos empezó a abrazarlos con efusión.

- Hola, cuñado, lo saludó Max.

- Gracias, mil gracias, por traerme con bien a mi familia. Has sido un inmejorable ángel guardián.

De repente, observó un pequeño brazo rodeando la pierna de Max.

- ¿Quién es esta adorable criatura? preguntó extrañado.

- Es tu hija Míriam, respondió Sarah con orgullo.

- ¿Míriam? repitió emocionado, mirándola a través de súbitas lágrimas La apretó contra su cuerpo hasta casi causarle daño, lo cual hizo aparecer temor en el rostro de la niña.

- Mi amor, soy tu papá, la tranquilizó. Aún no me conoces pero vamos a ser buenos amigos.

- Sí, señor, le respondió ella con candor.

- Sí, papá, es la manera de responderle, agregó Etty contrariada.

- ¡Tío Max! gritó Samuel al verlo.

- ¡Mi muchacho! contestó él abriéndole sus brazos, a los cuales corrió el joven de inmediato.

- ¡Tío, cómo te he extrañado!

- Igual yo a ti.

- Salgamos de aquí, pidió Saúl enfurruñado. Hay demasiada gente y ya empiezo a sentirme incómodo.

Recogieron las maletas y dirigiéndose hacia el exterior consiguieron un taxi.

- ¿Cabremos todos en un auto? preguntó Raquel incrédula.

- No, por supuesto, le respondió Max. Voy a tomar otro carro, y me llevaré conmigo a algunos de ustedes.

- Me voy contigo, se ofreció Samuel. Alquilamos una casa y tú no sabes la nueva dirección.

Max levantó la ceja derecha inquisitivamente, y Nathán, ante el gesto, aclaró:

- No podíamos acomodar a toda la familia en dos cuartos...

- ¿Pero, y yo? preguntó Max confuso.

Tú te vienes con nosotros. Ya entregamos las dos habitaciones y mudamos tus pertenencias.

- Pues pongámonos en camino.

Tan pronto llegaron, descargaron el equipaje y Nathán, enlazando a su esposa por la cintura la llevó a recorrer la vivienda.

- Sarah, en cuanto al tamaño de la casa, espero tu comprensión. No pude alquilar una vivienda más grande porque no dispongo de mucho dinero debido a la deuda contraída con la señora Rabinovich. Estoy trabajando duro para devolverle su dinero lo más pronto posible.

- ¡Pero si es maravillosa! aseguró ella encantada. No será espaciosa, pero es bonita. Ya nos arreglaremos. Lo importante en realidad es el hecho de estar todos reunidos de nuevo.

- Así se habla, mi mujercita, exclamó él abrazándola enternecido.

Después, la miró fijamente a los ojos y vió el amor y la comprensión en ellos reflejados.

- Te quiero, Nathán, le dijo emocionada. Siempre te he querido.

- Lo sé, mi amor, le respondió él acercándose a besarla en los labios.

- Ujum, tosió Max retrocediendo. Siento la interrupción.

- No te preocupes. Tan sólo le estaba enseñando la casa a mi esposa,agregó.

Ella se sonrojó ante la aparición inesperada de su hermano. Se estaba comportando como una adolescente. Quien la había estado besando era su marido.

- Ven, Max, para mostrarte mi nueva adquisición.

Tan pronto se alejaron, Sarah tuvo la oportunidad de observar en detalle la nueva vivienda y se trazó el propósito de volverla más acogedora y darle un toque de hogar.

- Nathán ¿cómo pretendes alojarme con ustedes, si tan sólo cuentas con tres habitaciones?

- Ya lo tengo todo pensado. En este dormitorio, dijo señalando el más grande, dormirán las niñas, en éste tú y los varones, y en la tercera nos alojaremos Sarah y yo.

Para tí, lo comprendo, será un poco sacrificado dormir con mis dos hijos, pero nos ahorraremos el alquiler que pagábamos por tu cuarto, y al mal tiempo buena cara.

- Pero...

- No hay pero que valga, cuñado, aquí te quedas, y para de contar.

- Max se rió ante los dichos de Nathán en español, y dándole una palmada en la espalda, mostró su acuerdo. Viviría con ellos. Ya vendrían mejores tiempos y podrían alquilar una casa con mayor número de habitaciones .

Los muchachos corrían por doquier revisando la vivienda palmo a palmo, preguntándole a Samuel el lugar asignado a cada uno y compartiendo al máximo con él, tratando de recuperar el tiempo perdido.

Nathán, cuya expresión, a los ojos de Sarah había ido cambiando en forma perceptible, de la alegre mostrada en el momento del recibimiento y luego en la casa, a una de extraña tristeza, con gesto adusto les pidió a Max y Sarah reunirse con él en la cocina. Ella se inquietó, al observar aún mayor pesadumbre en el rostro de su marido. Una vez allí, todos sentados, empezó a hablar con voz grave:

- Lamento comunicarles esta noticia en el día de su llegada, cuando todos deberíamos sentirnos felices, pero la vida es paradójica, a menudo nos ofrece una intensa dicha acompañada por un profundo pesar que nos desgarra el alma.

- Por favor, Nathán, nos tienes en ascuas, dijo Sarah con un mal presentimiento.

- Silvia ha muerto.

- ¡Pero qué dices!, gritó Max alterado al oír esas palabras.

- Murió cinco días después de marcharse ustedes..

Sarah lo miró desconcertada, sin pronunciar palabra.

- ¿Pero, cómo no nos enteramos? preguntó Max incrédulo

- Berta envió un telegrama informándome lo sucedido. Tuvo un paro cardíaco mientras dormía. Traté de hacerles llegar la noticia al barco, pero no pude lograrlo, en vista de lo cual Samuel y yo decidimos cumplir con los rezos requeridos por nuestra religión.

- ¡¡Mamá!!, se oyó de pronto un grito desgarrador salido de la garganta de la anonadada Sarah. ¡¡Mamá, mamá!! gritaba trastornada.

- Por favor, no te pongas así, le pidió Nathán preocupado, ya nada podemos hacer por ella. Debemos agradecerle a Dios el haberle dispensado una muerte sin mayores sufrimientos.

- ¡Oh mamá! ¿cómo pude dejarte allá? se recriminó Sarah llorando, ¿Porqué no pude convencerte de venir con nosotros?. No puede estar muerta, no puede ser, se repetía una y otra vez desesperada.

Una lágrima resbaló por la atractiva cara de su hermano, quien adolorido empezó a rezar. Itgadál veitkadásh...

¡Dios mío!, pidió Nathán en silencio, ayúdalos en su dolor. Es tan triste perder a una madre y más aún en esas condiciones. Dales el valor necesario para enfrentar su terrible pérdida.

- Quiero ir a la sinagoga, pidió Max de repente. Por favor Nathán, llévame para allá.

- Sí, ahora mismo. Ven, Sarah, rezaremos todos juntos por el alma de Silvia. ¡Dios le proporcione el eterno descanso!

Capítulo 28

Sarah se acomodó como pudo en la cama tratando de no despertar a Nathán, sumido en un plácido sueño después de un largo día de trabajo.

Lo observó con amorosa minuciosidad, acostumbrando sus ojos a la semipenumbra del recinto, y esbozando una sonrisa pensó cuán atractivo se veía su esposo a pesar del tiempo transcurrido desde el primer encuentro de ellos dos allá en la lejana Polonia. Estando ya a su lado, la cruel separación y los angustiosos años de espera dejaron de importar. Una dichosa y para ella dorada rutina se establecía en sus vidas.

Cerró los ojos por un momento y placenteros y nostálgicos recuerdos acudieron a su mente. La casa de sus padres, erguida y primorosa contra el horizonte cuando ellos se fueron alejando rumbo hacia Varsovia, y ahora, dudaba de su existencia.

De pronto, la realidad la golpeó de forma dolorosa, cuando irrumpieron en su conciencia las habladurías escuchadas días antes en boca de algunos paisanos habitantes en Bogotá. Se referían a la guerra en Polonia y a las atrocidades que los alemanes estaban cometiendo. Contaban cómo, a sus familiares y conocidos, los despojaron de sus casas, negocios y cuentas bancarias y los obligaron a construir en Varsovia un área restringida rodeada de un muro alto de ladrillo y alambre de púas, para albergar a todos aquéllos a quienes los alemanes consideraban indeseables, impidiéndoles salir del ghetto bajo amenaza de muerte.

En el traslado les habían permitido llevar consigo algunas de sus pertenencias más indispensables, pero ante el creciente tormento del hambre se veían precisados a intercambiar sus escasos bienes materiales por alimentos.

Las enfermedades los diezmaban, y ante las adversas condiciones, intencionalmente empeoradas cada día por los invasores, la sobrevivencia se hacía casi imposible.

Es increíble, sollozó Sarah, la pasiva indiferencia del mundo ante la tragedia de Polonia. ¿Acaso no se trata de seres humanos a quienes día a día les roban la dignidad y el derecho a vivir?. ¿Como se las estarán arreglando Abel, Esther, Moisés, Berta, Perla.... ¿Estarán pasando hambre o alguien tendrá misericordia de ellos?

Aún recuerdo cuando le prometí a Berta traer a su hija con nosotros en caso de una guerra. Sólo Dios sabe cuánto lo hemos intentado, pero el consulado se niega a ha escuchar nuestras razones.y además no contamos con los recursos necesarios para el viaje. Nunca podré perdonarme el no traérnosla cuando aún existía la posibilidad. ¿Pero cómo prever entonces lo acontecido? ¿Cómo imaginar siquiera la posibilidad del avasallamiento, por los monstruosos nazis, a nuestro pueblo, y el tratar a los polacos peor que a los animales?

Dios mío, haz que esta pesadilla finalice y se restaure

la dignidad característica de nuestro país. No permitas la destrucción de su esperanza o el daño a los niños, pues ellos llevarán en su corazón el dolor de lo acontecido y en sus manos está el futuro del mundo. Permite, Todopoderoso, que ésta sea una guerra pasajera. Sollozó atormentada, y al cabo de un rato, rompió en un llanto incontenible.

- ¡Sarah, Sarah! dijo Nathán despertándose sobresaltado.

Prendió la luz, y preguntándole la causa de su aflicción, trató de consolarla estrechandola entre sus brazos.

- Nathán, le respondió entrecortadamente, tú has oído las noticias de la guerra. ¿Cómo puedo vivir tranquila pensando en los ultrajes infligidos por los alemanes a nuestros compatriotas?

El agachó la cabeza consternado. Deseaba brindarle algún consuelo en su dolor, pero ella tenía razón. No podían vivir tranquilos conociendo el drama de Polonia. El mismo anestesiaba su pena trabajando más cada día, tratando de olvidar. Pero atormentadores pensamientos atravesaban su mente, y con frecuencia, lloraba en silencio.

- Perdóname, le pidió Sarah secándose las lágrimas con un pañuelo. No debí despertarte y menos aún transmitirte mis temores, pero estoy deprimida y me siento impotente al no poder ayudarlos.

- Yo comparto tus sentimientos. Si pudiera hacer algo por todas esas personas víctimas de los nazis, saldría a pelear con todo mi ser, pero no serviría de nada. El problema es más complejo. Los alemanes decidieron apoderarse de Polonia y de toda Europa. La guerra se ha convertido para ellos en un negocio muy rentable, particularmente en cuanto a los judíos se refiere, pues Alemania se está enriqueciendo con todos los bienes y propiedades confiscadas por la fuerza en forma irregular. Sacarán de su camino a cualquier país o individuo que se atreva a interponerse en sus planes.

Ella asintió en silencio. Era lamentable, pero él tenia razón. Un puñado de gente no podía enfrentarse a un enemigo tan poderoso como el nazismo. Debía ser el mundo entero, pero el mundo callaba imperturbable, en tanto sus hijos eran aniquilados.

- Sabes, Nathán, mamá fue afortunada al morir mientras dormía. ¿Te imaginas los sufrimientos a los cuales habría de enfrentarse en estos momentos?

- Tienes razón, le respondió pensativo, concentrando su mente en la imagen de sus padres e invocando protección divina para ellos. Vamos a dormir. Se hace tarde.

- Lamento haberte perturbado. Trabajas muy duro todo el día y necesitas descanso.

- Buenas noches, le dijo acercándose a ella y dándole un beso cariñoso. No te preocupes tanto. Los países poderosos al fin reaccionarán y pondrán término a los desmanes de los nazis desbaratando sus planes de dominación.

Con el transcurso de los meses, Nathán vio defraudada su fe en la bondad intrínseca del género humano. Los alemanes llevaron engañadas a miles de personas a supuestos campos de trabajo donde, según ellos, tendrían alimentos y alojamiento, pero una vez allí eran conducidos a supuestas duchas, donde los aniquilaban con gas.

- ¿Has oído las noticias? le preguntó Sarah horrorizada. Están matando a todos sin importarles si son niños, jóvenes o viejos. Están destruyendo a nuestra familia, a nuestros amigos y a quien no muere lo hacen sufrir tanto hasta hacerle desear la muerte como una liberación.

- Oh, Nathán, dime: ¿Podemos hacer algo?

- ¡Ojalá pudiera contestarte esa pregunta! le respondió apenado. En estos momentos el único con poder para hacer algo por esos desventurados es Dios. Recemos mucho y pidámosle piedad para ellos. Quizás así lograremos una respuesta ya que el mundo nos ha fallado.

Capítulo 29

A Nathán lo asistía la razón cuando se desesperaba por la indiferencia del mundo ante las desgracias sufridas a manos de los nazis por los polacos, en particular los judíos, víctimas propiciatorias de la vesania racista desatada, como retaliación de supuestos agravios ancestrales a Alemania, por el maníaco Adolfo Hitler y sus sádicos verdugos.

Sin embargo, aun cuando él no se hubiera dado cabal cuenta, por las limitaciones idiomáticas y sociales de un inmigrante, Colombia, el país en el cual habían buscado cobijo era en esos momentos una verdadera tierra de promisión en cuanto a libertades individuales y rechazo a discriminaciones de cualquier tipo por motivos religiosos o de origen étnico, y sus ciudadanos en general compartían el horror que a Nathán y a su familia les infundían los crímenes y atropellos de los esbirros de Hitler, aunque, a decir verdad, eran relativamente escasas las noticias sobre tales sucesos recibidas de fuentes fidedignas del exterior.

Parecidos sentimientos abrigaban los altos mandatarios del gobierno del país. Cuando Sarah y el resto de la familia se trasladaron a Bogotá, llevaba ya un año en el ejercicio del poder máximo de la nación el presidente Eduardo Santos, un periodista, perteneciente al partido liberal, propietario del diario "El Tiempo", de Bogotá, uno de los mejores periódicos del hemisferio. El Dr. Santos, en entrevista concedida a un periodista norteamericano visitante, cuando le fue solicitada su opinión sobre el déspota alemán aspirante a dominar el mundo, autocalificado como el Führer, según palabras del entrevistador señaló la imponente vista de los Andes contemplada a través de los amplios ventanales del despacho presidencial, y expresó:

"Hitler ve desde su despacho un paisaje parecido a éste. Es la única cosa en la que nos parecemos".

La rutina del diario vivir se enseñoreó en el hogar de los Ratovich; los adultos cumplían día a día con sus obligaciones y se mantenían pendientes de las noticias de Europa. De muchas de ellas se enteraban por los pizarrones colocados en la acera, frente a las oficinas del diario "El Tiempo", en los cuales empleados del periódico escribían con tiza los titulares de primera página de la próxima edición del diario, junto con resúmenes muy concisos de las importantes noticias, nacionales o internacionales, correspondientes a esos titulares.

Siempre había algún paisano bondadoso, con suficiente dominio del español, que les comunicara a Nathán o a Max cualquier información allí aparecida referente a la marcha de la guerra en Polonia y el desarrollo de los planes de conquista de los nazis.

Los niños empezaron a acostumbrarse a su casa, al idioma nuevo y a sus compañeros. Su vida anterior fue un episodio desdibujado en sus mentes infantiles. Recordaban, por supuesto, con añoranza, a la abuela, pero el dolor se fue suavizando y, en los menores, el recuerdo se convirtió en algo impreciso. Sin embargo, Samuel y Raquel la recordaban vívidamente. Ella, con su trato cariñoso y sus bondadosos y sabios consejos, había dejado marcada su huella para siempre en la vida de Raquel, quien trataba continuamente de imitarla.

- Cuéntame, mamá, le preguntaba curiosa. ¿Cómo pensaba la abuelita con respecto a la moda. Le habría gustado verme vestida de esta manera, con mi falda de paño azul y este suéter gris de cuadros?

Sarah sonreía ante las preguntas de su hija mayor. ¡Vanidosa la muchachita!, pero tenía a quién parecerse, y cada día se ponía más hermosa. Su cuerpo bien torneado atraía la mirada de los jovenzuelos, y, al andar por las calles, recibía con frecuencia más de un piropo, lo cual acrecentaba su vanidad. Tenía grandes y bellos ojos oscuros, de mirar curioso y atrevido, y su piel marfileña era la envidia de todas sus amigas.

- Mamá, ¿no me vería yo mejor si fuera un poco más alta?

- ¡Tamaña ocurrencia, hija!, cada persona es como es. Quizás el ser bajita tenga sus ventajas. Lo importante es que seas tú misma y proyectes una imagen positiva.

- Pero tú eres alta y esbelta, ¿no puedo ser yo igual a ti?

- El parecerse a una u otra persona en la familia es algo fortuito, determinado por factores genéticos, pero, mírate en el espejo y dame tu impresión.

Raquel se observó con detenimiento, ante la insistencia de su madre, y la imagen reflejada no le desagradó en absoluto.

- Tienes razón, no soy fea, pero, ¿me crees capacitada para atraer a algún muchacho guapo?

- Por supuesto, no faltaba más. Además de bella eres muy trabajadora. Tu padre está orgulloso de ti. Según él, le sería difícil encontrar una persona tan capaz como tú para ayudarlo en la fábrica de suéteres. Tu contribución ha sido de gran valor para el aumento de la producción, lo cual nos ha permitido alcanzar cierta estabilidad económica. Ya logramos pagarle la deuda a la señora Rabinovich, gracias a tu ayuda y a la de tu hermano. En adelante, con la ayuda de Dios, tendremos una vida mejor.

- En especial con el nuevo socio de papá, el señor Morís Liberman. Es un gran comerciante y con seguridad haremos mucho dinero.

- Ojalá así sea, hija. Buena falta nos hace.

- ¿Y tío Max?, tengo días sin verlo.

- Desde la compra de la fábrica de medias vive muy ocupado tratando de mejorarla. Además, aprovecha cada rato libre para correr al lado de Ruth. Para mí, pronto habrá boda, añadió complacida.

- Me encantaría, le respondió Raquel entusiasmada. Le tengo a ella mucho cariño. Hasta el mal humor de Saúl desaparece cuando la ve llegar, ¡Imagínate a los demás! No se pierden un momento de su compañía. Con razón tío Max no la trae tan a menudo. No los dejan estar en paz.

- No te conocía esa capacidad de observación.

- Ya lo ves. Estoy madurando en todo sentido. Me estoy convirtiendo en una mujer.

Sarah reaccionó de inmediato ante esas palabras. Ciertamente ya no era una niña, tenía diecinueve años. ¡Caramba! reflexionó de repente. ¡Raquel ya tiene edad para casarse!. El tiempo ha transcurrido sin darme cuenta. Aquellas miradas dirigidas a ella por los muchachos me parecían tan sólo un juego... Mejor hablo con Nathán y le comunico mis inquietudes. Llegó la hora de tomar cartas en el asunto, sobre todo estando lejos de nuestro país, donde va a ser muy difícil conseguirle un novio de acuerdo con nuestras costumbres.

- Mamá, mamá ¿dónde estás? preguntó Hannah ansiosa desde la entrada de la casa.

- Estoy en el cuarto de Raquel.

Aceleró el paso hacia donde su madre le indicaba.

Ella la miro atónita.

- ¿Cómo te has puesto así, hija mía? Estás toda sucia.

- Ay, mamá, cuando vamos a jugar a los potreros nos llenamos de polvo, pero esta vez tuve un pelea con Míriam, y ella terminó llorando.

- Oh no, no otra vez, replicó molesta.

- ¿Dónde está ella? preguntó Raquel enfadada.

- Afuera, sentada en la escalinata de la entrada. Pero es culpa suya, ella empezó el pleito.

- Voy a verla, respondió Sarah preocupada. Entretanto ve a darte un baño y quédate en tu habitación.

Míriam estaba aún más sucia. Al interrogarla Sarah con dulzura sobre el incidente, repuso de inmediato:

- Hannah me empujó. Siempre lo hace por ser, según ella, mayor que yo. ¿No pude yo haber nacido primero?.

- Eso lo decidió Dios, dijo Sarah entre disgustada y risueña. Anda, mi amor, ve a cambiarte y después hablaremos.

Sarah regresó algo contrariada al lado de Raquel. Esta, tratando de consolarla, le dijo:

- No pongas esa cara de angustia. Todos los hermanos se pelean. No somos los únicos.

- Así es, hija. Aquí entre nosotras, no me molestan tanto estas peleítas de los niños como la cantidad de polvo y de hollín de estos barrios. Todo el día estoy limpiando. Ojalá no hubiera tantas zonas baldías, quizás eso ayudaría a tener todo limpio.

- Mamá, no te quejes. A mí me parece Bogotá encantadora. Su clima es frío, a veces demasiado, los días nublados son muchos, pero cuando el sol aparece el corazón se nos eleva ante tanta belleza.

No debemos hacer caso de algunos criticones del ambiente bogotano. Ellos llaman a Bogotá la ciudad de la eterna primavera ¡porque el verano nunca llega! Parece no impresionarlos su cinturón de majestuosas montañas, parte de la cordillera andina, entre las cuales sobresalen Monserrate y Guadalupe, como guardianas celosas de quienes se atreven a residir en sus faldas. Para mí estos grandiosos fenómenos de la naturaleza constituyen el mayor atractivo. existente en el mundo. No me canso de admirarlas y quisiera escalarlas, ¡sería toda una aventura!

Siguieron conversando sobre el mismo tema, y Sarah dijo con un dejo burlón, tal vez con ánimo de enfriar un poco el entusiasmo juvenil de su hija:

- Pero en esta ciudad llueve durante varios meses del año...

- Lo reconozco. Ese es un problema, pues nos acarrea numerosos inconvenientes, pero por otra parte constituye una bendición, porque mantiene a toda la naturaleza viva. En Europa las cuatro estaciones también nos planteaban dificultades y exigencias especiales. Aquí, como en realidad no existen, no tenemos esas preocupaciones.

- Tienes razón, debería sentirme feliz en este país tan hospitalario, pero aún extraño aquellos otros tiempos y de cuando en cuando me entristezco.

- Perdóname, mamá, pero te estás olvidando de lo principal. En este lugar hemos recuperado nuestra libertad, un bien tan preciado como lo es el respirar o cualquier otra función básica de nuestro cuerpo. Podemos salir a la calle sin el temor de ser dañados o atropellados. Al contrario, la gente nos aprecia e incluso nos miran como a seres superiores, dados nuestros conocimientos de tierras extrañas para ellos.

Yo como persona me siento muy bien entre esta gente maravillosa y adoro sus trajes típicos:

la manta y el dril, el paño, las alpargatas de fique y esos originales pañolones de flecos negros que utilizan las mujeres para cobijarse. Con ellos lucen interesantísimas. Varias veces me he sentido tentada de pedir uno prestado para ponérmelo y mirarme en el espejo.

- Me alegran y me alivian tus palabras. Me complace comprobar cómo te has adaptado a este medio. Lo mismo podría decir de tus hermanos. En esto, sin duda, ha tenido un papel trascendental la aceptación demostrada a ustedes por los bogotanos. Ellos, con sus bondades, nos han conquistado y nos han hecho querer a Colombia.

La libertad y seguridad encontradas aquí deben servirnos de aliciente para seguir adelante.

El progreso a través del trabajo es una consecuencia de la felicidad hallada por nosotros en este país.

No más temor ante el futuro. Estamos vivos, reunidos de nuevo, y eso es lo fundamental.

- Sarah, Raquel, Samuel, hijos, vengan todos, gritó Nathán llegando entusiasmado a la casa. Hay un desfile estudiantil en la carrera séptima.

- ¿Pasa algo malo, Nathán? preguntó Sarah alarmada, saliendo del cuarto de Raquel.

- Tranquila, todo lo contrario. Reúne a los muchachos. Hay magníficas carrozas desfilando por las calles, con muchachas hermosas bailando y una reina ataviada con vestidura adornada de oro y plata. Por todas partes se ven máscaras, serpentinas, confetis y luces...Unámonos a la fiesta de esa gente, en la cual todos se divierten por igual, sin diferencias de ninguna clase. La alegría es general. No importa si eres joven o viejo, colombiano o extranjero. Lo importante es tu deseo de compartir la celebración con los demás, dentro de un ambiente de respeto.

Con rapidez se vistieron, se reunieron y salieron emocionados a participar en el bullicio de las calles. Sus corazones latían de gozo. Se sentían felices. Tan felices como nunca lo habían sido.

Capítulo 30

Max y Ruth habían contraído nupcias meses atrás en el centro Israelita de Bogotá, en ceremonia seguida de un agradable banquete. El ambiente en el nuevo hogar era de paz y felicidad. Residían en una casa comprada por el flamante esposo gracias al cuantioso incremento en sus ingresos como resultado de las exitosas operaciones de la fábrica de medias adquirida por él con esfuerzo y sacrificios.

Max amaba profundamente a su esposa. Ella era hermosa y de buen carácter, toda una mujer, y tenía excelentes relaciones de amistad con los familiares de su marido, a quienes sentía como propios.

- ¿Tío Max, dónde estás? gritó Samuel, al llegar jadeando a la cerca que bordeaba la casa de sus tíos.

- Aquí estamos, muchacho, respondió él abriendo la puerta con brusquedad para permitir el paso de su sobrino.

Cuando entró de prisa, Max, asombrado, le preguntó el motivo de tanta premura.

- Noticias, buenas noticias. ¿Adivinas quién ha llegado

a nuestra casa?.

- A ver... no sé. Dime tú.

- No lo vas a creer, tío.

- Debe de ser una persona muy importante, a juzgar por tu desusado comportamiento.

- ¡Es Perla!.

- ¿Quién dijiste?

- Sí, tío, ha llegado nuestra prima Perla. Está viva y nos ha encontrado. Es un milagro.

- ¡No es posible!

- Es ella, te lo puedo asegurar.

- ¡Bendito seas, Dios mío!, sólo tú pudiste ayudarla a llegar con vida después de darla nosotros por muerta, exclamó Max conmovido.

Estoy ansioso por verla para oír de sus propios labios los pormenores de su odisea en los últimos años. Quizás sus padres y algunos familiares nuestros hayan logrado sobrevivir a la guerra. No perdamos tiempo.

- Vámonos ya, agregó Ruth, enternecida ante la idea de conocer a la hija de la prima de su esposo, tan nombrada en el seno de la familia.

La distancia entre las dos casas no era larga, por lo cual pronto llegaron a su destino. Samuel se adelantó para anunciarle a Perla la inminente visita de sus tíos.

- ¡No puedo creerlo, en realidad eres tú! gritó Max emocionado tan pronto la vió, y en espontáneo gesto de cariño abrió los brazos, a los cuáles ella corrió de inmediato.

- ¡Tío, qué alegría verte!.

- Sí, mi amor. Me siento feliz de poder abrazarte y tenerte entre nosotros.

- Estoy viva de milagro, pero no puedo decirte lo mismo de papá, de mamá, de Abel, de Esther o de cualquier persona allegada a nosotros, repuso ella agachando la cabeza afligida, a punto de llorar.

- Cuéntanos en detalle sobre lo sucedido, le pidió él ansioso, conduciéndola del brazo hacia el sofá de la sala, donde se reunieron a escucharla.

Perla hizo una pausa tratando de controlar sus sentimientos, pero observando los rostros expectantes y adoloridos de sus familiares, se llenó de valor y comenzó a narrar su triste historia.

- Como ustedes con seguridad saben, en Varsovia los alemanes nos obligaron a construir y a residir en ghettos. Eran verdaderos fuertes, o mejor dicho presidios, de los cuales no nos permitían salir bajo ningún pretexto, salvo si disponíamos de un permiso especial por escrito.

Al comienzo no nos pareció tan mal. No obstante, pensamos, habernos despojado de nuestras casas, negocios y demás pertenencias, estábamos con vida y todo era cuestión de volver a trabajar para recuperar lo perdido.

Luego empezó a escasear todo: el agua, los alimentos, la ropa e incluso el espacio para movernos. Los alemanes traían gente de continuo hasta producir un espantoso hacinamiento, y nuestra situación se tornó desesperada. Peor aún, cuando empezamos a observar las barbaridades cometidas por los nazis con cualquier persona, hombre mujer o niño reacia al cumplimiento de sus órdenes. ¡Oh, tío Max, fue horroroso!, exclamó acongojada.

- Por favor, no sufras más, le pidió Sarah abrazándola, tratando de tranquilizarla. Si lo deseas, nos lo puedes contar en otra ocasión. Acabas de llegar y han sido demasiadas las emociones...

- No tía, repuso Perla secándose las lágrimas. Quiero continuar con mi relato.

Las enfermedades y las peleas se sucedían a diario y

no ayudaban a mejorar la situación. Entonces llegó el desdeñable momento, como comprobaríamos después. Los alemanes, no pudiendo acomodar más gente, ofrecieron trasladar a millares de personas en trenes hasta un sitio donde les darían comida y alojamiento a cambio de trabajo.

Muchas personas creyeron ver en aquella tentadora oferta una buena oportunidad para poder salir del ghetto, pero mis padres conservaban la esperanza de que yo pudiera venir a reunirme con ustedes, por lo cual desistieron del primer viaje. Ya tendrían oportunidad de ir, pensaban ellos, cuando yo estuviera de verdad a salvo.

Mi madre guardaba celosamente algunos ahorros, escondidos a tiempo para evitar ser despojada de ellos, y esperaba ansiosa para negociar mi salida de Polonia a cambio de la entrega del dinero.

La oportunidad se presentó cuando el médico alemán encargado de hacer la ronda semanal, vino a auscultar a un enfermo grave alojado junto con nosotros.

- Ayúdenos, le pidió mamá suplicante. Queremos salvar a nuestra única hija de una vida de trabajos forzados. Usted es una persona con influencias. Podrá ayudarla a salir de aquí y ponerla en un barco rumbo a Suramérica. Allá tenemos familiares, quienes se harán cargo de ella. Solamente usted puede ayudarnos. Contamos con suficiente dinero para costear el viaje, le podemos pagar muy bien por sus servicios y le estaríamos eternamente agradecidos.

Los resultados de dicha conversación no se hicieron esperar. Dos semanas más tarde el doctor Gerstenblutt se presentó ante nosotros con un pase a mi nombre. Con él podía salir del ghetto. ¿De dónde lo sacó? Nunca lo supimos ni consideramos prudente preguntarle, pero a partir de aquel momento todo cambió en mi vida.

Tras la dolorosa despedida de mis padres recé con fervor pidiéndole a Dios la gracia de volver a verlos con vida. Al resto de mis familiares y amigos no pude darles el último adios, pues el doctor me lo impidió con un argumento en apariencia razonable. Si alguno de ellos hacía sin mala intención algún comentario, tanto él como yo podríamos correr peligro.

Ya saliendo del ghetto, envié en silencio un saludo para los míos y deseé intensamente la intercesión divina para acabar con aquella pesadilla, haciéndoles comprender a los nazis la enormidad de su crimen: sin razón ni justificación alguna.

Oré todo el camino, no tanto por mi suerte sino por la de millones de personas que quedaban atrás atormentadas ante tantas amenazas, y pidiendo para ellos tranquilidad de espíritu.

El médico caminaba apresurado y me instaba a seguirlo de cerca. En ocasiones se encontraba con algún miembro de la Gestapo, y sobreponiéndose a sus temores, quizás tan grandes como los míos, saludaba con fingida tranquilidad y continuaba el camino como si nada estuviera sucediendo.

De las anchas calles principales de Varsovia pasamos a otras más angostas y llegamos a una callejuela delimitada por dos hileras de casitas, apostadas en líneas paralelas, donde por primera vez lo vi titubear, indeciso en cuanto a la dirección a tomar. Consultó una libreta, sacada del bolsillo superior de su chaqueta, a la cual dió un vistazo rápido. Emitió un suspiro, y enseguida continuamos el camino a paso rápido, mirando de vez en cuando hacia atrás para ver si alguien nos seguía, y comprobando, con alivio, la soledad de las calles.

Por fin llegamos a nuestro destino. Se trataba de una casa de dos plantas, de un tono gris azulado, algo gastada por el tiempo. La escalera era empinada y el médico empezó a ascender por ella cansado y sudoroso, no tanto por el esfuerzo en sí, como, quizás, por la tensión nerviosa. Tocó a la puerta dos veces, mirando al mismo tiempo con recelo hacia la calle, y casi enseguida una mujer nos abrió.

- Sigan, sigan, nos dijo con premura, como temiendo abrir demasiado.

Una vez adentro le preguntó si todo había ido bien, si no nos habían seguido, y él, corto de palabras en aquel momento, le contestó con movimientos de cabeza, a los cuales le respondió la señora Gluck con un suspiro de satisfacción.

- Ahora debo irme. De lo contrario podrían sospechar ante mi ausencia. Le dejo a Perla. Le recomiendo especial cuidado e interés en este caso en particular. Sus padres me han pagado una suma cuantiosa y seguramente estarán dispuestos a darme mucho más para asegurarse de que su hija salga con vida de este lugar. Es la misma operación llevada a cabo en otras ocasiones. Total, uno más, uno menos, ¿cuál es la diferencia?.

- No se preocupe, pondremos el máximo empeño para realizar todo de acuerdo con lo planeado.

- Muchas gracias, le respondió el doctor Gerstenblutt y deseándome suerte en el viaje se marchó con rapidez, mirando hacia todos los lados por miedo a ser descubierto.

- Transcurrieron tres semanas durante las cuales estuve escondida en un sótano en compañía de otras personas: una familia con dos niños y tres hombres, uno viejo y dos jovencitos, quienes, como yo, dependían de la familia dedicada a este contrabando humano, y debían tomar el mismo barco donde yo viajaría.

Embargados por el temor, la angustia y la ansiedad, aquel lapso de menos de un mes nos pareció un año. La tensión nerviosa era insoportable. Los menores ruidos o movimientos en las cercanías de nuestro refugio nos ponían en alerta, e incluso cuando la pequeña portezuela se abría y aparecía la señora Gluck con la bandeja de alimentos, se nos encogía el corazón. La parte positiva, e inolvidable, de todo este martirio fue el consuelo recibido de todas esas personas, compañeras de infortunio, tanto en el refugio como durante la travesía.

- ¡Perla querida! exclamó Nathán emocionado, parándose del sillón donde escuchaba el penoso recuento. Con tu presencia, como única sobreviviente de nuestras familias en Polonia, has traído la alegría a este hogar. Tanto Sarah como mis hijos te pedimos permanezcas con nosotros en calidad de hija y hermana. Nos harías un gran honor aceptando nuestro ofrecimiento.

- Les agradezco infinitamente tanta bondad, le contestó conmovida.

- Tus agradecimientos son bienvenidos pero innecesarios, dijo Sarah regocijada ante la noble intervención de Nathán. Este es tu hogar y nosotros somos tu familia.

- Bienvenida a casa, agregó Raquel corriendo a abrazarla. Y cada uno de los primos se acercó a ella para continuar con aquel abrazo, prenda de tanta esperanza en la vida de Perla.

Capítulo 31

Nathán Ratovich y Morís Liberman eran socios desde hacía cuatro años. El aporte del segundo a la sociedad fue el dinero necesario para la compra de dos máquinas tejedoras y Nathán tomó a su cargo la producción. El arreglo funcionó de acuerdo con lo previsto, y los asociados, por añadidura, se convirtieron en grandes amigos.

Liberman era un comerciante nato, de porte distinguido, mediana estatura y prominente abdomen. Tenía ojos pardos, de mirada intensa, cubiertos en forma permanente por espejuelos de lentes redondeados. Un pequeño y bien cuidado bigote le daba un toque personal. Se había casado en Polonia con Lea, una mujer humana y bondadosa, y de aquella unión habían nacido cuatro hijos: David, Simón, Benjamín y Tania.

Tan pronto conoció a los descendientes de Nathán, surgió en su mente la idea de unir las dos familias. Una noche fue a visitarlo, y después de la suculenta cena preparada por Sarah, los hombres pasaron a tomar el té en la sala de la casa. Después de un rato de amena charla sobre diferentes temas, Liberman le manifestó al anfitrión sus intenciones de pedir la mano de Raquel para su hijo mayor.

Las palabras del invitado tomaron por sorpresa al jefe de familia, pero tras una rápida reflexión, le pareció en principio aceptable la proposición formulada y así lo expresó:

- Morís, me gusta tu idea. Pero hay un problema. Hace algunos meses llegó de Polonia para vivir con nosotros mi sobrina Perla, quien perdió a sus padres en la guerra y la hemos acogido como a una hija. Ella es mayor que Raquel y preferiría casarla primero. Aún no tiene compromiso, pero confío en poder conseguirle un buen muchacho. Dadas sus buenas cualidades, sería una magnífica esposa.

Liberman meditó por unos minutos, y mirando a su interlocutor a los ojos le contestó.

- Se me acaba de ocurrir la solución. Tengo tres hijos, todos sin compromiso. Siendo sobrina tuya, para mí será un honor tenerla también como nuera, si ustedes están de acuerdo.

A Nathán se le iluminó el rostro de la emoción. Jamás pensó en la posibilidad de tan maravilloso arreglo, y se sintió feliz por ambas jóvenes, a quienes con seguridad les esperaba un futuro magnífico al lado de dos de los hijos del proponente, todos excelentes muchachos. Sin embargo, para guardar las apariencias y no mostrarse demasiado ansioso, se limitó a responder:

- Me parece muy factible y satisfactoria esa doble unión de miembros de nuestras familias, pero de todas maneras debo consultar el caso con Sarah.

- Piénsenlo y denme una pronta respuesta, dijo sonriente Liberman, mientras se levantaba para retirarse.

Tan pronto se marchó de la casa, Nathán corrió al

dormitorio en busca de su esposa y, agitado, le dijo:

- Mi amor, en estos momentos me siento afortunado en extremo. Me acaban de pedir en matrimonio a Raquel y a Perla.

- ¿Para David y Simón? preguntó Sarah perpleja.

- Así es. ¿No es maravilloso?

- Por supuesto, mejores candidatos no podemos conseguir para nuestras hijas.

Se abrazaron jubilosos, pensando en comunicarles a las interesadas la noticia tan pronto amaneciera.

Al otro día, después del desayuno, Nathán las llamó aparte y les contó sobre la propuesta del señor Liberman.

Perla se mantuvo callada ante las palabras de su tío. Entretanto, Raquel empezó a llorar desconsolada.

- Me sorprende tu reacción, hija. Pensé haberte dado una buena noticia.

- Papá, le respondió llorosa, yo deseo casarme por amor y no por conveniencia. Los tiempos han cambiado y quisiera poder decidir por mí misma quién será mi esposo para toda la vida.

- Estás diciendo cosas sin sentido, dijo Nathán molesto ante las inesperadas palabras de su hija. Siempre han sido los padres las personas más calificadas para escoger los cónyuges adecuados para sus hijas, y esto no va de cambiar. Te sugiero aceptar la idea. No cabe más discusión. El asunto ha quedado decidido. Primero se casa Perla con David y a los tres meses tú contraes matrimonio con Simón.

- ¡Oh no! gritó despavorida saliendo de la habitación de sus padres.

Sarah escuchó el grito y reaccionó corriendo tras de ella, quien tan pronto llegó a su cuarto se tiró sobre la cama lamentando su mala suerte.

- No hay motivo para ese llanto, hija querida, le dijo con suavidad, acariciándole el cabello.

Raquel limpió las lágrimas que rodaban por sus mejillas, y tratando de tranquilizarse miró a su madre.

- ¿Entonces te parece bien la proposición del señor Liberman a papá?

- Por supuesto. No veo nada de malo en ella.

- ¡Mamá! no puedo creerlo, ¿de verdad tú también estás de acuerdo?

- Sí, considero tal convenio una magnífica oportunidad. Los hijos de Morís Liberman son buenos muchachos, provienen de nuestro país, profesan igual religión y han sido criados dentro de las más estrictas normas morales. Todo esto puedo asegurártelo, pues conozco bien a sus padres. ¿Qué más podríamos desear?

- Me siento decepcionada. Mi sueño era casarme con Jacobo Lempert.

- ¿Acaso no estás enterada de lo ocurrido al pobre muchacho?

- Por favor, cuéntame. No he vuelto a tener noticias suyas.

- El fue víctima de una terrible desgracia. Cuando se enteró de que el ejército soviético estaba liberando a los presos de los campos de concentración y persiguiendo a los nazis, decidió, con el permiso de su padre, viajar a Polonia para ayudar en la cacería de los despiadados miembros de la Gestapo. Durante una de las misiones a él encomendadas, un fusil alemán le segó la vida.

- ¡No, no puede ser! exclamó Raquel gimiendo lastimeramente y cubriéndose el rostro con las manos.

- Siento mucho causarte este dolor, pero debías saberlo. No puedes seguir viviendo de una ilusión.

- Al cabo de un rato, logrando controlar su aflicción, se

dirigió a Sarah en tono de resignación.

- ¿Tendré todavía oportunidad de volver a enamorarme y ser feliz?.

- Serás feliz, eso no debes dudarlo. Y en cuanto al amor, primero viene la atracción entre dos personas, con la unión se van entrelazando los sentimientos...Cuando hayas pasado por esas etapas, te sentirás enamorada, sin saber cómo ni por qué.

- ¿De verdad lo crees, mamá?

- Estoy segura. Tú padre y yo nos casamos bajo las mismas circunstancias y siempre nos hemos querido.

- Ojalá así sea. No puedo luchar contra la voluntad de papá...Al final, terminaría rindiéndome de todas maneras. Pero no dejo de sentir dolor al pensar en la imposibilidad de escoger de manera autónoma mi futuro y enfrentarme a las consecuencias de mis propias decisiones.

- Lo sé, hija, pero el destino tuyo y de Perla, ya están decididos. Pidámosle a Dios dicha y fortuna para las dos.

Capítulo 32

David y Perla se casaron en una ceremonia sencilla y conmovedora, muy acorde con la tradición familiar, la cual fue seguida por una modesta celebración en el hogar de Nathán y Sarah, quien durante la misma observó complacida el intercambio de miradas cariñosas y las manos entrelazadas, signos vaticinadores de una venturosa vida en común, y rezó porque la futura relación entre Raquel y Simón fuera tan exitosa como la de su prima y su consorte.

Tres meses más tarde, en uno de esos nublados días característicos de Bogotá, Raquel, vestida de novia, con expresión de tristeza, salió en compañía de sus familiares, camino a la sinagoga dónde uniría su vida para siempre a la de Simón.

El salón designado para llevar a cabo el ritual estaba decorado con ramos de calas blancas, hojas de eucaliptos y nidos de amor, colocados sobre pedestales rodeados por cintas, dispuestos a lo largo de dos filas delimitadas por una alfombra roja que cubría el camino hasta el altar. El arreglo, dirigido y supervisado en detalle por Sarah, lucía de acuerdo con sus expectaciones, y el ambiente era encantador.

Simón, un muchacho de veintidós años, tez blanca, cabello castaño, ojos pardos, nariz aguileña, alto y apuesto, se encontraba en aquellos momentos, en compañía de sus progenitores, parado debajo de la jupa, esperando el inicio del acto.

De repente se escucharon los acordes de la música nupcial, y apareció Raquel del brazo de sus padres. Respiró profundo, se armó de valor para asumir su destino, y con lentitud fue avanzando a lo largo de la senda formada por los arreglos florales, los cuales exhalaban un delicioso aroma natural, hasta llegar al lado de quien iba a ser su esposo.

El no se atrevía a mirarla, dado su tímido carácter, pero sentía su presencia y una fuerte emoción invadió su ser. La ceremonia comenzó y se creó un silencio absoluto, roto enseguida por las resonantes palabras del rabino.

Los familiares, emocionados, observaban a los novios y les auguraban una vida de bienaventuranza. Raquel miraba de reojo a su pareja, de vez en cuando, y se preguntaba afligida si alguna vez llegaría a enamorarse de aquel individuo.

Cuando todo terminó, hubo abrazos y felicitaciones. Nathán se acercó a su hija y le dijo con voz apenas audible por ella y alterada por la emoción:

- ¡Querida mía! desecha tus incertidumbres. Este debe ser el comienzo de una vida próspera y feliz. Da de ti el máximo y ello se convertirá en realidad.

- Así lo haré papá, le contestó abrazándolo, con lágrimas en los ojos.

Los recién casados se instalaron en un apartamento pequeño, alquilado antes de la boda. Raquel, siguiendo los consejos de su padre, trató desde el principio de ser una buena esposa y empezó por darle a la vivienda un ambiente original y acogedor, aunque en algunos detalles se traslucía la influencia de su madre. Paredes de color crema claro, cortinas floreadas haciendo juego con los cubrecamas, mesitas de madera oscura pulida y la cocina blanca e impecable con la mesa redonda tradicional similar a la de la casa de Silvia, donde tantas veces se sentaron a tomar té.

Contemplando el resultado de sus afanes, Raquel se decía:

¡Ojalá mi abuelita pudiera estar aquí! ¡Cuántos consejos no le pediría!

Simón, por su parte, trabajaba incansable en los almacenes de ropa fina para hombres, propiedad de su padre, atendidos en turnos por Morís, su esposa y sus tres hijos varones, tratando en todo momento de mantener satisfecha a su selecta clientela, exigente en la escogencia de trajes y accesorios.

En las tardes, regresaba a su casa cansado, y Raquel lo esperaba ansiosa por proporcionarle una agradable y serena atmósfera de hogar. La relación entre ellos se fue afianzando. El le daba a conocer los detalles del negocio, y conversaban por horas buscando la manera de mejorar su situación económica.

Durante parte de cada día, Raquel trabajaba con su padre en la fábrica de suéteres, con miras a obtener el máximo de producción, y su esposo, después del trabajo, los ayudaba, con gran habilidad, en la distribución de la mercancía, demostrando mayor capacidad para estos menesteres que las personas regularmente encargadas de ellos, de lo cual se alegraba Nathán, pues había vislumbrado en él cualidades innatas de hombre de negocios, garantía para llegar, tarde o temprano, a ser acaudalado.

Sus predicciones no tardaron en volverse realidad. De la relación de Simón con otros comerciantes surgió el negocio de compra y venta de inmuebles. De cada transacción recibía una buena comisión, la cual constituía un incentivo para seguir buscando propiedades para la realización de nuevas negociaciones. Sus condiciones de vida empezaron a mejorar en forma acelerada.

Un día Raquel, a su llegada del trabajo, le dió con júbilo una maravillosa noticia: estaba esperando un bebé. Simón la abrazó tratando de expresarle su alegría, pero, parco en palabras no supo decirle al mismo tiempo cuánto la quería, amor acrecentado aún más por el hecho de llevar ella en sus entrañas el primer hijo producto de su unión.

Los meses pasaron y la rutina en el hogar continuaba, interrumpida algunas veces con la visita de familiares y amigos, quienes esperaban impacientes el nacimiento de la criatura.

Una madrugada, en el noveno mes de su embarazo, Raquel se despertó inquieta, se levantó de la cama y con pesadez se dirigió hacia el baño. A causa de un vago malestar, la noche le había parecido eterna. Ahora experimentaba calambres de espalda, nunca antes sentidos. Se acercó al lavamanos dispuesta a cepillarse los dientes, cuando de repente un intenso dolor la hizo doblarse hacia adelante, y sosteniéndose el abdomen en ademán protector, empezó a jadear y se sintió bañada en sudor. Esperó, doblada, durante un rato, hasta tanto la punzada empezó a desaparecer, y trató de enderezarse.

¿Estaré a punto de dar a luz? se preguntó preocupada. ¿Será la primera contracción del comienzo del parto?. Pero ya no sentía nada extraño, todo había vuelto a la normalidad.

Fue algo pasajero, pensó titubeando, esperaré un rato más a ver cómo siguen las cosas. Procedió a cepillarse los dientes y mirando a través de la ventana, vio una densa oscuridad. Todavía no amanecía. Decidida, regresó a la cama tratando de recuperar algo del sueño perdido. Mas habiendo transcurrido tan sólo una media hora, volvió a sentir un fuerte retortijón, el cual le arrancó un grito.

Simón, todavía medio dormido le preguntó qué le sucedía. No obtuvo respuesta.

- ¿Acaso te sientes mal? insistió él.

Ella, todavía adolorida, le dijo con voz forzada:

- Creo que ha llegado el momento. Nuestro bebé esta por nacer, mejor nos apuramos.

Todo estaba preparado en la clínica Magdalena para su llegada. Habían llamado al médico por teléfono refiriéndole los síntomas, y él, de inmediato, ordenó disponer lo necesario para el parto.

Simón estacionó el automóvil frente al centro asistencial y ayudó a Raquel a descender con cuidado. Entraron despacio por la puerta de emergencia y enseguida apareció un enfermero empujando una silla de ruedas.

- Buenas noches. ¿Es usted la señora Liberman?

- Si, señor, le respondió con un dejo de ansiedad en la voz.

- Por favor, siéntese. Tengo instrucciones de su médico de conducirla a la sala de preparación.

- ¿Pero dónde está el doctor Hoffman? preguntó Simón nervioso.

- Ya está en la sala de partos esperándola. No perdamos más tiempo...

Raquel se acomodó en la silla. El practicante le arregló el travesaño inferior para que colocara los pies, y con eficiencia la condujo a través de los estrechos pasillos de la clínica seguidos de un marido angustiado, resistido a alejarse del lado de su esposa.

- Hasta aquí nos puede acompañar, señor Liberman, dijo el asistente en tono autoritario al acercarse a la entrada de la "Sala de Partos". Está prohibido el paso de personas ajenas al servicio de obstetricia, pero enfrente encontrará la sala de espera, dónde puede aguardar con comodidad al médico.

- Buena suerte, agregó Simón mirándola resignado.

- Ella asintió adolorida, pues una nueva contracción la hizo doblarse y el enfermero, observándola, procedió con rapidez a empujar la silla, dejándolo apesadumbrado ante el sufrimiento de su esposa.

Capítulo 33

A Sarah la despertaron los primeros rayos de luz filtrados por la ventana de su dormitorio, y aguardó algunos minutos antes de moverse, disfrutando del agradable calorcillo proporcionado por el colchón y las sábanas. Volteó la cabeza. Durante un rato observó a Nathán sumido en profundo sueño y sonrió complacida. Procedió a levantarse con cautela para no despertar a su esposo, y calzándose las pantuflas se dirigió al baño. Se aseó, se puso la bata, y salió hacia la cocina dispuesta a preparar el desayuno. Tan pronto estuvo listo, se sentó a la mesa a saborear su primera taza de café antes de comenzar con el arreglo de la casa. Prendió la radio. Era la hora de las noticias y ella nunca dejaba de escucharlas.

De repente, palideció al escuchar las primeras palabras del locutor:

"Ha terminado la guerra", decía.. "Hoy es el día de la victoria en Europa, la Alemania Nazi se ha rendido incondicionalmente. ¡Viva la libertad!".

- ¡Alabado sea el Señor, terminó nuestra pesadilla! exclamó sintiendo que el llanto le nublaba la vista.

- ¡Nathán! gritó corriendo sin parar hasta llegar a la habitación donde él se encontraba.

La guerra ha terminado. Lo acaban de anunciar en la radio. Dios respondió a nuestros ruegos. No más matanza, no más agonía.

- ¡Qué bueno! fue toda su respuesta. Se quedó mudo por la emoción y gruesas lágrimas empezaron a correr silenciosas por sus mejillas.

Sarah se le acercó. Comprendía cuánto estaba sufriendo su esposo al recordar a sus padres y demás familiares muertos en la guerra, para quienes este día de triunfo había llegado demasiado tarde. Ante su dolor callado y desgarrante, se limitó a posar la mano sobre su hombro y sintió cómo su cuerpo se estremecía por los sollozos y su garganta empezaba a emitir roncos sonidos provenientes de lo más profundo de su ser. Por algunos minutos, continuó Nathán dando rienda suelta a sus sentimientos, y cuando pudo calmarse exclamó:

- ¡Tanto tiempo esperando un milagro y hoy se hizo realidad!. ¿Quiénes de los nuestros se habrán salvado de las garras de los despiadados nazis?, ¿quedará viva alguna de las personas que conocimos en nuestra patria?.

- Debemos investigarlo, querido mío, dijo Sarah secándose las lágrimas presurosa. Hoy es un día de celebración, de alegría. Con la victoria en Europa, se libera nuestra gente del yugo de esos asesinos. Vamos a llamar a Max, Ruth y a nuestros hijos por si no han oído las buenas noticias. Se acercó al teléfono y conversó con cada uno de ellos refiriéndoles emocionada los acontecimientos, pero cuando trató de comunicarse con su hija mayor, no obtuvo respuesta. Es extraño, pensó. A estas horas debería estar en su casa. La llamaré de nuevo en media hora.

- Ven acá, Sarah, siéntate a mi lado le pidió Nathán. Quiero conversar contigo.

- Te escucho, le respondió ella acercándose hasta conseguir acomodo en una butaca enfrente de su esposo.

El hizo una pausa por algunos segundos y empezó diciendo:

- El cese de la guerra nos pone en una posición de duda con respecto al futuro. Nuestra venida a Colombia y nuestra permanencia aquí, fueron obligadas por las circunstancias, pero representan un gran sacrificio para mí en cuanto a lo espiritual se refiere. Siempre he sido devoto de la religión y en Polonia tenía la oportunidad de continuar con mis estudios y de adquirir los materiales necesarios para profundizar en mis conocimientos.

Nunca fui ni seré un buen comerciante. Cuando llegué a Bogotá me tocó llamar de puerta en puerta ofreciendo mercancía y luego establecer la fábrica de suéteres para poder subsistir y reunir el dinero suficiente para enviar por ustedes. Persiguiendo esos fines he luchado por el negocio con brazo firme renunciando al imperioso deseo de dedicarme al estudio. Pero ahora, disfrutando la familia de una situación bastante holgada, considero mi deber regresar a lo mío y recuperar el tiempo perdido.

Ella quedó pensativa por unos momentos y en un arrebato decidido empezó a denegar con la cabeza dejando escapar sus ideas.

- No Nathán, yo no deseo volver a Polonia ni quiero que mis descendientes regresen allá jamás. Colombia nos acogió con cariño y nos prodiga toda clase de oportunidades, las cuales estamos aprovechando. Somos libres, nuestros hijos se educaron en un ambiente de paz y tranquilidad y han recibido toda clase de oportunidades sociales y culturales. Ahora, ya casados, los veo felices, y cuando nazcan nuestros nietos no conocerán el miedo de sentirse repudiados; por el contrario, compartirán la igualdad de derechos concedida a nosotros por los ciudadanos de este país. Tuvimos mucha dificultad para conseguir la visa, estampada con tanto orgullo en nuestros pasaportes y no la dejaré perder, para correr de nuevo en pos de una aventura, quizás dañina y destructiva para nuestras vidas.

Nuestros padres, familiares y amigos ya no están allá para recibirnos. Me causaría una profunda pena regresar y no encontrarlos. Aquí, en cambio, tenemos nuevas amistades. Ellas nunca podrán sustituir a nuestros amados seres en Europa, pero las queremos con igual devoción. ¡Por favor, no vuelvas a proponerme el regreso a Polonia. Nuestra vida está encaminada aquí y así debe continuar.

- Lo pensaré, Sarah, respondió no muy convencido.

El teléfono empezó a sonar y ella, con un extraño presentimiento en el corazón, salió corriendo a tomar el auricular.

- Aló, ¿quién habla? preguntó afanada.

- Soy yo, Simón. Raquel está internada en la clínica desde anoche. Hasta ahora todo había salido bien y pensaba llamarlos con la noticia del nacimiento del bebé, pero se han presentado dificultades. Según acaba de informarme el doctor, la criatura está enredada en el cordón umbilical y no se han atrevido a sacarla por temor a arriesgar su vida. Eso me tiene temblando. Me siento impotente para ayudarlos.

- Enseguida salimos para allá, le contestó Sarah con voz trémula.

Dicho esto, colgó el auricular y se aferró a la mesita del teléfono, mientras una furiosa taquicardia, producto de la

tensión, le quitaba la respiración y aumentaba su desasosiego. Respiró profundo por varios segundos, tratando de
recuperar la serenidad, y decidida dirigió sus pasos hacia
la sala para comunicarle el problema a Nathán.

Capítulo 34

Nathán y Sarah atravesaron apresurados las pesadas puertas de vidrio de la clínica Magdalena y una vez adentro buscaron el mostrador de información. Tan pronto llegaron se les acercó una empleada dispuesta a ayudarlos.

- Señorita, por favor, dijo Nathán preocupado, ¿podría usted decirme cómo se encuentra la señora Raquel de Líberman?. Ella ingresó en la sala de partos anoche.

La enfermera, de pelo rojizo y mirada inquieta, se dirigió al archivo situado frente a ella, tomó sus lentes, colgantes de un cordón sobre su enorme pecho, se los colocó, extrajo la carpeta de ingreso correspondiente y se volteó hacia donde ellos ansiosos esperaban.

- ¿Cuál es la relación de ustedes con la paciente?.

- Es nuestra hija, respondió Sarah nerviosa.

- La señora se encuentra todavía en la sala de partos y sus familiares aguardan en la salita de espera. Si ustedes lo desean, pueden reunirse con ellos en la sala 2B, la cual encontrarán tomando el elevador hasta el segundo piso. De ahí voltean a la izquierda. Es la segunda puerta a la derecha.

- ¿Puede usted decirnos algo sobre su estado?, preguntó Nathán.

- No, señor. Desde las seis de la mañana no he recibido ningún reporte, pero quizás sus allegados hayan visto al médico y puedan informarles.

- Muchas gracias, respondieron al unísono y se dirigieron al sitio indicado por estrechos pasillos de blanquísimas paredes, saturados de un penetrante olor a desinfectante. Apresuraron el paso hasta encontrar los elevadores. Nathán se adelantó y presionó el botón de llamada. El ascensor tardó algunos minutos en aparecer. Al fin se encendió la flecha de subida y se abrieron las puertas. Quienes aguardaban, entre ellos Nathán y Sarah, entraron apresurados. Al llegar al segundo piso, siguieron las instrucciones recibidas y entraron de prisa en la sala de espera.

Simón se levantó de la silla tan pronto los divisó y se dirigió a ellos.

- ¿Cómo está Raquel? le preguntó Nathán ansioso.

- Hace unos minutos el doctor me dió información. Según parece, además del problema del cordón umbilical, no ha habido suficiente dilatación de la matriz y él desea darle a Raquel más tiempo antes de decidir hacerle una operación cesárea, tomando en cuenta su edad y el tratarse de su primer hijo, pues esa intervención podría ocasionarle dificultades para traer otros hijos al mundo. Me recomendó tuviera paciencia, ya que él y su equipo le están prestando la máxima ayuda posible.

- ¡Oh, Dios santo! exclamó Sarah preocupada, ¿no les pasará nada malo a mi hija y a su bebé?

Lea, quien estaba atenta a la explicación dada por Simón, se acercó a Sarah y le pasó el brazo por detrás de la espalda con el objeto de consolar a aquella valerosa mujer, cuyos nervios ya no resistían tanta presión, tras años de trajines y penurias para levantar a su familia, y en susurros le dijo:

- Querida mía, ten fe. Ella va a salir bien. Es joven y podrá superar cualquier obstáculo.

- Siéntense a nuestro lado les pidió Morís. Con seguridad, el médico vendrá pronto a darnos buenas noticias.

Mientras sus padres y sus suegros conversaban, Simón se paseaba angustiado entanto su mente proyectaba oscuros pensamientos

No aguanto más esta incertidumbre, se dijo, y, sin vacilar, corrió hacia la sala de partos. Golpeó en la puerta hasta tanto ésta se abrió y salió una enfermera vestida de verde, quien le preguntó:.

- Señor ¿puedo ayudarlo en algo?

- Necesito hablar con el doctor Hoffman. Es muy importante, agregó con visible nerviosidad.

- Un momento, por favor.

Esperó algunos minutos, cada vez más inquieto, y por fin apareció el médico.

- ¿Qué te sucede, muchacho? lo interpeló observando su palidez.

- ¿Me permitiría usted ver a mi esposa?. La espera se ha vuelto interminable.

El galeno titubeó por algunos segundos, pero con un movimiento afirmativo de cabeza abrió la puerta para dejarlo pasar. Caminaron en silencio y se dirigieron a una habitación, en la cual entraron.

- Mi ayudante le dará el vestido y la mascarilla, ambos esterilizados, dijo el facultativo.

Obedeció las instrucciones de la enfermera, y una vez vestido de verde y con la mascarilla puesta, procedieron a entrar en la sala donde Raquel se encontraba. De repente Simón escuchó un grito tan estridente y lastimero como para no olvidarlo por el resto de su vida, y retrocediendo en dirección a una esquina de la sala, vio cómo el doctor y las enfermeras avanzaban presurosos hacia la mesa de partos.

- Llegó el momento, dijo el médico.

Atrajo hacia sí un sillón con ruedas, y profesionalmente, se colocó enfrente de las piernas de Raquel quien se encontraba en posición ginecológica. Metió sus grandes manos enguantadas dentro del orificio dilatado que presentaba el cuerpo de la parturienta, y con toda su experticia trató de hacer rotar la cabeza de la criatura, ya apuntando hacia afuera, para librarla del cordón umbilical.

Una asistente se había colocado detrás de Raquel y le secaba el sudor de la frente, y la enfermera especializada masajeaba de continuo el abultado abdomen, tratando de acelerar el proceso.

Otro grito agudo resonó en el ambiente, y Simón, no pudiendo aguantar más el terrible espectáculo, se fue desplomando en el rincón y cayó desmayado en el duro suelo, donde quedó inerte como un muñeco de trapo abandonado en un cantón.

El parto continuaba. Raquel jadeaba y sus ojos por momentos parecían salírsele de las órbitas.

- No más, Dios mío, gritaba desesperada. ¡No puedo más!

El doctor seguía manipulando la cabeza tratando de desenvolverla de su posible verdugo.

Un momento después la vió salir toda cubierta de sangre, liberada del cordón umbilical, y suspiró complacido.

Raquel sintió por unos segundos como si su cuerpo se rompiera. Cuando salió el bebé al exterior todo se le oscureció. El médico tomó las dos piernecitas entre sus dedos, y las suspendió desde arriba para permitirle al nuevo ser respirar por primera vez. De inmediato se oyó el llanto agudo y entrecortado del recién nacido, el cual conmovió a todos los presentes.

Raquel se quedó quieta al escuchar el lloriqueo y lágrimas de felicidad rodaron por sus mejillas. La enfermera, viéndola tan emocionada, le colocó a la criatura sobre la sábana que cubría su pecho de madre y con aire triunfal le dijo:

- Es una niña, hermosa y sana. Todo ha salido bien.

- ¡Oh, Dios! gritó ella emocionada. ¡Es mi hija!

Simón, quien se había ido recobrando del desmayo, alcanzó a oír esas palabras y sintió una oleada de alegría. Se acercó a su esposa emocionado, le dió un beso y tomándola de la mano le dijo:

- ¡Mazal-tov! a mi valerosa mujer. Yo sabía que tú lo lograrías.

- ¡Tenemos una hija! le respondió dichosa.

- Lo sé, mi amor. Ahora trata de descansar para recobrar tus fuerzas. Todo esto ha sido muy duro para ti.

- ¿Ya tienen nombre para la nena? preguntó curiosa la asistente.

- Aún no, respondió Simón.

- Deberían ponerle "Victoria", les sugirió ella. Hoy es el día de la victoria en Europa y a esta niña la ha enviado Dios al mundo cuando se celebra el feliz acontecimiento.

Simón y Raquel se miraron a los ojos y plácidas sonrisas aparecieron en sus rostros.

- Otra de las asistentes intervino entonces en la conversación dirigiéndose a su compañera.

- ¿Ya les comunicaste las instrucciones del doctor?

- ¡Ah, se me olvidaba, dijo la aludida, encarándose con

Simón. Aunque el parto resultó al fin del todo normal, como la señora tuvo un trabajo tan fuerte por ser primeriza y por las complicaciones que se presentaron, el doctor considera conveniente dejarla descansar y le suspendió hasta mañana las visitas.

Tan pronto empezaron las enfermeras el aseo de madre e hija, el orgulloso padre se dirigió a la antesala, se quitó la bata, el gorro, y la mascarilla, ansioso por compartir con sus familiares la buena noticia del advenimiento. Tras haber hecho su entrada en la sala de espera, todos se abrazaron conmovidos deseándole a la niña felicidad y larga vida.

Morís y Lea miraban enternecidos a su hijo. Entretanto, Nathán y Sarah se regocijaban por haber salido con bien su hija del difícil trance y tener su primera nieta sin contratiempo alguno.

Entonces, Simón sonriente tomó la palabra.

- Como ustedes saben, gracias a Dios todo salió bien. Yo estaba ahí, añadió con cierto énfasis, pero según el doctor, Raquel debe descansar. No podemos visitarla hasta mañana.

La noticia no fue aceptada con agrado por los alborozados familiares, pero hubieron de resignarse y todos se dirigieron al apartamento de Simón para conversar un rato e intercambiar impresiones.

Ya acomodados en la reducida sala de estar, Morís propuso prender la radio para oír las noticias de Europa. Simón lo hizo, y de inmediato atronó en la salita el ruido de fondo producido por muchos gritos de júbilo y la voz de un locutor diciendo:

"En todos los países europeos y americanos, con excepción de Alemania, se ha despertado un profundo deseo de celebrar la victoria en Europa. París ha enloquecido ante tanta felicidad. El general Charles de Gaulle ha anunciado el fin de la guerra y la Marsellesa se ha dejado oír por todo el país. Las multitudes crecen por momentos y han invadido las calles con sus cantos y sus bailes al paso de los soldados aliados.

En Londres, primero en la cámara de los comunes y luego desde uno de los balcones del Whitehall, el primer ministro Winston Churchill exclamó ante una atenta y silenciosa muchedumbre: En toda nuestra larga historia, jamás hemos visto un día tan grandioso. Desde lo más hondo del corazón expresamos nuestra gratitud a nuestros espléndidos aliados. ¡Viva la causa de la libertad!. La familia real inglesa, siguió diciendo el comentarista, salió a los balcones para saludar a la multitud agrupada esperando su aparición, y dada la emoción reinante, los monarcas y sus hijas debieron aparecer ocho veces antes de dispersarse la concurrencia para continuar la celebración.

En Suiza repican las campanas, ondean sus banderas y las de los países aliados.

En Zürich y en Estocolmo, los habitanes están saliendo en tropel de sus casas y empiezan a invadir las ciudades con sus tradicionales rondas, continuadas hasta el cansancio. Los consulados izan sus banderas, y con mucho respeto se tocan los himnos correspondientes.

Las ciudades danesas y holandesas se encuentran encendidas de felicidad, añadía el locutor, y lo exteriorizan con sus bailes folclóricos escenificados en plena calle con gran animación.

¡¡Ha terminado el yugo nazi!!, gritan con ardor numerosas voces y el pueblo les responde emocionado.

Los moscovitas observan con estupor el disparo de mil cañones ordenado por José Stalin.

En Portugal la celebración es intensa. Los niños se

sueltan por las calles en busca de sus padres, quienes han dejado sus quehaceres para celebrar con sus hermanos y conciudadanos el fin de la guerra.

En todos los rincones del continente europeo se han iniciado recolectas para la reconstrucción de la Europa atacada. El cielo se está encendiendo con fuegos artificiales haciendo resplandecer los rostros emocionados de miles de personas que han dejado atrás tantos años de dolor y miran el futuro con optimismo, con deseos de reconstruir, de olvidar y de poder borrar de sus mentes los trágicos momentos estampados por los nazis en sus vidas.

La celebración continúa y parece no tener fin". Diciendo esto, el locutor terminó su relato, y el mismo Simón apagó la radio.

- Polonia no ha sido mencionada exclamó Nathán contrariado.

- Yo también me di cuenta de eso, respondió Morís. ¿Pero se imaginan la felicidad de nuestra gente ante el cese de la guerra?

- ¡Sí! exclamaron todos conmovidos.

- El presidente Roosevelt debería estar vivo para presenciar este triunfo, dijo Simón. El ver coronados sus prodigiosos esfuerzos con el éxito de hoy le habría brindado una gran satisfacción.

- Así es, agregó Morís entristecido. Al final, él fue quien convenció a los norteamericanos de colaborar con los países europeos. Al principio los estadounidenses, al no sentirse amenazados por la guerra, pensaron que no les incumbía y no debían intervenir en ella, pero después el aporte de su gente, sus aviones y demás equipos bélicos y su pericia militar fueron un factor decisivo en la victoria de los aliados.

Para las dos familias, las de Nathán y Sara y las de

Morís y Lea, aquél había sido un día de inmenso júbilo por dos grandes motivos: el advenimiento de la hija de Simón y Raquel y el fin de la cruel y sanguinaria guerra fraguada por Adolfo Hitler y ejecutada bajo su dirección por legiones de esbirros inhumanos.

Capítulo 35

El hogar de los Liberman se vio iluminado con el nacimiento de la pequeña Annie, a quien su abuela materna llamaba Janale. Era una hermosa niña de ojos almendrados y cabello castaño claro, en cuya carita resplandecía con frecuencia una sonrisa cautivadora. La niña se convirtió en objeto de la adoración de sus padres, abuelos y tíos, quienes no dejaban pasar un día sin ir a verla o enviarle algún regalo. Su presencia en la casa contribuyó mucho en la afirmación de la personalidad de Raquel, quien ahora se sentía útil, necesaria, y eso le fortalecía la autoestima y le infundía un sentimiento de seguridad y de respeto.

Simón corría cada día, al finalizar el trabajo, con la ilusión de verla despierta, y cuando esto sucedía, compartía con ella el mayor tiempo posible, sintiéndola cada vez más cerca de sí. Su esposa se asombraba de verlo tan entusiasmado, pues desde el comienzo de su matrimonio se había mostrado más bien tímido e introvertido. La niña, en apariencia, había realizado el milagro de despertar en él sentimientos latentes por tantos años, los cuales ahora exteriorizaba sin esfuerzo.

En medio de tal clima de avenimiento, comprensión y paz familiar, el tiempo pasaba de forma imperceptible. Cuando menos lo pensaron, Raquel estaba de nuevo embarazada, y a su debido tiempo llegó al mundo la segunda hija del matrimonio, a quien pusieron por nombre Karen. Aún cuando la recibieron, como buenos padres, con amor y regocijo, no fue tan bienvenida como la primogénita. La ilusión de Simón había sido el nacimiento de un varón, que continuara el apellido de la familia y se hiciera cargo de sus negocios cuando fuera mayor.

La chiquilla, con su tez blanca, tersa como la porcelana, sus inmensos ojos azules y su cabello rizado, recordaba a quienes la veían la imagen de la actriz infantil Shirley Temple, pero a diferencia de su hermana, no era tan apacible. Pasaba la mayor parte del día despierta y ante cualquier ruido extraño se ponía a llorar.

- ¡Esta niña es muy sensible! solía decir Sarah orgullosa. Se parece a mí, no sólo en lo físico sino en la manera de ser y de reaccionar. Raquel, lo vas a comprobar cuando ella sea una mujercita.

La felicidad del hogar se completó cuando, dos años después, nació el tan esperado varón, a quien llamaron Carlos. El recién nacido lloraba de seguido en su moisés, y su médico lo atribuía a una infección en el oído derecho rebelde al tratamiento. Durante tres largos meses sus padres se turnaron para atenderlo, tratando de aliviar su malestar, que se agudizaba en las noches y no les permitía el descanso.

Annie y Karen, de cinco y dos años y medio respectivamente, observaban complacidas el cuerpecito tratado con tanta dulzura por su mamá, pero al comenzar aquel bebé a gritar desesperado, las dos niñas, confundidas ante la situación, se alejaban de la cuna con expresión indefinible y se iban a jugar con sus muñecas, las cuales, según ellas, no hacían tanto ruido. Con el tiempo el malestar empezó a desaparecer y lo vieron sonreír. Sus hermanas lo observaban extasiadas esperando el momento de poder compartir los juegos con él.

David y Perla también habían traído al mundo tres hijos. Una niña y dos varones. Y sus vidas continuaban sin grandes altibajos. Todos se reunían a menudo en la casa de los abuelos, y mientras los adultos pasaban momentos agradables conversando, los primos se entretenían con sus pasatiempos favoritos. No faltaba algunas veces la ocasión de una rencilla entre Raquel y Perla. Estas pequeñas desavenencias separaban por un tiempo a los hermanos y a sus hijos y no se les daba demasiada importancia. "Sucede hasta en las mejores familias" solía decir Lea entristecida, no queriendo acostumbrarse a la idea de ver a sus nueras disgustadas, pues su mayor felicidad era observar a sus descendientes, reunidos en torno a la mesa, saboreando las exquisiteces preparadas por ella con gusto y verdadera satisfacción.

- Siempre sabes lucirte, mi adorada esposa, afirmaba Morís después de cada comida, cuando, como cabeza de familia, le daban los honores lo cual lo enorgullecía sobremanera.

Lea se esmeraba como nunca en la preparación de la cena familiar de los viernes en la noche, cuando se celebraba el Shabat. Su gran satisfacción en esas ocasiones, aparte de ofrecer sus exquisitos platos y disfrutar de los merecidos elogios, era contemplar el cuadro familiar completo, sin nadie ausente. Por ello no deseaba en absoluto ver empañados, por una pelea superficial entre sus nueras, aquellos maravillosos momentos en los cuales su esposo y ella se reunían con sus hijos y nietos a gozar complacidos del producto de tantos años de esfuerzo.

- ¡Mamá, el gifilte fish[1] te ha quedado delicioso! exclamó David saboreándose.

- Y el Hallah[2] también, agregó Perla deleitada. Es increíble cómo crece tu pan en el horno. Ya quisieran muchos panaderos conocer tu secreto. Deberías publicar un libro de recetas. Te harías famosa.

- No es para tanto, respondió sonrojada. Mi único truco es elaborar la comida con amor. Eso la hace diferente.

- Gracias, mamá, dijo Simón conmovido. Todos apreciamos tu empeño por reunir a la familia los viernes en la noche, y además observamos la inagotable paciencia empleada por tú y papá para tratar a nuestros pequeños.

Lea sonrió y con dulzura replicó:

- Con la ayuda de mis nueras no es difícil atender a los niños, pero es importante enseñarle a nuestros nietos las tradiciones que hemos respetado y cumplido de generación en generación Si no crecen con ellas, nunca llegarán a asimilarlas, pero viviéndolas desde pequeños se convertirán en parte de sus vidas, y cuando sean adultos serán la orientación y guía en la correcta conducción de sus destinos.

Al terminar de hablar se produjo un silencio prolongado, durante el cual prosiguieron con la comida. Al llegar al postre, Perla preguntó interesada:

---

[1] *Gifilte Fish*. Pescado molido preparado con especias y verduras en forma de una albóndiga ovalada. Se come tradicionalmente en los hogares ashkenazi: judíos provenientes de Alemania, Europa occidental, oriental o central. (N. de la A.)

[2] *Hallah*. Panes en forma de trenza que se comen en el banquete del sábado y es también la parte del pan ceremonial reservada a los sacerdotes. (N. de la A.)

- Raquel ¿cómo sigue Nathán de salud?

- Papá continúa teniendo dolores de cabeza bastante fuertes, le respondió con expresión entristecida. Con el tiempo se han ido acentuando y se producen con mayor frecuencia. Desde hace años hemos estado observando su aversión a montar en carro. En apariencia, el movimiento del vehículo le produce malestar, pero en la actualidad el dolor se le produce de manera espontánea, sin causa aparente.

- ¿Y cuál es la opinión del médico sobre eso?, preguntó Lea apenada.

- Le han practicado exámenes y análisis de todo tipo, mamá, le respondió Simón, quien había seguido la conversación interesado, pero el doctor no encuentra una razón específica de tanto sufrimiento.

- ¡Me preocupa mucho papá! agregó Raquel ensimismada, como hablando consigo misma. En los últimos tiempos se cansa rápido ante el más mínimo esfuerzo y parece haber envejecido de repente. Ojalá logremos encontrar pronto la causa del problema.

Morís asintió callado y pensó con afecto en su consuegro. Recordó por unos instantes la ardua lucha librada por Nathán durante varios años para poder traer a su familia de Polonia. Debería estar disfrutando del logro obtenido con el paso de los años, reflexionó. En cambio los dolores continuos no le permiten ni el descanso. La vida es extraña. ¿Qué le deparará, a este buen hombre, el futuro?.

Se sirvió el café y todos lo tomaron en silencio concentrados en sus propios pensamientos. Ovaldina, la empleada de servicio de Lea por varios años, se había llevado a los niños del comedor y reinaba un ambiente de tranquilidad.

Después de los acostumbrados rezos de agradecimiento a Dios por los alimentos ingeridos, Morís se levantó e invitó a sus hijos a pasar a la sala. Las mujeres estarían a punto de recoger la mesa y no quería estorbar esa tarea. El primero en seguirlo fue Benjamín, el menor de los hermanos. Era un muchacho de gran viveza e inteligencia. Aún no se había casado, y seguía con gran interés las conversaciones de su padre con respecto al negocio o a otros temas actuales. David y Simón miraron a sus respectivas esposas, y sin articular palabra se dirigieron hacia la sala.

- La felicidad nunca es completa, dijo Lea suspirando. Sarah tiene la preocupación por la salud de Nathán y yo por no gozar de la compañía de mi hija Tania en estas ocasiones. Se casó y se fue a vivir al Canadá y siempre la extraño mucho. Ojalá pudiera visitarnos más a menudo. Entonces mi dicha sería mayor. Perla y Raquel la miraron asintiendo y procedieron a recoger la mesa.

Se estaba haciendo tarde y pronto los niños empezarían a adormecerse de cansancio. Llegó la despedida y entre besos y bostezos regresaron a sus casas.

El sábado fue un día tranquilo en el cual se respetó el tradicional descanso. Amaneció un domingo lluvioso típico de Bogotá en los meses más fríos del año. Raquel se levantó temprano. Había pasado la noche inquieta sin comprender el porqué y se dirigió a la cocina para servirse una taza de café con leche como era su costumbre en las mañanas, pero antes de llegar a su destino oyó el timbre del teléfono.

- ¡Aló! contestó intrigada. Era extraño que alguien llamara un domingo a esa hora.

Esperó impaciente el sonido al otro lado de la bocina y de pronto escuchó un sollozo y enseguida reconoció la voz temblorosa de Sarah tratando de decir algo.

- ¿Mamá, por qué lloras? le preguntó alarmada.

- Sarah, sobreponiéndose, exclamó:

- Tu padre se desmayó. Los vecinos me ayudaron a traerlo a la clínica Palermo. Estoy nerviosísima. Ven, hija por, favor. Estoy sola y llena de angustia.

- Ya salgo para allá, exclamó Raquel, luchando por dominar las lágrimas.

Nathán permaneció varios días en estado crítico. Los médicos tratantes no se aventuraban a dar ningún pronóstico de mejoría, y la impaciencia crecía entre sus familiares, quienes barajaban las posibilidades de buscar una mejor atención para el enfermo.

Durante una visita de Max al hospital, se tomó por fin la decisión de trasladarlo a la clínica Mayo, en Rochester, Estados Unidos, de la cual tenían las mejores referencias, en particular sobre la capacidad de sus especialistas para emitir diagnósticos precisos. La determinación se tomó a pesar de no contar con una situación económica holgada, pues se creyó imperativo tratar de salvarle la vida, a quien lo había dado todo por ellos.

No fue sino dos semanas después cuando los doctores consideraron al paciente en condiciones de viajar. Finalizados los engorrosos preparativos y trámites, Nathán, Sarah y Raquel partieron para Rochester. Un viaje tan largo y penoso podía ser fatal, pensaban, pero debían intentarlo. Era su única esperanza.

Días mas tarde, Max telefoneó a Sarah para enterarse del estado de salud de Nathán. Ella, entristecida, le dió una desconsoladora noticia. Le habían encontrado un tumor maligno en el cerebro y los especialistas recomendaban extraerlo a la mayor brevedad posible.

Apenas terminó Sarah de hablar, con la voz afligida, Max replicó:

- No pierdan tiempo, Nathán debe ser operado. Cuando tomamos la decisión de llevarlo a esa ciudad, nos preparamos para acatar el dictamen profesional de los médicos de esa clínica. Debemos seguir sus indicaciones. De lo contrario, todos los esfuerzos realizados para recobrar su salud serán en vano.

- Tienes razón, Max. Dios lo ayude a salir con bien de la operación.

La intervención duró once horas. Durante ese lapso Sarah y Raquel se debatían en un mar dudas.

- Oh, Dios todopoderoso, rezaba Raquel en voz alta, ayuda a mi padre en estos momentos. Consérvale la vida y permítele recuperar la salud.

Sarah miraba constantemente el reloj de pared de la sala de espera. Por fin apareció uno de los médicos.

- ¿Señora Ratovich? preguntó acercándose a ellas.

- Sí, doctor, soy yo. ¿Cómo está mi marido?.

- La operación fue un éxito, le contestó el médico mirándola a los ojos. A su esposo lo mantendremos en observación durante algunos días. Tan pronto esté fuera de peligro lo pasaremos a una habitación.

- Mil gracias, exclamó Sarah emocionada estrechándole la mano.

El asintió con la cabeza, complacido de haber sido el elegido entre los médicos para llevarle la noticia, por el hecho de hablar el idioma español, y agregó:

- Esperamos que siga mejorando. Todavía le esperan momentos muy difíciles.

Los días transcurrieron entre breves visitas a la unidad de cuidados intensivos. Nathán se iba recobrando con lentitud, pero Sarah y Raquel sentían un dolor intenso cuando lo visitaban, viéndolo con la cabeza vendada, conectado a un sinfín de máquinas cuyas funciones ellas no terminaban de entender, y la mayoría de las veces dormido.

Por fin lo pasaron a una habitación, compartida con otro paciente debido a sus limitaciones económicas.

- Ahora sí va a mejorar papá, exclamó Raquel tan pronto lo vio acostado en la cama. Estaremos con él todo el tiempo y no se sentirá tan solo.

- Sí, hija le contestó Sarah, pero existe un serio inconveniente. No podemos quedarnos aquí en la noche. El cuarto es pequeño y no cabe otra cama. Eso me lo explicaron hace un rato. Me habría gustado ayudarlo en todo momento, añadió preocupada.

- Lo cuidarán bien, mamá, recuerda que estamos en Estados Unidos.

Al cabo de tres días, Nathán empezó a recobrar un poco las fuerzas, pero en la noche del cuarto día la enfermera de turno escuchó un fuerte ruido y cuando fue corriendo a investigar lo sucedido, encontró a Nathán inconsciente en el suelo. La asistente, por descuido, había olvidado subirle la baranda de la cama después de haberle administrado dos pastillas para dormir, y pensando en otra cosa se alejó del lado del paciente sin tomar las precauciones necesarias.

Nathán fue llevado de nuevo a la sala de operaciones, pero las consecuencias de la caída no se hicieron esperar. Medio lado de la cara le quedó paralizado, un ojo a medio cerrar y las posibilidades de alimentación oral se redujeron tan sólo a líquidos a través de un pitillo.

- Yo te lo decía, Raquel, se quejaba su madre desconsolada. No debía moverme de su lado, con cama o sin ella. Hemos perdido casi todo lo ganado con tanto esfuerzo.

De regreso a Bogotá, la situación se tornó aun más difícil. Sarah cuidaba a Nathán día y noche, pues no podía permitirse el lujo de contratar los servicios profesionales de una enfermera.

Pero a pesar de su estado físico, la personalidad de Nathán continuó siendo la misma y con frecuencia sus familiares lo veían sonreír. Era su manera de mostrar su conformidad con la voluntad de Dios y el destino que le había deparado.

Su estado duró cinco penosos años. Al cabo de ese tiempo, una trombosis terminó con su vida.

Sarah sobrevivió a su esposo Nathán por veinticinco años. Durante ese lapso de tiempo, se vió rodeada del cariño y del soporte de sus hijos, nietos y bisnietos, para quienes esta valerosa mujer, siempre constituyó un remanso de amor y de paz.

Capítulo 36

Morís Liberman se levantó temprano aquella mañana del nueve de abril de mil novecientos cuarenta y ocho. Se movió en silencio dentro del aposento conyugal para no despertar a Lea, y tan pronto estuvo listo bajó a la cocina, donde Ovaldina ya le tenía listo su desayuno. Hojeó el periódico, en especial las noticias concernientes a la política del país, pues en los últimos tiempos corrían rumores inquietantes sobre pugnas existentes entre los partidos conservador y liberal, y después solicitó por teléfono a una línea de taxis un vehículo para trasladarse al almacén.

Se acomodó el saco de paño gris oscuro y tomó el bastón, abandonado el día anterior al lado de la mesa del comedor. Aún cojeaba. A pesar de haber transcurrido tantos años, su pie izquierdo nunca llegó a recuperar del todo su función normal. La gente atribuía su cojera a una herida de bala sufrida en la guerra, pero el sabía cuáles habían sido las verdaderas circunstancias, allá en Polonia, cuando fue llamado al ejército. En aquel entonces sintió miedo, como esposo, padre y proveedor de su familia, de ser lle-

vado a las filas de las fuerzas militares de su país. No podía exponerse. Era demasiado arriesgado dejar a los suyos sin protección, sobre todo por la presencia ominosa en
su entorno del antisemitismo. Desesperado, un día tomó la
pistola que siempre guardaba en su mesita de noche, y
armándose de valor se disparó un tiro en el dedo meñique
del pie. Fue atendido de emergencia en el hospital y de
inmediato lo descalificaron en el ejército. Siempre tuvo dudas sobre la decisión tomada. Pero cuando ellas apare-
cían, se justificaba con un argumento de peso. Gracias a
estar en libertad cuando la guerra se acercaba, habían podido él y su familia salvarse de los nazis.

Morís oyó la bocina del carro de alquiler, descolgó su
sombrero del perchero, salió de la casa cerrando la puerta
y se dirigió al vehículo. Después de darle instrucciones al
chófer de llevarlo a la carrera octava, donde se encontraban sus almacenes de ropa fina para caballeros, se acomodó contra el respaldar del automóvil, y mirando por la
ventanilla empezó a pensar en los logros alcanzados en
Colombia desde su arribo de Polonia.

Tan pronto logró adaptarse un poco al nuevo ambiente, empezó a trabajar duro en la venta de telas a pesar del
impedimento del idioma. Después, utilizando al máximo
sus recursos de buen comerciante, progresó con rapidez
hasta llegar a ser, para esos momentos, el dueño de tres
almacenes, cuyas ganancias les permitían a él, a su esposa, y a sus hijos vivir con comodidad sin los problemas
económicos enfrentados por muchos inmigrantes provenientes de Europa. Sus tres hijos varones contribuyeron al
éxito obtenido, pues desde su llegada a Bogotá, y a pesar
de su corta edad, trabajaron al lado de su padre, sacrifi-
cando para ello sus estudios. Tania continuó estudiando a
petición de su madre, quien la consideraba aún niña para

salir a trabajar. Lea también ayudó en la tarea. Por idea suya, alquilaron tres habitaciones de la espaciosa casa, comprada con el dinero traído de Polonia, a inmigrantes recién llegados, a quienes les proporcionaban comida, limpieza de la habitación y lavado de ropa por una suma total sustanciosa, y fue su esposa la encargada de la administración y buena marcha del convenio.

Casó muy bien a sus dos hijos mayores. Todavía le quedaba soltero Benjamín, pero ya le llegaría el momento de casarse, y él se ocuparía de elegirle la pareja adecuada.

Miró de nuevo hacia el exterior por la ventanilla del carro y comprobó que habían llegado a su destino. Sacó dinero del bolsillo, le pagó al taxista y se bajó del automóvil.

Procedió entonces a descorrer la reja protectora de la entrada del local y entró, cerrando tras de sí. Todavía era temprano para abrir el establecimiento, y él debía verificar algunas cuentas pendientes de días anteriores.

Al cabo de una hora y media apareció uno de sus empleados, Roberto, quien tenía cuatro años trabajando en el almacén. Abrieron las puertas y empezó la venta del día. La mañana transcurrió pesada, morosa, debido a la escasa clientela. Poco después de las dos de la tarde, tras el receso del almuerzo, apareció Benjamín. Se veía sudoroso, agitado, sucio y con una mirada de espanto en el rostro.

- Don Morís, lo llamó Roberto mortificado por la presencia del muchacho en esas condiciones.

- ¿Hay algún problema? le preguntó él acercándose.

- Venga pronto, su hijo no se ve bien.

- Benjamín, ¿pero qué te ha sucedido?.

- Papá, le contestó agitado, con expresión de cansancio, sentándose en una butaca cercana a la entrada. Salí de la casa y tomé el autobús como de costumbre hasta la carrera séptima. Una vez allí comencé a caminar con la intención de dirigirme hacia acá. De repente vi a un grupo de individuos, armados de machetes y enarbolando banderas rojas, quienes se acercaban hacia donde yo me encontraba. Eché a correr a toda velocidad, y al llegar a la esquina de la calle me metí en un negocio para preguntar qué sucedía.

Un señor mayor, me pareció el encargado, me dijo:

"Muchacho, han matado al doctor Gaitán. Desde hace un rato, sus seguidores han empezado a actuar como locos. Tiran piedras, saquean almacenes y han matado a mucha gente. Son fanáticos, están como desesperados. No le temen a nada. Estoy esperando al dueño de este almacén para poder cerrar las puertas e irme a casa. ¡Corre, hijo, esto se está poniendo feo"

- No lo dejé repetirme el consejo y salí otra vez en carrera hasta llegar aquí.

Ante lo dicho por Benjamín, Roberto fue a encender la radio, y casi de inmediato regresó diciendo:

- Acaban de informar por una emisora que el pueblo está armado con revólveres, garrotes, machetes y cócteles molotov. Están saqueando todo a su paso.

- ¡Apurémonos, exclamó Benjamín, vamos a cerrar el negocio. Sería peligroso quedarnos en esta área.

- Tienes razón, hijo, respondió Morís nervioso. Mientras Roberto y yo bajamos la reja, corre a avisarles a tus hermanos para que cierren los otros almacenes. Los estaré esperando aquí para irnos juntos. Por favor, no te tardes.

Tan pronto llegaron Simón y David, se despidieron todos del empleado y salieron presurosos. Era imposible conseguir un taxi en esos momentos y los tranvías habían sido quemados, por lo que debieron caminar de prisa. Oían tiros, la gente gritaba. De repente, sonó un disparo cercano y Benjamín se detuvo en seco.

Morís se dio cuenta y se acercó, temeroso, pero al levantarle a su hijo la bota del pantalón de paño, vio una perforación producida por un proyectil, el cual había rozado solamente la pierna del muchacho.

- ¡Gracias a Dios! exclamó, continuando la carrera.

Lea, enterada del problema por la radio, los esperaba angustiada mirando a cada instante por la ventana. Llovía a raudales, y su preocupación aumentaba con el transcurso de los minutos. Súbitamente los divisó en las cercanías de la casa y suspiró aliviada.

El terrible acontecimiento político ocurrido ese día en la capital de Colombia, del cual Morís y sus hijos escaparon sin consecuencias, fue conocido como "El Bogotazo". Se inició con la muerte a tiros, a manos de tres sicarios, del notable abogado penalista y líder del partido liberal Jorge Eliécer Gaitán, de gran arrastre popular, quien en apariencia, por sus posiciones radicales, se había convertido en una amenaza para su propio partido y para su opositor, el partido conservador. El asesinato se produjo a la una y media de la tarde, y al divulgarse con rapidez la noticia a través de las emisoras de radio, los gaitanistas se lanzaron a las calles con armas de todas clases, entre ellas bombas incendiarias caseras, y arrastraron consigo a grandes masas populares, por las cuales Gaitán era considerado como máximo defensor.

Los desórdenes se iniciaron con saqueos generalizados a establecimientos de toda clase ubicados en el centro de la ciudad, y ante la represión de las fuerzas policiales y militares desplegadas para tratar de restablecer el orden, se produjo una verdadera batalla, como consecuencia de la cual hubo millares de muertos y heridos y quedaron semidestruidos sectores enteros. Los disturbios se extendieron a todo el país y obligaron al presidente Mariano Ospina Pérez, conservador, a disolver el congreso y declarar estado de sitio en toda la república. El epílogo de estos trágicos sucesos fue la derrota del partido liberal en las elecciones efectuadas en 1950. Resultó electo presidente de la república otro conservador, el doctor Laureano Gómez.

"El Bogotazo" tuvo sus secuelas. La ciudad nunca sería la misma. La tranquilidad reinante hasta entonces en la capital había terminado. En adelante sus habitantes debieron protegerse contra cualquier eventualidad. Se instalaron sistemas de alarma en las casas pertenecientes a familias pudientes y se emplearon guardaespaldas y vigilantes nocturnos. La inseguridad de Bogotá y del resto del país se acrecentó con la aparición, en gran número, de hampones, travestistas y limosneros.

Capítulo 37

- ¡Mamá! gritó Karen asustada desde su cuarto.

Tras minutos de expectación sin obtener respuesta, se oyó de nuevo el grito de la niña.

- Annie, desde su cama, le preguntó inquieta:

- ¿Por qué llamas a mamá?.

- Tengo miedo. Desde hace rato siento pasos en la planta baja, y a esta hora todos están durmiendo.

- ¡Tonterías! Estás excitada porque tu fiesta de cumpleaños se va a celebrar mañana. Trata de dormir y olvídate de los ruidos.

- Pero ¿y si hubiera personas extrañas abajo?.

- ¡Tú siempre has tenido mucha imaginación! Vamos, vamos a dormir, estoy muy cansada.

- No lo estoy inventando, insistió Karen.

- ¡Ya empezamos otra vez! replicó Annie molesta, sentándose en el borde de la cama Luis XV, paralela a la de su hermana. Voy a sugerirle a mamá te prohiba ver programas de horror en la televisión. Hace unos meses sentiste pasos de alguien subiendo por una escalera desde el exterior de la casa a nuestra habitación. Fuiste convincente al comunicarme tus temores, nos aterrorizamos y salimos del cuarto gritando en busca de nuestros padres. Cuando papá abrió la ventana dispuesto a enfrentarse con el supuesto intruso, comprobó varias cosas; la escalera, tan real en apariencia, era el viento empujando papeles hacia arriba; los pasos del hombre, gotas de lluvia, las cuales al caer en una lata abandonada, producían sonidos peculiares; y el escalador nocturno lo habías creado con tu fogosa imaginación.

- Todo eso sucedió tal como lo describes, es verdad, pero ahora si oí pasos, ¡te lo juro!

- Con tus invenciones me estás haciendo trasnochar, dijo Annie, acostándose de inmediato.

- ¡Mamá! gritó Karen de nuevo. Ven, tengo miedo.

- Raquel, acostumbrada a esas llamadas de sus hijos durante la noche, se levantó con pereza de la cama y se dirigió al cuarto de las niñas.

- ¿Te ocurre algo, hija? ¿por qué gritas?. Vas a despertar a todo el mundo en esta casa.

- Hay ladrones abajo, estoy segura. Hace un rato percibí con claridad sus movimientos.

- No hay nadie. Yo misma revisé todas las puertas antes de retirarnos a dormir. Es imposible la entrada de alguien en la casa. Por favor, duérmete; así podrás gozar de tu fiesta mañana. Todo va a quedar primoroso. Ya viste cuantas tortas, galletas y gelatinas hicimos entre tu abuelita y yo. Además, tenemos refrescos y dulces. El cansancio de una noche en vela podría impedirte disfrutar de todo aquello y de la compañía de tus amigas y compañeros. Sería una lástima. Déjame cobijarte. ¡Buenas noches!.

Al día siguiente Raquel se levantó temprano, y al bajar la escalera, observó de lejos cierto desaseo en la planta baja; así no la habían dejado las empleadas del servicio la noche anterior.

Es extraño pensó, e inquieta se dirigió hacia el comedor. En un momento, sus ojos se abrieron desmesurados por el asombro. Por doquier se veían pedazos de torta desperdiciada y tirada en el suelo. La mesa arreglada con esmero para recibir a los invitados lucía desastrosa, con gelatina y refrescos derramados por todo el mantel y galletas partidas en diferentes platos.

- !María! venga acá.

- ¿Pero que ha sucedido, señora?

- Eso estaba por preguntarle yo.

- No sé nada de esto. Desde el amanecer me dediqué a arreglar la cocina y no he tenido la oportunidad de limpiar ningún otro recinto.

- Por favor despierte al señor Simón y dígale que lo estoy esperando.

- Sí señora. Voy enseguida.

Entretanto Raquel inspeccionó en detalle lo sucedido. Se trataba, evidentemente, de un hurto deliberado. Las copas y bandejas de plata, regalos de su boda, habían sido extraídas de la vitrina dónde siempre se encontraban. Las gavetas del estante estaban abiertas y en desorden. Nada parecía haberse salvado de la mano inquisidora y rapaz.

- ¿Y este desastre? preguntó Simón disgustado tan pronto entró en el salón.

- Nos robaron y se llevaron varios efectos de valor, respondió Raquel sollozando.

- Voy a llamar a la policía de inmediato dijo él alterado, dirigiéndose hacia el teléfono instalado en la sala.

- !Oh, no mamá!, no puede ser, gritó Karen angustiada. Mira las tortas, la gelatina y las galletas. Ahora no hay nada para ofrecerle a mis amigas, agregó resignada.

Al escuchar esas palabras, su madre se le acercó, diciéndole con cariño.

- No te preocupes tanto. Les avisaremos con tiempo y pospondremos la fiesta.

- Yo se los decía anoche cuando escuchaba pasos y nadie quería creerme.

- Lo siento mucho, dijo Raquel acongojada.

Al llegar la policía descubrió el lugar de entrada de los ladrones por los jardines circundantes en la parte posterior de la casa. Encontraron varias cosas de valor dispersas por la grama, y la gabardina de Simón colgando de la cerca de concreto colindante con la vivienda del vecino.

De acuerdo con la inspección realizada, no quedo lugar a dudas, el sonido producido por los pasos de Raquel dirigiéndose hacia la alcoba de las niñas asustó al ratero, quién se encontraba dentro de la casa en ese momento, y por temor a ser descubierto huyó apresurado dejando caer algunos objetos a su paso. Gracias a esa fuga precipitada, las pérdidas no fueron cuantiosas.

Pero la impresión dejada en Raquel por la intromisión del delicuente en su hogar resultó profunda y duradera, por lo cual le sugirió a Simón la conveniencia, por seguridad, de regresar a vivir en un apartamento.

- Comprendo tu preocupación, pero nuestros hijos se crían mejor en una casa, le respondió él. Tienen suficiente espacio para sus actividades y eso les proporciona una sensación de libertad beneficiosa para su desarrollo, cada componente cuenta con su sitio propio, y además esta Yonnie el perrito pequinés blanco, el cual los ha hecho tan felices.

Ella no quiso escuchar razones, y muy pronto la familia se trasladó a un amplio apartamento. No obstante lo lujoso y acogedor de la nueva vivienda, no dejaba de entristecerlos, ante la añoranza de la magnífica casa circundada por los verdes y olorosos jardines y del querido Yonnie, a quién regalaron, en vista de la renuencia de su madre de permitirles convivir con él en el nuevo inmueble.

Sin embargo siguieron creciendo hermosos y saludables. Ahora sus juegos se concentraban en un pequeño parque cercano al edificio, dónde acompañados por la empleada del servicio, iban a diario a reunirse con sus amigos después del colegio.

La vida siguió su curso. La relación entre los hermanos se siguió fortaleciendo rodeada de amor, comprensión y ayuda a pesar de la diferencia de edad.

Karen seguía manifestando su inquieta imaginación. Para ella, más interesante que los juegos ú otras actividades, era la lectura con preferencia de cuentos interminables dónde lo terrestre se unía a lo celestial. A menudo la clasificaban desde soñadora hasta inventora de ficciones, pero ella no le daba importancia a esas opiniones y continuaba sumergida en aquel mundo fascinante y encantador.

Capítulo 38

Karen disfrutaba de los aplausos del público, conmovida por el elocuente discurso pronunciado por ella momentos antes. Lágrimas de emoción pugnaban por salir de sus ojos, pero ella las reprimía, pues no deseaba perder ni un solo detalle de su graduación de bachillerato y la de sus compañeros y amigos. Haciendo una venia de agradecimiento, procedió a regresar a su silla en la tarima. Y después de sonreír ante los cariñosos toques de mano que le prodigaban sus compañeros al pasar frente a ellos, se sentó a esperar la entrega de los diplomas correspondientes por el señor Meckler, director del colegio. Hasta tanto eso sucedía, se dedicó a buscar con la mirada a sus padres, su abuelita y demás familiares, sentados entre la concurrencia, y al verlos, evocó sus años de estudiante de primaria y secundaria al lado de sus hermanos con quienes cada mañana esperaba el autobús.

Su colegio era pequeño, privado y exclusivo, con profesores estupendos y ambiente autoritario pero cordial. Gracias a la intensa dedicación de su padre al trabajo, lograron pagar pensiones tan costosas, y ello les permitía codearse con lo mejor de la sociedad. Las exigencias eran muchas, pero eso complacía a los hermanos, pues además de ser buenos estudiantes tenían deseos de continuar estudios universitarios, razón por la cual debían estar bien preparados en sus asignaturas básicas. Karen, con la mirada perdida, consideraba sus perspectivas para el futuro. Había decidido ingresar en la universidad para llegar a ser escritora. En diversas ocasiones, aún siendo niña, sintió la necesidad imperiosa de sentarse a escribir para trasmitir los sentimientos y pensamientos bullentes dentro de su ser, y dejar constancia de ellos. ¡Sí, ese era su campo, no tenía la menor duda!

- "Karen Liberman", dijo con voz clara y perfecta dicción el maestro de ceremonias.

Saliendo de su abstracción, se levantó y dirigió sus pasos hacia donde se encontraba el director del colegio, quien, momentos después, con una sonrisa, puso en sus manos el tan anhelado diploma, diciéndole al mismo tiempo unas palabras de felicitación. Luego, todo transcurrió entre abrazos y felicitaciones.

Al regresar a la casa, Simón, Raquel y sus hermanos le tenían preparado un agasajo sorpresa, al cual, además de sus familiares asistieron sus amigos más íntimos. Es maravilloso poder compartir estos momentos de gran felicidad con las personas que significan tanto en mi vida, pensó en el transcurso de la reunión.

Y así empezó una nueva etapa en la vida de Karen: la universidad. Al comienzo todo le pareció complicado, pero al cabo de algunos meses logró adaptarse al nuevo y riguroso régimen de estudio, realizaba con esmero los trabajos asignados por sus profesores y estaba encantada. Se sentía en particular afortunada por poder dedicarse, de vez en cuando a la actividad de su preferencia: escribir. Se mantenía ocupada con sus estudios, y todo marchaba a pedir de boca, pero un día, reflexionando, la asaltó una inquietud. Como estudiante, su desempeño era sobresaliente, y a su debido tiempo debería graduarse con honores, pero, ¿que había sido de aquel anhelo suyo, muy sentido, de conocer al hombre de sus sueños, casarse y tener varios hijos?. A diario observaba a algunas compañeras de la facultad esperando felices a sus novios, y luego los veía tomados de la mano mirándose intensamente a los ojos. Desearía estar en el lugar de cualquiera de ellas, pensaba melancólica. Ya tengo diecinueve años, y a pesar de haber salido con varios muchachos no he podido encontrar mi ser complementario, con quien quisiera compartir toda la vida ¿Acaso no existe?, se preguntaba una y otra vez. Cuando le comunicaba esas inquietudes a su hermana, ella siempre le respondía: "Ya vendrá, no te preocupes. Cada ser tiene su oportunidad en la vida, a ti también te llegará".

Annie se casó con su novio de siempre, Alan Mitrani, y se los veía felices. Karen se regocijaba de verlos así de enamorados, pues deseaba lo mejor de la vida para su hermana, y a él lo consideraba la persona ideal para proporcionárselo.

Meses más tarde, un día de tantos, la llamó por teléfono Philip Abadí, un muchacho que la había visto en una de sus clases en la universidad y deseaba relacionarse con ella.

- Lo siento mucho, le contestó sincera, pero debo presentar el lunes un examen difícil, y siendo hoy viernes, me queda poco tiempo para repasar un montón de libros.

- Por favor, salgamos esta noche aunque sea por un rato. Quiero conocerte mejor. Prometo traerte de vuelta a tu casa temprano, para evitar el trasnoche, pero no rechaces mi invitación.

- Está bien, le respondió no muy convencida. Pero en verdad, dispongo de dos días para estudiar y debo aprovecharlos al máximo.

- Trato hecho, agregó él contento.

Al llegar la noche, Karen se puso un vestido negro sencillo el cual realzaba su esbelta figura, un collar y aretes de perlas, regalo de su abuelita, y escogió de su bien surtido guardarropa cartera y zapatos negros de cuero de culebra para complementar armoniosamente el conjunto. El sedoso cabello rubio le caía en cascada sobre los hombros. Se veía preciosa, y así se lo dijo Philip tan pronto la vió al llegar a su casa para recogerla. Saludó a Raquel y a Simón, les expresó su agradecimiento por permitirle disfrutar de la compañía de su hija, y después de despedirse salieron de la casa. Es muy hermosa esta muchacha, pensó.

Karen, ya en el lujoso carro de Philip, le preguntó curiosa:

- ¿Adónde vamos?

- ¿Te gustaría cenar en el restaurante La Carreta? Es un sitio tranquilo y podríamos conversar.

- Me encantaría, le respondió, admirando su varonil apostura. Tiene un algo diferente, para mí indefinible, pensó complacida.

Philip puso en marcha el motor. Tan pronto llegaron a su destino, la ayudó a bajar del automóvil. Un maitre bastante cordial los invitó a pasar a una mesa semiapartada, como le solicitó él a la entrada. Una vez sentados ante la mesa, empezaron a conversar.

El le habló sobre su vida, por cierto interesante. Hijo de padres acaudalados, luego de concluir estudios de derecho, se especializó en la materia penal y logró un cargo de profesor de la universidad. Una vez alcanzadas estas metas, decidió abrirse camino por sí mismo dentro de su campo profesional, con fuerte competencia. Le costó intenso trabajo lograrlo de esa manera, pero se sentía satisfecho, en especial en esos momentos, cuando ya su nombre se estaba dando a conocer, pues había logrado ganar en la corte algunos casos difíciles.

Karen le habló de su ferviente anhelo de llegar a ser escritora; de sus progresos estudiantiles y del enorme agradecimiento por los esfuerzos realizados por su padre, en virtud de los cuales ella y sus hermanos podían cursar las carreras de su preferencia en la Universidad Javeriana, privada y por tanto costosa, y del afán de compensar por ello de alguna manera a su progenitor.

- No debes pensar así. Estoy seguro de que él se siente recompensado con el solo hecho de haber podido darte una buena educación.

- En eso estoy de acuerdo contigo, pero tú desconoces los antecedentes de mi familia. La posición de la cual ahora disfruto ha sido, a fin de cuentas, el producto de muchas lágrimas derramadas por mis antepasados. Ojalá mis logros en el futuro puedan de alguna manera resarcir todos esos sacrificios.

Philip la escuchaba admirado. Era extraño hallar en la época actual personas jóvenes con esa manera de pensar. El había salido con demasiadas muchachas frívolas, materialistas o de algún modo envanecidas con el convencimiento de merecerlo todo.

En el trancurso de la noche, se fueron sintiendo tan a gusto el uno con el otro, que no se percataron del paso del tiempo. A eso de las dos de la madrugada se les acercó un mesero para comunicarles el inminente cierre del establecimiento Asombrados de lo tardío de la hora, procedieron a cancelar la cuenta y se retiraron.

Tan pronto Karen regresó a su casa, salió corriendo al cuarto de Sarah y abriendo con cuidado la puerta, comprobó que ella no estaba dormida.

- Deseo contarte mi experiencia de esta noche. Me alegro de encontrarte despierta. Estoy tan emocionada.

- Dime, mi nieta querida, soy toda oídos.

- Philip es increíble, abuelita. Es todo un caballero, inteligente, refinado, encantador, y además todo un hombre. Lo escuché hablar por horas y hubiera deseado continuar así por mucho tiempo. Ojalá me vuelva a llamar. A su lado me sentí cuidada, halagada y experimenté una sensación de éxtasis hasta ahora desconocida por mí.

La invitación no se hizo esperar, y al otro día salieron a bailar a una famosa discoteca llamada La Morocota. De esa manera fueron conociéndose, admirándose el uno al otro hasta tanto el amor nació en sus corazones. El día les parecía largo, y cuando llegaba la noche querían estar juntos. La vida tiene cosas extrañas, pensaba Karen, es como si hubiéramos estado destinados a conocernos. ¿De verdad existe la reencarnación? Quizás alguna de mis vidas pasadas haya sido compartida con Philip...Lo siento tan cerca de mí...juraría haberlo conocido de siempre.

Las familias veían con buenos ojos el noviazgo, no obstante suceder todo tan rápido.

- No vayas a descuidar tus estudios, le advertía Raquel. Trasnochas demasiado y eso puede afectar tu rendimiento.

- No te preocupes mamá, siempre he sido una estudiante responsable y no dejaré de serlo en estos momentos.

- Me alegra oír eso, hija mía.

Llegó el día tan anhelado por Karen en el cual Philip le

propuso matrimonio. Se encontraban en un pequeño restaurante cuando él pidió una botella de champaña Dom Perignon. Ella lo miró emocionada y sin pensarlo se levantó de la silla y abrazándolo le respondió:

- Por supuesto mi amor, me caso contigo, te quiero con toda mi alma.

Se besaron apasionados, y se sorprendieron cuando de pronto empezaron a oír aplausos de personas sentadas en las otras mesas. Ruborizados, se separaron, no dejando de mirarse a los ojos, para trasmitir a través de ellos, el inmenso amor del uno por el otro.

Annie la abrazó emocionada al enterarse de la noticia de su próximo enlace matrimonial con su novio.

- Yo te lo había dicho. A cada uno le llega la persona destinada. En verdad, eres joven para casarte, pero eso no debe ser un obstáculo. Estoy segura de que él te hará muy feliz.

- Gracias, hermana. Philip llena mi existencia hasta lo más recóndito de mi ser, y deseo estar unida a él para siempre.

La boda fue todo un evento social. Mil doscientas personas se reunieron en el salón rojo del Hotel Tequendama para brindar por la dicha de la pareja, y la elegante recepción resultó todo un éxito. Al retirarse el último invitado de la fiesta, Karen, tomada de la mano de su esposo se acercó a sus padres, quienes en compañía de sus suegros se hallaban conversando animados.

- Vengan, siéntense con nosotros, dijo Simón.

- Desearíamos poder acompañarlos, les respondió Philip, pero estamos agotados. Ha sido demasiada la emoción para una noche y mañana sale nuestro avión para Brasil. Veníamos a despedirnos y a agradecerles de corazón todas sus bondades para con nosotros. Y diciendo esto, empezaron a abrazar a cada uno de ellos. La suite presidencial del hotel había sido reservada para la noche de bodas, y hacia ella se dirigieron.

- Karen, pareces una princesa, le susurró Philip al oído.

Al llegar a la puerta de la habitación, la levantó en sus fuertes brazos; después de un prolongado beso, la colocó sobre el sofá de la sala y suspirando le dijo:

- Siendo tú ya mi esposa, me siento el hombre más feliz de la Tierra.

- De igual manera pienso yo, le respondió ella extendiendo los brazos para abrazarlo. Y así duraron un buen rato, comprendiendo cuán afortunados eran de haberse conocido. Comentaron sobre lo acontecido aquella noche mágica del primer encuentro, y después, sintiéndose exhaustos, decidieron cambiarse de ropa. Philip ayudó a Karen a sacar de diminutos ojales un sinfín de botoncitos del traje de novia, y al finalizar, ella se despojó del suntuoso atavío, lo colocó cuidadosamente sobre el diván y se dirigió al cuarto de baño. En la espaciosa y regia sala sanitaria, advirtió por primera vez cuan cohibida se sentía ante la presencia de su esposo. Lo amaba, pero no podía apartar de su mente el molesto pensamiento de ser esta su primera noche en compañía de un hombre. Se cambió de ropa y se desmaquilló, pero su corazón no dejaba de latir acelerado. Tan pronto estuvo lista, se encaminó hacia la habitación.

- Ven, mi amor, le dijo él con dulzura desde la cama.

Titubeando un poco, levantó la cobija y se acostó a su lado. Philip empezó a besarla apasionado y ella, respondiendo en forma impulsiva, olvidó su miedo y se dejó llevar por la intensa pasión que los envolvió en esos momentos.

Al otro día llegaron temprano al aeropuerto. El avión

salía a las once de la mañana, y cuál no sería su sorpresa al encontrar allá no solo a sus familiares sino a un grupo numeroso de amigos, quienes habían ido a despedirlos. Llegado el momento de partir, abrazaron emocionados a cada uno de ellos, y entre lanzamientos de arroz con deseos de eterna dicha, y lágrimas de felicidad, los recién casados se alejaron para abordar la aeronave.

Capítulo 39

El avión, surcando los límpidos y luminosos cielos brasileños, empezó a sobrevolar la inmensa urbe y finalmente
posó sus extremidades de pájaro metálico en la pista del
aeropuerto internacional Santos Dumont, de Río de Janei-
ro. Karen y Philip eran quizás sus pasajeros más dichosos,
pero también los más extenuados, por las emociones de la
boda, la delirante primera noche de amor y el ajetreo del
viaje de varias horas.

Después de pasar por la aduana, se dirigieron al exterior del edificio donde tomaron un taxi. El vehículo era un
Volkswagen y su conductor un hombre obeso, quien, al entrar en conversación con ellos, les contó sus hazañas de
campeón como tomador de cerveza, proezas a las cuales
debía su prominente abdomen. Sus historias, dichas en
una jerga apenas comprensible, curiosa mezcla de portu-
gués y castellano, crearon un ambiente de camaradería
dentro del incómodo carrito. Al llegar al hotel Copacabana
Palace, donde Philip tenía las reservaciones, se apearon,
agradeciéndole al chófer no sólo por traerlos sino por su

grata compañía.

Una vez en la habitación, decidieron acostarse a dormir, no obstante ser las once de la mañana. Estaban agotados. A las cinco de la tarde se despertaron y pidieron servicio de comida a la habitación. No querían salir. Deseaban estar solos. Una vez reanimados por la ligera merienda ordenada, con acompañamiento de champaña Dom Perignon, de gratos recuerdos para ambos, anhelosamente se prodigaron besos y caricias y revivieron una vez más la ardorosa pasión de la noche nupcial. Al otro día decidieron conocer las legendarias playas de Río. Saliendo del hotel vieron un panorama de belleza extraordinaria, casi irreal.

El cielo, claro y diáfano, se hallaba huérfano de nubes. El agua mansa aparecía de un azul cristalino. La dorada arena acariciada por el sol se extendía mas allá del alcance visual de los recién casados. Dando el frente a la playa, hileras de hoteles de todas las formas y número de pisos, semejaban soldados de diferentes estaturas montando guardia frente al mar, y detrás de ellos las imponentes y altivas montañas.

- Nunca pensé poder contemplar un paisaje tan maravilloso! exclamó Karen complacida, es como un sueño. Y ella y Philip, tomados de las manos, cruzaron la entrometedora calle que los separaba de la playa. Una vez allí extendieron sendas toallas y se recostaron a disfrutar de los prometedores rayos solares. Al cabo de un tiempo empezaron a sudar copiosamente y se sintieron incómodos, en vista de lo cual regresaron al hotel. En el ascensor encontraron un turista quien también venía huyendo de la playa por la temperatura canicular existente. Según él, en treinta años no habían hecho en Brasil calores tales como los sentidos en ese diciembre de mil novecientos sesenta y ocho.

Tan pronto Karen y Philip cambiaron su vestimenta, salieron a caminar por la ciudad. Llegaron a un restaurante cuya especialidad era la comida de mar y pidieron a la carta. Jacarandosa música de samba animaba a los comensales de las numerosas mesas existentes en el amplio local, quienes golpeando acompasadamente vasos y copas, con tenedores o cucharillas, seguían el febril ritmo.

- Estos brasileños llevan la música en la sangre y saben gozar de la vida, comentó Philip risueño mientras saboreaba el aperitivo.

- La comida estaba deliciosa, dijo Karen con expresión de satisfacción al salir del restaurante. Vaya, que mezcla tan diferente la de los pinchos: camarones con queso y vegetales.

- ¡Sabrosísima!, corroboró Philip, acercándosele a besarla en la boca.

- Gracias, mi amor, me haces tan feliz.

- Vamos, pequeña, alquilemos un carro y así podremos conocer el resto de la ciudad.

Pero para su desconcierto, el único vehículo disponible era un jeep de color rosado con líneas marrones y techo del mismo color ribeteado con vuelos.

- Ahora sí tendremos la etiqueta de recién casados, dijo Karen, y empezó a reír a carcajadas.

- No tenemos otra posibilidad, así que ¡adelante!, aceptemos lo que se nos ofrece, fue la resignada sugerencia de Philip.

Con destreza manejó el jeep como si fuera un nativo más de Río. Visitaron numerosas galerías y dedicaron una buena parte del tiempo al museo de arte moderno, en el cual admiraron decenas de obras de los más atrevidos y novedosos estilos.

El treinta y uno de diciembre continuaron su recorrido por la ciudad. Fueron al Pan de Azúcar y a la montaña del Cristo del Corcovado. Compraron hermosas joyas con engastes de piedras semipreciosas, y Philip, pidiéndole a su esposa que cerrara los ojos, le puso en el cuello un collar conformado por un inmenso trozo de ámbar, prenda de afecto conyugal, el cual ella siempre guardaría como un tesoro. Después fueron a Petropolís y a Terezopolís. En esta última localidad visitaron un museo donde se exhibían bellísimas alhajas de incalculable valor. Burlando traviesamente la prohibición de tomar fotografías, Karen, con una pequeña cámara escondida bajo su sombrero, hizo unas cuantas tomas aprovechando descuidos del vigilante. Esta picardía aumentó el goce del paseo y fue motivo de regocijo en comentarios posteriores. Esa noche a Karen se le presentó una fiebre de improviso. El malestar le quitó el ánimo de salir, y en vista de ser el anochecer del último día del año, animó a Philip a dar, por lo menos, un paseo por los alrededores para disfrutar del animado ambiente festivo reinante en las concurridas calles y los abarrotados lugares de diversión. A las once de la noche regresó bastante entusiasmado, buscando a su esposa.

- Despierta, le gritaba. Te estás perdiendo de algo fabuloso.

- ¿De que se trata?, le preguntó ella somnolienta.

- Vístete rápido. Si te lo cuento, no lo vas a creer.

Se puso un conjunto de algodón oliváceo, sencillo pero apropiado para realzar su belleza. Sin maquillaje, y dejando su cartera en la habitación, salió corriendo tras él. Al cruzar la calle y llegar a la playa vieron a muchísimas personas moviéndose como hipnotizadas al compás de música producida por ellas mismas. La danza se hacía cada vez más veloz y tanto hombres como mujeres parecían hallarse en trance. Bailaban y bailaban sin cesar como si una fuerza extraña los empujara. Llevaban blancas vestiduras, velones encendidos en las manos, y, según Karen y Philip lograron averiguar, eran individuos bajados de las favelas, los barrios miserables de los cerros de Río, los cuales dedicaban sus bailes a los santos y a las deidades adoradas en los ritos del vudú. El singular ritual era repetido cada año en la misma fecha.

Sumamente interesante, pensaba Philip. Nunca había visto ni esperaba ver algo como esto. Estuvieron observando el curioso espectáculo hasta bien entrada la madrugada. Esa gente, oyeron decir, se quedaría ahí, bailoteando, hasta caer extenuada.

El dos de enero salieron para Punta del Este, en Uruguay, y de allí se dirigieron a Buenos Aires donde se dedicaron a conocer la ciudad y a comprar regalos para sus familiares.

Una tarde, estando Philip midiéndose una chaqueta de cuero en un almacén, su esposa empezó a sentirse mal. Para no alarmarlo, se sentó en una banqueta, pero el vahído continuaba, y temía caerse.

- Mi amor, ven, me siento mareada.

- Ya estoy casi listo, no me demoro.

En ese momento, a Karen le sobrevino un desmayo, y al perder el conocimiento se cayó de la silla.

- ¿Qué me sucedió?, preguntó al empezar a recuperarse.

La dueña del establecimiento le contó lo ocurrido, y agregó con humor:

¿Me harían ustedes dos un gran favor? ¿me informarían dentro de nueve meses si se trata de una hembra o de un varón?.

Capítulo 40

El retorno de los recién casados trajo una ola de felicidad a toda la familia. Karen y Philip se instalaron en un apartamento cómodo y moderno. El ambiente principal era la gran sala, decorada en tonos tierra y adornada con cuadros de un gran artista uruguayo, Carlos Pérez Franco. Abundaban el cromado y el vidrio en las mesitas central y auxiliares, las lámparas y los apliques colocados a diversas alturas. A desnivel con la sala, seguía el comedor. En su centro una mesa ovalada hacía juego con un alargado y elegante aparador, colocado contra la pared lateral izquierda, sobre el cual resaltaba un hermoso juego de té elaborado en plata. Las luces indirectas iluminaban el recinto en su totalidad pero con agradable atenuación. La cocina era de color crema claro, y las tres habitaciones, con sus respectivos baños, de variados tonos pastel.

- ¡Todo esto es maravilloso! exclamó Karen tan pronto recorrió el inmueble, ¿pero quién se encargó de la decoración?. Merece ser felicitado por haber logrado resultados tan espectaculares.

Philip la había estado observando sonriente durante el recorrido de su hermoso hogar. Lo emocionaba ver la expresión de embeleso en el rostro de su joven esposa.

- Ha sido un decorador amigo mío. El y yo dedicamos muchas horas de trabajo a este lugar. Estaba ansioso por ver tu reacción. Durante nuestra luna de miel, te imaginaba entrando en él y me alegra sobremanera que te guste. Este es nuestro terruño de amor. Aquí, con la ayuda de Dios, seremos muy felices.

- No me cabe la menor duda, contestó ella abrazándolo con fuerza, y él, levantándola en sus brazos, la condujo al dormitorio.

La predicción de la dueña de la tienda Unica en Argentina fue acertada. A los nueve meses nació una hermosa niña, a quien sus padres llamaron Daniela. Sus cautivadores ojos oscuros, resaltantes en el blancor sonrosado de su gracioso rostro, parecían haber sido creados para la curiosidad. Las manitas, de largos y gráciles dedos, se movían con agilidad cuando se dedicaba a sus infantiles juegos, y su mente se mantenía en constante actividad. Para su madre era un deleite compartir al máximo su tiempo con tan adorable criatura. A los dos años nació Aarón, a quien todos llamaban "Ari". Era un hermoso niño, parecido a su hermana, para quien vino a constituir la mejor compañía. Desde su venida al mundo, ella lo aceptó con inmenso cariño, lo cuidaba con ternura y estaba atenta al menor ruido o lloriqueo proveniente de él. Era fascinante verlos crecer envueltos en resistentes lazos de amor, compartiéndolo todo. Algunos años después fue concebido Kevin, un muñequito viviente y la adoración de los abuelos.

Karen y Philip se sentían complacidos con sus hijos. Era como si Dios los hubiera premiado. La vida también fue benévola con ellos en sus aspiraciones personales.

Philip, trabajador incansable, llegó a ser reconocido como uno de los abogados penalistas más sobresalientes en aquellos momentos. A pesar de su extremada juventud, era una persona responsable y con conocimientos profundos en la materia. Estas dos cualidades le proporcionaban credibilidad ante la gente, y a medida que adquiría experiencia, su clientela iba aumentando. Karen, por su lado, compartía el tiempo entre su esposo, sus hijos y la atención del hogar. Pero escribía tanto como sus ratos libres se lo permitían. Habría deseado dedicarse més de lleno a esa actividad, pero los días se le hacían cortos, y siendo tan joven quería demostrar a todos, y a ella misma, su valía.

Un día Annie vino a visitarla con sus hijos. Estuvieron jugando un rato con ellos, y cuando la empleada del servicio se los llevó para el jardín, Karen le ofreció una taza de té con unos pasteles deliciosos preparados por ella misma.

- Annie, mis suegros son maravillosos. Ada me ha trasmitido algunos de sus conocimientos culinarios. De continuo me llama para invitarme a participar en la prueba de una nueva receta, y yo corro a su lado para aprender. Tú sabes cómo aprecia Philip la buena cocina. Además, eso me permite invitar a la familia y a nuestros amigos y poder lucirme con platos exquisitos. También estoy orgullosa de mi suegro Akiva. No sólo es todo un personaje en esta ciudad sino bondadoso en extremo, con nosotros y con todas las personas de su entorno. Me siento honrada en pertenecer a una familia como la de ellos.

- Lo sé, y me alegro de verte feliz con tu esposo, tus hijos y tus suegros.

Annie continuó, titubeando:

- No quisiera entristecerte en estos momentos, pero quiero compartir contigo una gran preocupación. Desde hace algún tiempo he estado observando a papá y no parece el mismo hombre. El siempre ha sido fuerte y ahora lo noto decaído y sin energía. El sábado estuve en casa de nuestros padres y me llamó la atención el tono verdoso de su piel, muy diferente al habitual, y el cansancio reflejado en su rostro. Estaba por llamarte, pero he estado ocupada en estos días, y por otra parte, no quería inquietarte, pues podían ser puras aprensiones mías.

- Debemos consultar con un médico enseguida, replicó Karen resuelta.

Algunos días después, Simón, en compañia de su esposa, fue a visitar al doctor Parejo, quien después de hacerle un chequeo completo lo remitió a un especialista, el doctor Schuster, oncólogo, el cual sometió a Simón a varias pruebas, entre ellas a una biopsia.

- Mi secretaria se comunicará con ustedes por teléfono para dejarles saber el día en el cual podremos reunirnos para explicarles el diagnóstico, dijo con reserva profesional.

Atendiendo el llamado del doctor Schuster, Raquel, Annie y Karen fueron a su consultorio, pues Simón se excusó por sentirse demasiado cansado.

Cuando las tres se hubieron acomodado en sendas sillas traídas por la enfermera asistente del médico, éste les dijo sin ningún preámbulo:

- Siento ser el portador de malas noticias, pero el resultado de la biopsia me permite diagnosticar un tumor canceroso en la vejiga.

Hizo una pausa y continuó:

- Si fuera mi padre quien se encontrara en estas condiciones, yo saldría hoy mismo para el mejor hospital en los Estados Unidos. Allí es donde pueden hacer algo en este caso, pues un centro de esa categoría dispone de los aparatos y de las técnicas más avanzadas del mundo.

El viaje no se hizo esperar, y al cabo de una semana partieron para el Hospital M.D. Anderson en Houston, Texas. El trayecto fue dificultoso, pues Simón se sentía excesivamente mal. Tras haberse enterado los suyos de su estado, les hablaba a menudo sobre su atormentador sufrimiento. Papá es muy valiente, pensaba Karen. A pesar de los dolores sufridos, sin duda, en los últimos meses, jamás lo oímos quejarse.

Al salir del aeropuerto se dirigieron de inmediato hacia el hospital. No debían perder tiempo. Una vez instalado en la sala de emergencia, la espera se hizo angustiosa. Algunas horas más tarde, un joven médico apareció en la salita de espera y después de presentarse como el doctor Francisco Vidal, procedió a explicarles el tratamiento a ser aplicado. Primero iba a reducirle la hinchazón de las piernas, producto de una flebitis crónica, y después recurriría a la quimioterapia para intentar destruír el tumor. Sus siguientes palabras fueron algo alentadoras:

- En mi opinión, el paciente ha llegado a tiempo. Por tanto, veo buenas posibilidades de recuperación, pero el camino a seguir va a ser arduo. Ustedes deben estar dispuestos a seguir al pie de la letra mis instrucciones.

- Así será, por supuesto, pues deseamos por sobre todas las cosas su mejoría, aseguró Annie.

Simón pasó esa noche en la sala de emergencia y al día siguiente lo trasladaron a una habitación privada.

- Ya está, papá, dijo Karen arreglándole la almohada. Aquí sí te vas a sentir cómodo, sobre todo después de un viaje tan largo. Deberías tratar de dormir un poco. Pronto te vas a aliviar.

- Ojalá sea como dices, le respondió él con voz cansada, y entre bostezos se quedó dormido.

Ella observó a su padre con profunda tristeza. ¡¡Cáncer!!... ¿De verdad se pondrá bien? Ahora tan sólo nos queda luchar por su vida. El médico se mostró optimista. Papá siempre ha sido un hombre sano, y si algo puede ayudarlo en estos momentos es su constitución.

Dios mío, protégelo, rezó en silencio. Sácalo con bien de esta dura prueba. Permítele recuperarse y regresar con nosotros sano y salvo.

Se inició así una fatigosa rutina, entre tratamientos y visitas al hospital. Su esposa y sus dos hijas se turnaban para acompañar al enfermo, y aun así, los días se les tornaban difíciles y siempre estaban agotadas.

- ¡Es la tensión nerviosa!, comentaban las hermanas.

- Ya quisiera verlo recuperado, y sin embargo, está tan débil.

- Eso es parte del tratamiento, Annie. El médico nos dió una explicación clara. La quimioterapia no es selectiva; mata el tejido canceroso, pero daña en muchas áreas el sano. Dios quiera que eliminen pronto el tumor y papá se recupere.

Un día se encontraba Karen viendo televisión con Simón en su cuarto del hospital, cuando de repente él se volteó hacia ella y le empezó a hablar.

- Hija mía, estoy sumamente agradecido con ustedes por la compañia y las atenciones, siento haberlas molestado tanto con mi enfermedad, pero quisiera pedirte algo más.

- Dime, estoy dispuesta a complacerte en todo.

- Como sabes, desde hace años me alejé de los negocios de venta al detal para dedicarme a la venta al por mayor, y hasta hace algún tiempo lograba enormes ganancias, con las cuales podía proporcionarle a mi familia un excelente nivel de vida.

- Siempre has sido un trabajador incansable.

- Gracias, pero déjame continuar. Después de haber logrado amasar una verdadera fortuna, empecé a sospechar que alguien me estaba robando. Esa persona me está haciendo mucho daño, pues estoy viendo decaer mis negocios día a día y eso me tiene muy angustiado. Tu mamá no entiende nada de estos asuntos, pues siempre la he mantenido al margen de ellos y por tal motivo se ve incapacitada de secundarme, pero tú y tu esposo sí lo pudieran hacer. Por favor, estoy desesperado. ¡Ayúdame!. Y diciendo esto empezó a sollozar.

- Papá, no llores, exclamó Karen corriendo a su lado. Claro, colaboraremos contigo. No quiero moverme de tu lado en estos momentos tan críticos, pero hablaré con Philip, y cuando me hayas informado sobre todos los pormenores del problema, veremos cuál es el camino a seguir. Pero debes prometerme no angustiarte de esta manera. Eso no contribuye en nada a tu restablecimiento.

- Te lo prometo, hija.

Karen se comunicó esa noche con su marido, y después de intercambiar informaciones sobre el tratamiento de Simón y la salud de la familia, procedió a comunicarle el problema.

- No te preocupes, mi amor, le contestó él. Pondré todo mi empeño en averiguar si algo en realidad anda mal, aunque nunca he estado al tanto de sus negocios. Pero regresa pronto a casa, nos está siendo difícil vivir sin ti.

Ella colgó el auricular del teléfono y se secó algunas lágrimas. ¡Cómo los extrañaba y cuánto desearía poder estar con ellos...! Aquel hospital tenía una reputación inmejorable para casos de pacientes con cáncer ¡pero era tan deprimente!. Cada enfermo era el protagonista de una triste historia, en especial los niños, en cuyas caras afligidas se reflejaba la tortura sufrida a diario.

- Oh, Dios mío, ayuda a estos pobres seres, imploró, muchos de ellos sufren sin esperanza.

Llorando, se dirigió a la entrada del hospital, donde aguardaba la camioneta que la transportaría hasta el hotel. Era su noche libre y quería dormir para olvidar aquella pesadilla.

El tiempo pasaba y a Raquel la invadía una gran inquietud. Su esposo, a pesar de los pronósticos favorables del médico, no experimentaba ninguna mejoría. Sus hijas, preocupadas por ella, le pidieron no hacer el turno en las noches, sino descansar. Ya se las arreglarían ellas solas. Pero el estado emocional de su madre empeoraba cada día y decidieron buscar ayuda profesional.

- Ustedes deben comprender la situación, les explicaba el psiquiatra. Ella ha estado casada con el enfermo por mas de cuarenta y cinco años, y en este momento ve peligrar su vida.

- Podemos hacer algo nosotras? le preguntó Annie preocupada.

- Voy a tener una conversación con ella. Entretanto tengan paciencia Es lo único aconsejable, dada la gravedad de la enfermedad de su esposo.

Todo fue en vano. Al cabo de cinco meses, el médico las llamó a su consultorio para darles la trágica noticia. La quimioterapia había fracasado, el cáncer seguía avanzando. En otras palabras, Simón estaba desahuciado.

- ¡No, me niego a creerlo! decía Karen llorando sin consuelo y abrazándose a su hermana, quien a su vez se sentía desconsolada. Vamos a perder a papá sin remedio. Esto no me lo esperaba.

- Yo tampoco, contestó Annie tratando de tranquilizarse, pero es la amarga realidad. Todo está llegando al final. Deberíamos tratar de ser fuertes para ayudarlo, y hacerle sus últimos meses de vida lo más felices posible.

- Tienes razón. Todavía le queda la parte más difícil por recorrer. Es deber nuestro hacérsela mas llevadera.

- Adiós, doctor Vidal, agregó Karen recordando la presencia del médico. Es hora de regresar a casa. Ya no queda nada pendiente aquí.

Capítulo 41

El regreso a casa de Simón y su parentela, se vió acompañado de sentimientos encontrados. Por una parte, la reunión de Karen y Annie con sus respectivos esposos e hijos fue motivo de inmensa alegría; por otra, la llegada del cabeza de familia aún más agobiado por la enfermedad les ocasionaba a todos una profunda tristeza. Lo torturaban lacerantes dolores, no aliviados ni siquiera por la morfina prescrita en el hospital estadounidense como último recurso.

Cierto día Karen se dirigió a la casa de sus padres.

- ¿Papá, estás despierto?. He venido a visitarte.

- Sí, le contestó él tratando de acercarse al borde de la cama.

- ¿Te ayudo a sentarte en la silla reclinatoria?

- Gracias. Llevo demasiadas horas acostado y ya me duele la espalda.

Se levantó como pudo, auxiliado por Karen, se dirigió con lentitud hacia la silla, y dijo:

- ¡Ay, hija mía! No esperaba tan terrible sufrimiento...Ojalá pudiera comprender el mensaje de Dios implícito sin duda en esta prueba.

- En los últimos tiempos he leído varios libros en los cuales se relatan experiencias de médicos acreditados en relación con la vida después de la muerte y la vida entre la vida, dijo ella poniendo cierto énfasis en sus palabras.

- ¿Y has sacado algo en claro de esas lecturas?

- Así lo creo. Según lo comprobado por esos profesionales, una persona vive varias vidas. Al dejar cada una de éstas, mediante el trance de la muerte, atraviesa por un estado espiritual durante el cual debe estudiar y prepararse para la próxima existencia terrenal de acuerdo con los errores cometidos en la anterior. Así como el pintor crea un bosquejo en el lienzo en preparación de un cuadro, así el individuo debe planear su paso a la otra supervivencia. Cuando está listo, vuelve a nacer bajo las condiciones escogidas por él mismo en la entrevida. Pero hay algo sorprendente. En esta nueva etapa se vuelve a rodear de sus seres queridos y semejantes más allegados, aunque los papeles asignados a ellos en su próximo lapso sean diferentes.

- No comprendo. Me estás hablando de la posibilidad, después de morir, de reunirme con ustedes?.

- Sí, papá, eso se desprende de los nuevos estudios científicos realizados por médicos de gran prestigio, quienes han llegado a probar su teoría a través de la hipnósis.

- Eso sería un enorme consuelo para mí. Ojalá sea cierto.

- Creélo, hay pruebas convincentes de la veracidad de las conclusiones de esos estudios. .

- No sabes cúanto me duele partir y alejarme de mi esposa, de mis hijos y de mis nietos. Yo los adoro.

- Nosotros también te queremos, exclamó Karen abrazándolo. Siempre te llevaremos en nuestro corazón, no importa dónde te encuentres.

- Gracias, mi amor, tus palabras me consuelan.

- Ahora quisiera aclararte las dudas sobre tus negocios, las cuales me planteaste cuando estabas en el hospital.

- Se trata del dinero perdido ¿verdad?

- Sí. Después de analizar el asunto a fondo y de hablar con varias personas, conseguimos la explicación del problema. Las pérdidas económicas notadas por ti se debieron a la inexperiencia de Carlos para dirigir tus negocios. Lamento verme en la necesidad de decírtelo, pues es tu hijo y mi hermano, pero esa es la realidad. A raíz de haberse graduado en la universidad, tú lo creíste competente para enfrentar responsabilidades para las cuales no estaba preparado. El las asumió de buena fe, pero, como ha quedado demostrado, no tenía la capacidad para tomar decisiones trascendentes ni encarar con éxito adversidades. Eso trajo como consecuencia que no hubiera ganancias en estos últimos años y se produjeran grandes pérdidas. En ningún caso, y ello debe de cierta forma tranquilizarte, hubo un robo deliberado.

Simón la miró entristecido y en silencio asintió.

- Gracias, Karen, me siento mejor al respecto. Moriré más tranquilo. Mi único dolor es no poder dejarle a la familia, como era mi deseo, mayor seguridad económica.

- Papá, tú nos diste siempre una vida rodeada de amor, educación y comodidades, ¿podríamos pedirte algo más?

- Perdóname si en algo les he fallado. Siempre actué con las mejores intenciones.

- Lo sé, le respondió ella con lágrimas en los ojos. Y ahora, por favor, descansa.

Simón murió a los pocos días, y un enorme dolor abrumó a sus familiares, pero se consolaron en parte al comprender la misericordia de Dios al proporcionarle el descanso y no permitir así la continuación de su sufrimiento. Había transcurrido un largo año desde el fatídico día en que le diagnosticaron la enfermedad.

Capítulo 42

Amaneció un día lluvioso. Era el catorce de diciembre de mil novecientos noventa. Karen, sentada en una poltrona, con las piernas encogidas, al lado de la ventana de la sala de su casa, observaba cómo el torrencial aguacero caía con fuerza y chocaba ensordecedor contra el ventanal. Su mirada se perdía en la bruma blanquecina e impenetrable del exterior y el único movimiento perceptible de su cuerpo era el producido por la respiración.

- Mi amor, ¿dónde estás?, preguntó su esposo desde otra habitación, con voz apagada por el constante ruido

- Estoy en la sala, Philip.

- Tremendo diluvio está cayendo...y no da señales de ir a terminar, comentó él entrando en la estancia.

- Sí, le respondió ella con aire de pesadumbre.

- Te noto triste, parece haberte afectado este tiempo infernal.

- No, no es eso. Han pasado cuatro meses desde la muerte de mi padre y todavía no me acostumbro a la idea de su ausencia definitiva. Siento como si parte de mí se hubiera marchado con él, y revivo una y otra vez los terribles momentos pasados a su lado en el hospital. Algunas veces estos recuerdos se me presentan en sueños, en otras ocasiones durante el día, en medio de cualquiera de mis actividades. ¡Es enorme el dolor de haberlo perdido!, exclamó con gran pesar deshaciéndose en lágrimas.

- Por favor, no llores, le pidió él mientras la abrazaba. Todas las vidas humanas tienen un final. El destino de tu padre era morir en esa fecha, a los sesenta y siete años recién cumplidos. No sabemos como funciona la ley divina, pero debemos acatarla. Además, tu creencia en las múltiples vidas debería ayudarte a superar ese gran pesar, compartido por mí y el resto de la familia. Claro, es reciente lo sucedido para acallar tu corazón ante tan enorme pérdida, pero verás, querida mía, cómo con el pasar del tiempo todo se irá suavizando. En un futuro, quizás bastante cercano, recordarás sólo aquellos momentos felices vividos a su lado y te sentirás más cerca de él.

- Gracias por tus palabras. Me hacen sentir mejor. Mientras llega ese futuro, voy a ocupar mi tiempo en otras cosas para no pensar tanto en lo sucedido. Nuestros hijos, aunque ya han crecido y se están independizando, en busca de sus propias vidas, todavía necesitan de mi orientación y cariño, pero en menor grado. En cuanto a ti, eres un hombre brillante y dedicas al bufete casi todo tu tiempo y energía. Creo llegado el momento de volverme productiva en otra esfera de actividad.

- Así se habla, le contestó emocionado, pues durante los últimos meses había observado con inquietante preocupación el creciente estado depresivo de su esposa.

La lluvia cesó, y los dos, de mutuo acuerdo, decidieron buscar sus abrigos para salir a dar una caminata. Después de esa conversación, Karen se inscribió en un gimnasio.

Pero a pesar de disfrutar de las clases y de la buena compañía, no lograba compensar su vacío interior. Entonces, como un rayo de luz, penetró en su mente una idea salvadora. Debería volver a escribir, hacer uso a plenitud de ese don preciado de poder crear con su imaginación vidas y mundos diferentes. Entre la crianza de sus hijos, la casa y su familia, algo valioso en ella se había perdido. Animada por este nuevo impulso, un buen día, tan pronto Philip se hubo marchado al trabajo, se sentó frente a la computadora, la prendió, colocó el diskette en su lugar, y cuando apareció la imagen en el monitor empezó a escribir como si nunca hubiera dejado de hacerlo. De repente surgieron en su cabeza miles de ideas. Todas sus energías mentales y espirituales se reunieron para plasmar en la pantalla su sentir. Sí, en definitiva ese era su campo, y debería haber sido su quehacer desde hacía mucho tiempo. Las horas volaron mientras ella mantenía la vista fija en la negra y brillante pantalla y a través de sus ágiles dedos sobre el teclado su mente creaba, y creaba, llenando su ser de una embriagadora euforia. De ese maravilloso mundo de fantasía la sacó su esposo al acercársele y decirle con ternura:

- ¡Hola! ¿Cómo está mi escritora?

Se levantó apresurada y, tras besarlo, le contó la maravillosa transformación que estaba experimentando.

- Imagínate, me he pasado toda la mañana escribiendo, y el teclado no ha parado ni por un momento. ¡Me siento tan feliz!...

Philip la observó con inmenso alivio. Gracias a Dios, se dijo, su mujer estaba logrando salir de la depresión. Era la persona animosa y emprendedora de siempre. Colocó el abrigo sobre una silla cercana al escritorio de Karen, y atrayendola hacia él, empezó a besarla con pasión.

- Ten cuidado, la señora del servicio se encuentra cerca y puede vernos.

Pero él continuaba besándola, haciendo caso omiso de su comentario, hasta tanto su excitación llegó al máximo. Entonces decidieron irse a su habitación, donde Philip la tomó entre sus brazos y levantándola la colocó en la cama.

- Estoy loco por ti, mi amor, le dijo.

- Y yo te adoro, mi querido abogado.

La fue desvistiendo con suavidad, y luego procedió a despojarse de su propia ropa. Entre abrazos y besos se fundieron en un solo ser, llegando a sentirse en otro mundo, reservado exclusivamente para ellos y su amor.

Capítulo 43

Karen escuchó un golpe en la puerta de su estudio.

- ¡Adelante! respondió.

De inmediato entró su hija. Es hermosa, pensó con orgullo maternal cuando avanzaba hacia donde ella se encontraba. ¿Cuándo se convirtió en una mujer?. No podría precisarlo. La transición fue lenta a sus ojos, pues a diario la veía. Daniela, con su porte distinguido, su esbelta silueta, producto de una férrea voluntad, aquel sedoso cabello largo, toque de sutil sensualidad en su anatomía, y sus enormes y dulces ojos iluminados por la bondad.

- ¡Hola, mamá!.

- Me alegra mucho verte. Tu llegada no ha podido ser más oportuna ¡estoy tan emocionada!.

- ¿Y cuál es el motivo de esa emoción?.

- He terminado mi novela. ¡Al fin lo he logrado!.

- Mejor noticia no habría podido oír. Ahora yo también comparto tu entusiasmo. Has trabajado duro. Ya era hora de obtener satisfacciones. Y ahora a publicarla...

- No lo vas a creer, pero nunca he pensado en ello.

- ¿Por qué no? le preguntó extrañada. ¿Acaso has trabajado tanto para dejar tu obra literaria acumulando polvo en una gaveta?.

- No, Daniela. Empecé a escribir hace tres años, tras la muerte de mi padre, para librarme del dolor y la frustración de aquellos momentos. La idea era mantenerme ocupada para sobrellevar mi depresión.

- Yo lo veo desde otro punto de vista. Tu propósito pudo ser ése, pero ahora la novela está terminada, esa es la realidad. Tú has superado tus problemas y yo deseo, añadió con una encantadora sonrisa, tener la posibilidad de ser la hija de una escritora famosa.

- Tus sueños son grandiosos, le respondió divertida.

- No, no son sueños. Mereces darte una oportunidad después de tanto esfuerzo. Además he leído algunos capítulos y me parecen estupendos. ¿Por qué no hacemos evaluar tu libro por una editorial reconocida?

Karen miró a su hija con expresión de duda, pero en su fuero interno se produjo una conmoción. ¿Publicar mi novela? pensó.

- Debemos investigar todas las posibilidades, continuó Daniela. Quizás papá tenga algún amigo editor.

- Disculpa, no escuché tus últimas palabras. Estaba pensando y me entretuve, ¿podrías repetir lo dicho?

- Te hablaba de la posibilidad de encontrar entre los amigos de papá a alguien dedicado a la edición de libros, o, se me ocurre ahora, que nos indique el mejor camino a seguir para lograr la publicación de tu obra.

- No tan pronto, jovencita, déjame asimilar la idea, y si decido publicarla entonces hablaremos con tu padre.

- Sí, mamá, le respondió algo decepcionada. Pero, por favor, no te tomes demasiado tiempo en pensarlo.

- Dame un abrazo, le pidió Karen enternecida. Algo

bueno debo de haber hecho en este mundo para merecerme hijos como tú y tus hermanos.

- Y nosotros padres como ustedes, le respondió Daniela abrazándola.

Al cabo de un rato, Karen le preguntó:

- Dime, hija, cuando viniste a mi estudio, ¿querías decirme algo?

- Con tanta emoción lo había olvidado. Papá llamó por teléfono para hacerte saber que va a llegar tarde esta noche y por tanto no cenará con nosotros. Según me explicó, le llegaron unos clientes de los Estados Unidos. Como tu marido te va a dejar abandonada esta noche, agregó con picardía, Aarón, Kevin y yo decidimos invitarte a ir al cine. ¿Te gusta la idea?

- Encantada con la propuesta, le respondió tomándola de la mano. Busquemos a tus hermanos y salgamos. De lo contrario, no llegaremos a tiempo, dijo mirando el reloj.

- Pues vamos, agregó Daniela con su resolución característica.

La película era "El Caballo de Guerra", pero durante su proyección Karen permaneció casi por completo ajena a las imágenes de la pantalla, pues un pensamiento recurrente le ocupaba la mente: ¿Debo publicar mi novela o no?

- Mamá, le comentó Aarón intrigado. No te veo interesada en la trama. Estás como ausente.

- Lo siento, trataré de no pensar tanto y pondré más atención.

Al salir del cine hicieron varios comentarios sobre los ingeniosos e impresionantes efectos especiales utilizados en la película. Eran dignos de admiración.

- Steven Spielberg es mi director predilecto, dijo Daniela.

- A mí me encanta, opinó Kevin.

- Lo más valioso para mí es hallarme en compañía de mis tres hijos, aseguró Karen.

- Sí, mamá, contestó Aarón en tono burlón. Lo disfrutas mucho pero te enfrascas en tus pensamientos hasta perder el contacto con la realidad.

- Tienes razón, hijo.

- No es culpa suya, agregó Daniela mirando a su hermano. Tal vez la responsable sea yo, por haberle sugerido publicar su novela.

- ¿Entonces ya la terminaste? pregunto Kevin curioso.

- Sí, respondió ella. Pero no estoy segura de publicarla.

- Debes hacerlo, repuso Daniela convencida.

- Por supuesto, recalcó Aarón.

- Me uno a mis hermanos en la recomendación, agregó Kevin.

Karen movió la cabeza de un lado al otro, y entre sonrisas preguntó:

- ¿Se han confabulado contra mí?.

- Todo lo contrario, mamá, estamos contigo, respondió Aarón de inmediato. Tus escritos pudieran ser de gran interés para el público, especialmente por ese tema humano tan impactante.

- Lo pensaré. De eso puedes estar seguro.

Al otro día, estando reunida la familia compartiendo el desayuno, Daniela se aventuró a mencionarle a su padre la idea de publicar la novela.

- Me parece una magnífica idea.

- ¿Pero tú también lo crees acertado?, le preguntó su esposa perpleja.

- Por supuesto. Tu trabajo de tres años no debe perderse en el olvido. Hoy mismo empezaré a buscar las opciones posibles para la publicación del libro.

- Lo miró atónita, pero no se atrevió a decir nada y continuó comiendo, tranquila en apariencia, aunque su corazón latía acelerado.

Dos días después, Philip la llamó por teléfono desde su bufete.

- Hola, cariño, ¿cómo estás?.

- Bien, gracias.

- Te llamaba para darte una buena noticia sobre tu novela. Acabo de conseguir una cita con un agente editorial de primera línea, quien te representará en los trámites para la posible publicación del libro. Su nombre es David Paulton y tiene mucha experiencia en el ramo. La reunión se efectuará en mi oficina, el miércoles de la próxima semana a las cuatro y media de la tarde. ¿Te parece bien?.

- Sí, murmuró Karen.

- Entonces la voy a confirmar, y me despido, porque estoy muy ocupado. Hasta la noche, amor mío.

El miércoles en la tarde, según lo acordado, Karen se reunió con el agente. El no le prometió nada, pues primero quería leer la novela, pero le dio la seguridad de que si el contenido de la obra le agradaba, haría todo lo posible por ayudarla.

Transcurrieron algunas semanas. Karen, aunque no lo manifestaba abiertamente, agonizaba de ansiedad por tener una respuesta. Un lunes en la mañana, estando sola en la casa, sonó el teléfono, y después de dos timbrazos levantó el auricular.

- ¿Señora Abadí? preguntó una mujer.

- Sí, soy yo.

- Le habla Carol, la secretaria de la Editorial Fin de Siglo. ¿Cómo está usted?.

- Bien, gracias, le respondió con voz ansiosa.

- El señor Paulton desea hablar con usted. Se lo paso enseguida.

- Buenos, días Karen. La llamo para comunicarle que su novela ha sido aceptada. Fue leída por tres de nuestros mejores críticos, quienes llegaron por separado a la misma conclusión. Su obra puede ser un éxito. Será necesario cambiar algunos capítulos y hacerle varias correcciones, pero en general nos gusta la idea de publicarla y pondremos mucho empeño para llevar a cabo la edición.

Hizo una pausa y continuó diciendo:

- Ahora bien, usted deberá estar dispuesta a trabajar con nosotros. Siendo esta su primera obra, quizás desconozca todos los pasos requeridos para la publicación de un libro.

- Por supuesto, colaboraré en todo.

- Entonces ¡felicidades!. Mi secretaria se pondrá en contacto con usted para informarle el día de nuestra próxima reunión.

- Hasta pronto, se despidió ella, y enseguida devolvió el auricular a su soporte.

Con una placentera sensación de íntima satisfacción, se arrellanó en una poltrona cercana a la mesita del teléfono y exclamó en voz alta:

- ¿Será verdad o estaré soñando?... ¡Han aceptado mi novela!.

Al cabo de algunos minutos, y ya recuperada de la impresión, llamó a Philip a la oficina para hacerlo participe de la noticia.

- Te felicito con todo el corazón, mi amor. ¡Aleluya! ¡Mi esposa será famosa!.

- No te burles de mí, le respondió molesta.

- ¿Burlarme de ti? ¡Tamaña tontería! David Paulton es uno de los mejores editores de nuestra época. Si él ha decidido publicar tu novela es porque la considera excelente.

- No puedo creerlo. Me parece demasiado maravilloso.

- ¡Créelo y adelante!. Estoy muy orgulloso de ti.

Al día siguiente, Carol la llamó para concretar una cita en la editorial. Después de aquella llamada todo transcurrió de manera rápida, y Karen sin proponérselo se vio envuelta en un sinfín de reuniones, contratos, cambios y aceptaciones.

Una mañana, estando en la recepción de la oficina esperando a ser recibida por el señor Paulton, observó la cara entristecida de la secretaria.

- No deseo entrometerme, le dijo con cautela, pero la noto bastante deprimida, cuando siempre la he visto alegre, llena de vida. ¿Puedo ayudarla a mitigar su pena?

Carol, al escuchar las palabras de Karen, se deshizo en lágrimas.

- No llore, por favor, le pidió apenada. ¿Acaso he dicho algo indebido?.

- No señora, todo lo contrario. Lo que sucede, es que los recientes acontecimientos sucedidos en el mundo, han hundido a mi familia en la desgracia.

- ¿A que se refiere? le preguntó Karen apesadumbrada.

- A lo sucedido a las torres de Nueva York, el once de septiembre.

Mi esposo se encontraba trabajando en la primera torre en aquellos momentos, pero fue su destino que no muriera sino que quedara irremediablemente incapacitado. El ochenta por ciento de su cuerpo sufrió quemaduras de tercer grado, y a pesar de los avances de la ciencia y de su intenso deseo de vivir, ha quedado confinado a una silla de ruedas de por vida. Ahora, yo soy la única encargada de sustentar nuestras vidas. Somos padres de tres niños y algunas veces me desespero tratando de cubrir nuestras necesidades.

Comprendo su aflicción, le contestó Karen de inmediato. Ese trágico suceso del que usted ha hecho mención, ha desencadenado una serie de eventos los cuales han cambiado al mundo, llenándolo de dolor, inseguridad y desconfianza.

El grupo Al-Qaeda y los dirigentes de extrema izquierda, amenazan con destruir la paz del mundo y si no los detenemos a tiempo estaremos perdidos.

En aquel momento se oyó un timbre proveniente de la oficina contigua.

- El señor Paulton la va a recibir ahora, le informó la muchacha con voz todavía alterada.

- Seguiremos conversando más tarde, pero quiero prometerle algo. De aquí en adelante los estaré recordando en mis oraciones. Sólo Dios con su bondad y justicia logrará extirpar de los seres humanos ese diabólico e imperioso deseo de destruirse los unos a los otros.

- Gracias por sus palabras. Es usted una mujer admirable.

Ella se inclinó para darle un beso en la mejilla y procedió a entrar en la oficina.

- Discúlpeme por la espera, le pidió el Sr. Paulton dándole la mano.

- No se preocupe, le respondió Karen de inmediato.

- He querido reunirme con usted hoy, para ponerla al tanto de nuestra decisión de traducir su novela al inglés, publicarla en los Estados Unidos y simultáneamente en Centro y Suramérica. Hizo una pausa y continuó:

- La razón primordial es la actual situación bélica en el mundo, su similitud con la segunda guerra mundial y las consecuencias para todo el género humano. Eso ha des-

pertado de nuevo el interés de las personas por lo acontecido en el pasado, y la oportunidad es excepcional para
divulgar su obra literaria.

Ya he recibido varias llamadas de editores norteamericanos deseosos de encargarse de su publicación y distribución en los Estados Unidos.

- Absolutamente increíble, comentó Karen suspirando.

- Créalo, mi querida señora. Tenemos algo muy bueno
entre las manos.

Capítulo 44

La novela "La conspiración inhumana" ya se encontraba en las vitrinas y anaqueles de las principales librerias de Norte, Centro y Sur América. Las primeras críticas aparecidas en los diarios más importantes y en las revistas especializadas, todas favorables, auguraban el mismo resultado. Aquella humana y conmovedora historia, escrita sin pretensiones literarias, pero con el corazón, habría de convertirse en un éxito de librería, un best seller. En vista de la exitosa publicación de la novela y de los halagüeños pronósticos en relación con su masiva aceptación por el público lector, la familia Abadí decidió ofrecer en su casa una fiesta para agasajar a todas aquellas personas participantes en el proceso de difusión del libro.

A las siete y media de la noche, Philip introdujo la llave en la cerradura de la puerta principal de su casa, entró con pasos rápidos y se dirigió a la escalera, hasta donde se acercó al mismo tiempo una de las empleadas del servicio.

- Buenas tardes, señor. Su señora esposa lo espera en el estudio.

- Por favor, comuníquele que voy a mi habitación para cambiarme de ropa y estaré listo en unos minutos.

- Con mucho gusto, señor, le respondió solícita.

Karen se había quedado dormida. Petra, a pesar de ser la empleada más antigua y de mayor confianza, no se atrevió a despertarla y prefirió dejar que lo hiciera el dueño de la casa. Media hora más tarde, él llegó a buscarla, y abrazándola, la despertó.

- Hola, mi amor, le dijo ¿no piensas asistir a tu fiesta?.

- Oh, me adormecí. ¿Llegaron ya nuestros invitados?

- Todavía no. Se invitó para las nueve de la noche.

Ella emitió un suspiro de alivio y tomando a su esposo de la mano, y halandolo con suavidad lo hizo sentar a su lado.

- He estado meditando sobre todo lo acontecido desde que mi familia vivió en Polonia hasta el día de hoy. Cada movimiento de ellos me sirvió de inspiración. Esa cadena continua de sucesos marcó mi vida.

- Hagamos un brindis por tus predecesores, propuso Philip, levantándose y dirigiéndose hacia el bar. Allí tomó una botella de su champaña favorito, Dom Perignon, puesta a enfriar para la ocasión, la abrió con destreza de conocedor, llenó dos copas, devolvió la botella al cubo de hielo y se dispuso a brindar con su compañera de toda la vida.

Karen tomó por su base el cónico y centellante vaso de cristal de roca, lo levantó hasta la altura de su rostro y dijo con emoción:

- Gracias a la perseverancia de ustedes, queridos antepasados, por sobrevivir y llegar a Suramérica, ya no habrá más lágrimas sino sólo alegrías en nuestra familia, y allá donde se encuentren, les pido compartir conmigo esta felicidad. Hago votos porque la humanidad erradique para siempre las guerras y reine la paz en el mundo.

Philip chocó su copa con la de ella, y después de saborear el burbujeante líquido, agregó con expresión apesadumbrada:

- Comparto tu noble deseo, pero la historia se ha encargado de demostrarnos lo contrario. La fe puede llevar a las personas a alcanzar niveles espirituales inimaginables, o motivarlas a producir la destrucción el mundo.

La crueldad humana se parece mucho a las llamadas malas hierbas, las cuales al ser arrancadas, renacen con mayor vigor.

Dios ha dotado a los seres humanos con una gran capacidad para amar al prójimo, con lo cual desarrollamos cualidades de compasión, bondad, paz y espiritualidad, y de igual manera, nos inculca el amor hacia nosotros mismos, proveyéndonos así, con un mecanismo de defensa y de preservación. Sin embargo, por razones genéticas, económicas o sociales, muchos individuos desarrollan un exceso de amor por sí mismos, lo cual engendra, entre otras cosas, envidia, avaricia, egolatría y como consecuencia odio y crueldad.

El problema básico radica en el caso de esas personas inescrupulosas, en las cuales se ha podido comprobar a través de la historia, que para poder justificar sus fines egoístas y maquiavélicos, y para convencer a sus seguidores de que su causa es justa y razonable, generalmente actúan en nombre de Dios y de la religión. Y escondidos tras esas banderas, han cometido y seguirán cometiendo los mayores crímenes y atrocidades contra la humanidad.

Como sabes Karen, yo soy más espiritual que religioso, sin embargo, no deja de asombrarme que religiones como la Judía, la Cristiana y la Musulmana, a pesar de tener un mismo padre: el patriarca Abraham, e igual origen de su religión, han generado hechos insólitos en la historia y en la actualidad, que no se conjugan con esa realidad.

Durante la época de las cruzadas y la inquisición, los cristianos en España, a nombre de Dios y de la Iglesia Católica y con fines de "purificación" expulsaron y exterminaron a los musulmanes y a los judíos. Luego Hitler, inspirado en las históricas cruzadas y con la excusa de "purificar a la raza Aria", aniquiló a millones de judíos y a los no arios. Y hoy en día, el fundamentalismo Musulmán, con los mismos "preceptos de purificación" se ha propuesto desaparecer de la faz de la tierra a todas aquellas personas consideradas infieles, por no profesar sus mismas creencias, y basando el odio en su concepto de Dios y de la religión, le han declarado la guerra al pueblo judío, a la sociedad occidental, a los protestantes y a los cristianos.

Karen, motivada por las explicaciones y los puntos de vista de Philip, le preguntó:

- Dime mi amor, ¿que crees tú que nos deparará el futuro?

Philip, apretando los labios y frunciendo la barbilla, hizo un gesto de triste aceptación y prosiguió diciéndole:

- En la actualidad, el pueblo judio está enfrentando un nuevo atentado contra su vida y su seguridad, parecido al que vivió en los años 1930.

El anti-semitismo se había visto declinar alrededor del mundo, desde el final de la segunda guerra mundial, pero en los últimos años está retornando armado con los poderes globales del terrorismo.

- Yo espero, dijo Philip con vehemencia, que las atrocidades del Holocausto nunca se vuelvan a repetir, pero veo venir con preocupación tiempos inciertos, ya que el anti-semitismo continua siendo una forma de intolerancia religiosa y ética que ni las lecciones del pasado han logrado borrar, con consecuencias trágicas para todas aquellas personas que anhelan un mundo justo y una sociedad de paz y de libertad.

Un golpe en la puerta interrumpió el diálogo.

- Los invitados están llegando, les avisó Petra.

- Gracias, contestó él, ya vamos para allá.

La orquesta empezó a tocar música clásica. Philip y Karen, saliendo del estudio dieron una última mirada al salón, el cual lucía suntuoso con sus mesas forradas en lamé dorado, recubiertas con manteles de tul del mismo color. Los altos centros de mesa eran de murano transparente, coronados con adornos de flores blancas abiertos en cascada, mezclando rosas, tulipanes, eucaliptos, pequeñas orquídeas, nidos de amor y en el centro cuatro velas encendidas. El buffet, escogido con esmero, presentaba bandejas de comida suculenta, cuidadosamente elaboradas. Los colores y la mezcla de sus sabores las hacían bastante apetecibles. El cocinero, todo un artista, había elaborado la escultura de un precioso cisne en hielo, el cual constituyó el detalle resaltante del mesón. Todas las viandas eran finas y abundantes. Desde el caviar y el salmón hasta el faisán, el pavo y la ternera. Las ensaladas, con sus múltiples colores constituían toda una atracción. La mesa de dulces, con bandejas de espejos y cintas, daba un toque de elegancia, y podía escogerse entre una gran variedad de confituras y exquiseces de repostería.

- Ahí viene el señor Paulton con su esposa, le susurró Karen a su esposo. Vamos a recibirlos.

Los invitados siguieron llegando. Los esposos Abadí, tomados de la mano, los fueron recibiendo con su mejor sonrisa, escuchando de cada uno de ellos, los deseos y augurios por el éxito de la novela y viendo la admiración reflejada en los ojos de quienes los observaban. Una vez acomodados todos en sendas sillas, la orquesta empezó a tocar el Danubio Azul. Philip le ofreció la mano a su esposa, quien con majestuosidad y donaire propios de una gran dama aceptó su invitación, se levantó, y juntos se dirigieron a la pista de baile.

- Estás preciosa, me siento muy orgulloso de ti, le susurró él al oído.

- Y yo te adoro, le respondió ella enternecida. Este momento de tanta felicidad te lo debo a ti, pues has sabido ser mi guía y mi gran ayuda.

Los compases del vals, continuaron resonando en el ambiente, con reminiscencias de la Viena imperial, llevándolos a sentirse, en medio de la danza, que se hallaban en el paraíso.

www.ingramcontent.com/pod-product-compliance
Lightning Source LLC
Chambersburg PA
CBHW030019180626
46810CB00001B/117